深海の人魚

森 村 誠 一

深海の人魚

目次

雑食の谷

クラブ「ステンドグラス」は実在しながら、存在しないようなミステリアスな店であった。

この店のオーナーママ渋谷小弓《しぶやさゆみ》は本名である。若い美形を集めたホステスの中にあって、年齢不詳の小弓ママは、成熟した艶《つや》に凜《りん》とした気品があって、戦力としてもトップの位置を譲らない。店と共にママ自身が謎を秘めたような存在感があった。

一応、会員制ではあるが、来る客は拒まない。店は繁盛しており、集まる客はハイブロウ（時流に乗っている人）ばかりである。

店の所在地がわかりにくい位置にあり、隠れているかのように看板は小さく、目印になるものもない。

いまや渋谷は東京の繁華街として、銀座、新宿などを凌《しの》ぐ勢いを見せている。都内随一のカルチャーゾーンとして文化の香りと同時に、風俗の色が濃くなっている。

風俗色第一位とされる新宿の雑食的猥雑《わいざつ》な人間模様と異なり、渋谷にはストリートごとに個性があり、異なる色彩を帯びたメルヘンのような風景が、二十四時間固定されることなく変わる。

新宿や銀座のような平地ではなく、地名からもわかる起伏に富んだ渋谷の地形が、独特の個性と風景を構成しているのであろう。

渋谷には、中・高校生、仕事帰りのサラリーマン、地方人、そして夜が更けるにつれて銀座で遊び足りないハイブロウや芸能人、風俗関係者などが、地勢によって区分されたストリートに棲《す》み分けるように集まって来る。

ステンドグラスは、そんな渋谷の中でも最も奥まった谷底の一隅に、あたかもその存在を必死に隠すかのように占位している。

ステンドグラスの常連客には、決して店の宣伝をしないという暗黙の了解があるようである。常連は、明日の夜は所在地から店が消えているような不安をおぼえる。

時折、迷い込んで来る一見《いちげん》の客も、常連と同じような接遇を受けながら、なにか異界に迷い込んだような錯覚に陥る。

そのミステリアスな体験が忘れられず、セカンドコールまたはリピートコールをしてもなかなか捜し当てられないらしい。

そんな神秘性が、むしろ一見の迷い客から語り伝えられて、店は一切、広告をせず、常連は不文律を固く守っていながら、客は確実に増えている。

男の隠れ家のようなステンドグラスであるが、ほとんどの常連客もその表の顔しか知らない。

常連だけではなく、店の女性も選ばれた者以外は、ステンドグラスに別の顔があることを知らなかった。

ステンドグラスは夜の渋谷を彩る電飾の数が少なくなるほどに、その本領を発揮してくる。常連は所在地に店が健在であるのを見て、ほっと一息つく。

「おはようございます。今日もまたよろしくね。本日入店したさやかさんを紹介します。個人情報に属するので、詳しい紹介は控えますが、出身は山梨県、ＯＬからの転身です。詳しいことはご本人から聞いてちょうだい」

「このお店はお客様の心の隠れ家であるだけではなく、私たちみんなの心と身体《からだ》の拠《よ》りどころです。このお店には心のどこかに傷を負っている方がいらっしゃいます。東京という戦場の非軍事地帯であり、街角に隠れた別天地（別店地）です。皆さん、仲良く、よろしくお願いね」

とオーナーママの渋谷小弓はいつも通り朝礼（夕礼）で接客心得の訓示をした。

後半の言葉は新入りに向けるものであり、先輩ホステスにとっては毎度お馴染《なじ》みであった。

「ただいまママから紹介されました市橋《いちはし》さやかと申します。私、このお店に入れて、とてもハッピーです。高い山に登ると気圧が低くて高山病になるといわれますが、東京は人間の海のように見えます。深い海に棲み慣れた魚は、浅い海には棲めません。私の体質には、水圧が低く、浅くて汚れた海より、深い海の水圧のほうが合っているような気がします。ステンドグラスの水圧は私に合っています。今日が初めてでありながら、とてもハッピーに感じられるのは、このお店の水圧が私の体質に合っているせいかもしれません。新参者ですが、どうぞよろしくお願いします」

と自己紹介を兼ねての挨拶をした。

小弓はさやかが東京を人間の海になぞらえ、店の環境を深海にたとえた言葉に共感をおぼえた。

たしかにステンドグラスは深夜に合っている。陽《ひ》の光の届かぬ深海にあって、電飾に彩られた深夜に本領を発揮する女性たちは、いずれも深海魚であり、深夜の人魚である。集まる客たちも、深海を好む遊魚である。

こんな適切な言葉を、入店当夜言えるさやかは、汚れきった東京の浅い海で汚染を塗り重ねたにちがいない。

これ以上汚染を重ねれば、心身が完全に壊れると本能的に察知したさやかは、深い海へ避難して来たのであろう。

深海には海面の汚染は届かないが、もっと大きな危険が息をひそめて待ち伏せしている。だが、浅海にはない大きなラッキーチャンスが危険と同居している。汚染に侵されるよりは、表裏一体の危険とチャンスに向かい合うほうが生き甲斐《がい》がある。そんな人種が深海魚となって群れ集まっている。

深海の人魚の一人として鱗《うろこ》を厚くしている小弓は、さやかが頼もしい同類であることを敏感に悟った。

この店に集まった女性、黒服従業員、いずれも心のどこかが壊れている。

彼らも心身の傷を癒《いや》すためにステンドグラスに集まって来た。都会の吹きだまりの一葉ではあっても、ドロップアウトや根無し草の暗さはない。

人生の漂泊中に、ふと旅の荷を下ろした居心地よい仮の宿という感じである。人生の途上、なにかを捨てて来た者ばかりが集まる隠れ宿がステンドグラスであった。

新入りの市橋さやかは、ママの小弓と同郷であった。

高校時代、交通事故で両親を失ったさやかは、叔父に引き取られ、性的虐待を受けて家出し、上京。ＯＬを経て風俗業界を転々とした後、店の常連の一人から聞いて、ステンドグラスへ来た。

小弓はさやかを一目見て、店の戦力になると直感した。一見したところ、さして美形ではないが、家出後、〝男歴〟を重ねてたくわえた艶色は、尋常ではないと見破った。

男を憎んでいながら、男なしでは過ごせない淫乱なエネルギーを体内にたくわえている。

東京は危険と同時に、あらゆる可能性を秘めている。東京以外ではあり得ない危険性とチャンスがある。特に女にとっては、危険に比例してチャンスが大きくなる。

なぜなら、東京には、他の地域とはスケールが異なる男たちが集まり、相性のよい女と相互にエネルギーを吸収し合って巨大化していくからである。

女がなくても巨大化する男はいるが、女は、一人ではほとんど達せられない高度に、男の力を利用してその可能性の限界を推し進めることができる。

時には男の力で高みへ達しながら、男を蹴落とす女がいる。男を食い物（踏み台）にして人生の高度を上げていく女もいる。その種の女にとって、東京は絶好の環境である。

その意味では、東京は人間のどんな欲望にも対応できる巨大都市である。チャンスと表裏一体になっている東京の危険は、人間性を徹底的に損なう破壊力をもっている。

その破壊力すら、東京の主要な魅力の一つである。

東京の空間を圧迫している超高層ビルの林は、東京に挑んで敗れた人々の墓石に見える。

東京は弱肉強食の人間ジャングルであり、勝敗がはっきりしているこの巨大な街が小弓は好きであった。

勝者にはこの上なく居心地よく、敗者には情けの一片も示さない冷酷な都市である。

小弓はさやかとほぼ同じ年頃に離郷して、上京後、望郷の想いに駆られたことは一度もない。むしろ、郷里を憎んでいる。東京でのサバイバルに今日まで生き残れたのは、故郷に対する憎しみからである。

啄木《たくぼく》が、「石もて追わるるごとく」と詠《うた》った郷里は、彼女にとって、いつの日か報復すべき対象であった。

上京してから、小弓は前よりも憎しみが長つづきすることを悟った。永遠を誓った愛であっても冷めやすく、心に深く刻まれた屈辱は風化しない。

その場限りの宿命

　さやかは入店後、速やかに客の人気を集めた。

最新参のさやかが、わずかな期間に、事実上ナンバーワンになっている。特に、時折和服で出勤するさやかは、客だけではなく、店の女性の目を吸い集めた。

　自分で着付けができるらしく、脱ぐことを前提とした着こなしは、圧倒的な艶色を孕《はら》むと同時に、香り立つような気品に包まれている。

　和服には馴《な》れている小弓も、さやかの見事な着こなしに内心うなった。

　美形揃《ぞろ》いの女性陣の中ではさして目立つ存在ではなかったが、客に侍《はべ》ると俄《が》然《ぜん》光彩を放った。

　同性の中や、客のいない空間では、路傍の雑花のように隠れてしまう。それが客に侍ると、抑えていた艶色がしっとりと濡《ぬ》れたようなオーラを発して、彼女を中心とした空間が精彩を帯びてくる。

小弓は積み重ねた経験から、戦力になる女性は客に侍らないときや一人になったときは、ワン・オブ・ゼム以下の凡女となり、いったんお座敷《ニーズ》がかかり客に侍ると、オーラを発することを知っている。

この店の女性はすべてそのタイプであるが、特にさやかは逸材であった。

さやかが入店して二日後の夜、途方もないお座敷《ニーズ》がかかってきた。

中国を最も重要な商圏としている商社から、非公式に来日中の中国政府お偉方をもてなす特殊接待員の至急派遣をリクエストされたのである。

クライアントの「サンライズ」はトップクラスの総合商社である。通信機器、化学製品、食品などで商圏を確保し、繊維や住宅機器関連でも優良子会社を擁している。

特に中国における市場は、同社のドル箱となっている。

したがって、日中関係の険悪化は同社の致命傷になりかねない。

サンライズが、非公式に来日した中国高官の接遇に最大限の神経を使うのは、社の死活に関わるからである。

サンライズが特に関係が深いのは、国営企業幹部である。中でも中国商工銀行、同国際信託投資公司、および同石油・天然ガス集団のビッグスリーである。

小弓はサンライズとの長いつき合いの間に、その方面の知識を吸収していた。政治や軍事の両国関係と経済は別とされていても、政・軍の圧力は大きい。

軍国主義時代の日本の流れを、まさに踏襲しているような今日の中国は、両国経済交流にとって大きな脅威となっている。

特殊接待はステンドグラスの秘匿された側面であった。海外から来日する政・財・軍のVIPを、公式行事から離れてプライベートに接遇する。

女性の特殊接待によって難航する外交問題や、国際ビジネスが円滑に運ぶケースが多い。

海千山千の政治家や、練達の外交官以上に、国家の交渉や巨大ビジネスの商談の場で、特殊接待が威力を発揮するのである。

そのために小弓は特殊接待員を揃えていた。そして、国家の大計や巨大会社の存続などに関わる接待には、必ずステンドグラスのスペシャルフォース（SF・特殊接待員）の派遣が要請された。

ステンドグラスは極秘のセックス外交要員の供給源であった。需要、供給、いずれも一回性の接遇であり、失敗は許されない。

日中関係が険悪化している今日、非公式に来日した中国のお偉方の特殊接待となると、めったな女性は派遣できない。

無人島の国有化問題で、中国が戦争も辞さない頑《かたく》なな姿勢を取っているいま、非公式に来日した中国高官は、いかに両国が経済的に切っても切れない関係にあるかを知っている。

中国を最大の商圏とする日本経済、また日本と相互依存を深めている中国経済は、それでなくても不安定な足許《あしもと》が揺らいでいる。

だが、今日の日中関係最悪の環境から、予想もしていなかったお座敷《ニーズ》に、小弓は当惑した。

これまで中国関係のSFは、中国出身の李求姫《リクヒ》であった。だが、あいにく求姫は生理で、ニーズに応えられない。

店には粒選《つぶよ》りの女性を揃えているが、国難ともいえるような難しい関係にある相手国高官の特殊接待に出せる女性は見当たらない。SF（特殊接待、特接）の成り行きによっては両国間手切れの口火となるかもしれない。

（自分が行く以外にないかも……）

と覚悟をしかけた小弓の視線が、常連の一人に侍っているさやかに留まった。

（さやかがいたわ）

小弓は救われたとおもった。

さやかであれば、この難役をこなせると、小弓は直感した。

さやかはステンドグラスにたどり着くまでの、男の歴史によってその体質が醸成されている。

男を無作為に渡り歩いた女体は荒廃するが、性的虐待を発条《バネ》にして選《よ》りすぐった男たちを栄養としてたくわえた女体は、性文化の結晶である。

どんな男にも対応できる体質となると同時に、男の永遠の郷愁となって、男たちに君臨する。

小弓自身が優れた男たちの美いところ取りをして今日があるだけに、さやかの人生に共鳴をおぼえるのである。

「さやかちゃん、お店のために一肌脱いでくれないかしら」

看板後、さやかを引き止めた小弓は、切り出した。

「ママのおっしゃることであれば、なんでもいたします」

さやかは答えた。

「有り難う。あなたでなければ頼まないわ」

「ママのおめがねに適《かな》って嬉《うれ》しいです」

さやかは一を聞いて十を知る。ママの導入の言葉を聞いただけで自分でなければできない大役を察していた。

日中関係は険悪化の一途をたどっているようであるが、経済面で相互依存を深めている両国の経済交流が絶たれることはない。

反日デモで暴れまわっているのは、中国の飛躍的な経済成長から置き去りにされた一種の〝棄民〟（国家に見捨てられた人々）だけである。

棄民が活躍できる舞台とチャンスは、社会が無警察状態になったときである。

ましてや、愛国無罪の大義名分のもと、反日デモが全国的に展開されれば、社会の底辺に置き去りにされていた民衆は、時こそ至れりとばかり暴れまわれる。

彼らが愛国無罪の旗を振りまわして日本車をひっくり返し、日本企業や日系店舗に暴れ込んで、破壊、略奪の限りを尽くしているときでも、日中経済交流はつづいている。

二千年を超える日中の歴史を顧みるとき、両国は相性の悪い夫婦のようなものである。何度も〝夫婦喧嘩《げんか》〟を重ねて、決定的な離婚に至らぬまま今日に至っている。

幾度も戦火（夫婦喧嘩）を交えながらも、両国は文化と経済交流によってつながれていた。

文化の中でも今日、特に重要な役を務めているのが性文化である。

経済交流の動脈ビジネスには、常に接待が伴う。そして、接待の中核戦力が女性である。

仲の悪い夫婦でも、セックスによって結ばれている。同様に、ビジネスもセックスを強い絆《きずな》としている。およそ、非情緒的な数字が中心となるビジネスにおいて、人間味ある潤滑油となるのがセックスである。

性的潤滑油はビジネスに止《とど》まらず、政治や、対立や、和解などの交渉を円滑にする。

これまで日本企業が特殊接待の主戦力としていたのは、おおむねＡＶ女優や芸妓《げいぎ》であった。女優は顔が売れている。芸妓は手続きがややこしく、急なニーズに間に合わないことが多い。

特殊接待に求められるのは、まず美形、安全、健康、いつでも対応できる（エニータイム・オーケー）の四条件である。これのどの一つが欠けても、ＳＦは務まらない。

「あなたはとても和服が似合うわ。自分で着付けなさるんでしょう。お相手はとても洗練された方よ。安心して、いつもの通りにしていらっしゃい」

小弓はさやかに三十万円入りの財布をそっと手渡しながら、耳許《みみもと》にささやいた。

「ママ、こんなにいただいては……」

驚いて財布を返そうとするさやかの手を押さえた小弓は、

「いいから受け取ってちょうだい。あなたには当然の報酬よ」

と言った。

すでに店の前には迎えの車が待っている。上等な生地と仕立てのシャープな背広を着た、いかにも運動神経のよさそうな引き締まった体軀《たいく》の運転手が、恭《うやうや》しくドアを開いてくれた。

依頼主はＶＩＰ接遇先で待っているのであろう。

「マーさん、よろしくね」

車まで送って来た小弓が言った。

心付などはつかませない。ボディガードを兼ねる運転手は、特殊接待プロジェクトの中に組み込まれている重要スタッフであり、尋常の運転手ではない。

特接の主役はあくまで担当女性であるが、プロジェクトのディテールに関してはほとんど知らされていない。知る必要もない。

接待の対価として、供給元のステンドグラスに、具体的な金額は支払われない。金額では表わせない巨大な恩恵が反対給付《おかえし》（謝礼）である。

政・財・官界の大物が利用するだけで、店の隠れた商圏は広がり、国家や大企業や組織につきものの機密の共有者として、ステンドグラスを庇護《ひご》してくれる。

特殊接待そのものが、すでに巨大な共有利権になっている。

発進した車のテールランプを、小弓は祈りを込めて見送った。ＳＦ女性の出陣であり、その成否によって国家や大企業をも揺るがす。

ＳＦ女性は武器を持たぬ戦士《ウォリアー》である。戦場はベッドであるが、正規軍の戦力にも相当し、場合によってはそれを超える威力をもっている。

特に今宵《こよい》の特接は、日中両国の秘匿交流に深く関わり、その成否が平和、あるいは戦争につながるかもしれないのである。

特殊接待にもいくつかのタイプがある。

一は、特接の中でも最もノーマルで「テイクアウト」と称《よ》ばれるもので、宴会や食事を経由して女性をベッドに連れ帰る。

二は、「直談《じきだん》」と称する。主としてパーティーや観劇などを共にして、気に入った女性をホテルに誘う。直談とはいいながら、パーティーに派遣された女性（コンパニオン）には、あらかじめ主催者から話が通っている。

三は、「直行」と称する。客の待つベッドに直行するケースであり、パーティー、宴会、観劇、ゴルフなど一切通さず、女性とベッドが直結している。超ＶＩＰに多い特接であり、最も難しい。

今夜、さやかが命じられた特接こそ、まさに直行である。

車は都心にあるホテルに着いた。

ホテルの玄関に三人の男が、さやかの到着を待っていた。いずれも一目でブランド物とわかるスーツをシャープに着こなし、尋常ではない雰囲気を発している。

殺気でもなければ、裏社会のにおいでもない。雲の上のにおいとでもいうべきか、それも下界にはない秘密のにおいである。

そのにおいを嗅ぎ分けられるさやかは、それだけ東京という人間の海に鍛えられているしるしである。

東京に敗れた屍《しかばね》を踏まえて、雲表にそそり立つ超高層ビルの住人のにおいと同時に、深海に通じている極秘のにおいでもある。

三人の男たちは、エスコートのドライバーに目配せすると、さやかを囲み、館内に誘導した。さやかも一声も発しない。

案内された先は、最上階のロイヤルスィートである。このフロアには一般客は入れない。

搬器《ケージ》のドアが開くと、同じようにエリートの目つきと体臭に近い雲表のにおいをまとった扉衛《ドアガード》が待っていた。

「ご苦労」

と一声を発しただけで、さやかを引き継いだ。

エレベーターホールとの境界をなす金色のドアを押すと、その奥にロイヤルスィートの荘重な樫《かし》のドアがあった。

「賓客《まろうど》は日本語が堪能《たんのう》だが、聞かれたこと以外には答えてはならない。また、あなたから質問は一切してはならない」

とドアガードは樫のドアを開く前に言い渡した。

「ママからも言い渡されております。ご案じめされますな」

さやかは答えて、まばたきをした。

ウィンクでも秋波でもないが、男に対して抜群の威力があると自信をもっている。媚《こび》を表わさず、だが、秋波に近いまばたきに、ほとんどの男は心を迷わされる。女歴豊かな男も、彼女のまばたきの意味に惑う。

ロイヤルスィート前のドアガードは表情を動かさない。推定年齢四十前後。ドライバー、ホテル玄関で待っていた三人よりも年の功が感じられる。

スポーツで鍛え上げたような身体は引き締まり、その無表情は人間の海に馴れているしるしである。

だが、彼の意志的な鉄面皮に、さやかは作為をおぼえた。彼女のまばたきが、彼の作為を促している。

ドアガードはロイヤルスィートのチャイムも押さず、ノックした。サインがあるようである。

待つ間もなくドアが開かれた。室内に初老の男が立っていた。

「見えました」

ドアガードは最小限の言葉で伝えた。

「ご苦労さま。お入りなさい」

初老の男は言った。さやかに向けた言葉か、二人に言った言葉かわからない。

部屋の主《あるじ》に手を引かれるようにして室内に入ったさやかの背後で、ドアが閉まった。無表情のドアガードはドアの外で、さやかが〝役目〟を果たし終えるまで警備しているのであろう。

初老の主はスィートの中央に位置しているリビングルームにさやかを招じ入れた。広く取った窓の外には、東京の夜景が煌《きら》めいている。夜は更けているが、イルミネーションは衰えていない。

「美しい。まるで光の海で泳ぐ人魚のようだ」

主は細めた目をさやかに固定したまま離さない。流暢《りゅうちょう》な日本語である。一目で気に入ったようである。

「初めまして。さやかと申します」

さやかは自己紹介をした。

「私は……」

主が少し立ち遅れて名乗ろうとしたのを、

「その人の名は知らぬほうがロマンティックな出会いですわ」

とさやかは遮った。

「しかし、きみは自己紹介をした……」

「店での名ですわ。昔は源氏名《げんじな》と申しました」

「源氏名か。懐かしい言葉を聞くものだね。それでは私も源氏名を言おう。とよはら、豊かな原っぱと書く。よろしく」

と主は言った。

ソファーを勧められ、向かい合って言葉を交わしている間に、さやかは緊張が解けていった。

気品があり、さやかを見る目の光が穏やかである。向かい合う相手によって鋭くなるのであろうが、いまは温容慈眼。大きな荷物を下ろし、使命を忘れ、鎧《よろい》を脱いで、一人の男となってさやかに接している。

まだ男の凝脂をたっぷりとたくわえている年配であるが、女に飢えている様子は見えない。だが、女のニーズがないのに、極秘裡《ごくひり》にさやかをここへ呼ぶはずはない。

〝豊原〟と名乗った一人の男の特接のために、さやか以下、多数の人間が動き、少なくとも三百万前後の経費をかけている。そしてその十倍あるいは百倍以上の利権につながるのであろう。

「お腹がすいているだろう。ルームサービスだが、寿司を用意しておいたよ。寿司が嫌いなら、なにか他のものをオーダーするよ」

豊原は言った。

言われて、さやかは空腹であることに気がついた。ママから言い含められた重要な使命を果たすまでは、と食欲を忘れていた。

向かう先にはひひ爺《じじい》が涎《よだれ》を垂らしながら待ち構えているだろうと緊張していたのが、余裕たっぷりに迎え入れられ、食事の用意までされていて、さやかは肩透かしを食らったような気がした。

「有り難うございます。私、お寿司が大好きなんです」

さやかは腹の虫が鳴くのを抑えるようにして答えた。

このホテルには東京随一の寿司屋が入っていることを知っている。

「それはよかった。私も小腹がすいていてね。さやかさんと一緒に寿司をつまむのを愉《たの》しみにしていたんだよ」

と豊原は嬉しそうに言った。

二人は共に寿司をつまんでいる間に、多年の知己のように打ち解けてきた。

ママからは外国の要人と聞いていただけであったが、豊原本人が、中国人で日本の大学を卒業したと語った。

道理で日本語が流暢であるだけではなく、語彙《ごい》も豊富で、教養のある言葉遣いである。

食事が終わると、豊原は、

「いけない。さやかさんの和服姿があまりにも美しいので、着替えを勧めるのを忘れていた。帯にお腹を締めつけられて苦しかっただろうね」

と、いたわるように言った。

「いいえ。とても美味《おい》しくいただきました。豊原様こそ、お召し替えなさっていらっしゃればよろしいのに……」

ステンドグラスの特接は初めてであるが、このような場面では、客は必ず浴衣に着替えて女の到着を待ち構えていることを、さやかは知っている。

「いやいや。きみが正装して来るのに、私だけ着替えているわけにはいかないよ」

豊原は笑った。

「私、着替えますわ」

さやかが立ち上がろうとすると、

「ちょっとお待ちなさい。日本文化には詳しいつもりだが、こんな艶《あで》やかで気品のある着付けを私はまだ見たことがない。着替えるにはもったいない。もう少しの時間、観賞させてくれないかね」

豊原は乞うた。

「自前の着付けですわ。観賞などとおっしゃられると、私、身の置きどころがなくなります」

さやかは恥ずかしくて身が縮まるような気がした。

「いや、そのまま。そのままがよい。これをまさに眼福という。しかも、この眼福を独占できるとは身にあまる幸せです」

と豊原はさやかを見つめつづけた。慈眼が熱っぽくなっているようである。だが、卑猥《ひわい》な目つきではなく、芸術品に陶酔しているような目と表情である。

豊かな男歴をたくわえているさやかであるが、芸術品のように見られたのは初めての経験であった。

「一つ、願いを聞いてくれまいか」

豊原が恐る恐る切り出すように言った。特接はどんなリクエストにも応える用意をしている。

「喜んで……」

「ベッドの上に、そのまま横になってくれないかな」

さやかは豊原のリクエストの真意を速やかに察した。男の中には着衣のまま交わるのを喜ぶ者もいる。これをドライセックスと称ぶ。

さやかは案内されるまま、豪勢な寝室のダブルベッドに仰向けに横たわった。

「横たわったまま私のほうを向いてください」

豊原のリクエストに応じると、

「ますます美しい。もう一つ、とても厚かましい願いを聞いてくれないかな」

「どうぞ。なんなりと」

もはや俎上《そじょう》の魚である。

「脚を少しだけ開いて、裾を乱してくれませんか」

「恥ずかしいわ」

拒否したわけではない。言葉が含羞の風情を濃くすることを知っている。

裾が割れて形のよい脚が露《あら》われた。豊原が唾を呑《の》み込んだのがわかった。

「素晴らしい。おもった通りだ。もう少し脚を開いてくださらないか」

注文をつけながら大胆になった豊原は、恐る恐る手を添えながら裾を開いた。秘所は陰の奥に隠れて見えそうでいて見えない。

ＳＦは下穿《したば》きは着けていない。

さやかは、女体が男体とまだ触れ合っていないのに、秘所が熱くなってくるのをおぼえた。主導すべき特殊接待者が、逆に誘導されている。

さやかは豊原に敗れたとおもった。だが、決して不愉快な敗北ではない。まだ接待は始まったばかりである。

着付けによって厳粛な凛然《りんぜん》とした気品と、触れなば落ちん成熟した艶が同居している和服は、おそらく世界で最も男たちに人気のある民族衣装であろう。

和服は、難攻不落の城砦《じょうさい》が、城を開くことを前提にしているような矛盾を、見えそうで見せないチラリズムの極致として演出している。

どんなに凛然たる気品をまとっていても、和服に秘められた女体を犯す幻想を追わぬ男はいないであろう。

節操の守りが固ければ固いほど、不埒《ふらち》な幻想が掻《か》き立てられる。貞淑と艶色の両極端な矛盾が、男にとって和服の魅力なのである。矛盾の上に成立する男女の露骨な交わりの幻想的な表装である。

いつの間にか照明が絞られている。陰翳《いんえい》が秘所をミステリアスに烟《けむ》らせている。見えそうでいて決して見えない視角《アングル》と照明を、豊原自らが工夫している。

「もう少し脚の位置を変えて。右膝の上に左足の踵《かかと》を重ねて。今度は右足の踵を左膝の上に。角度をもう少し開いて」

豊原は次々に指示を出した。

撮影はしない。二人の間だけで構成される淫靡《いんび》な姿態を肉眼に刻みつけているようである。豊原にとって繰り返しのきかない一期一会の象形を網膜に刻んでいる。

豊原の指示に従って、和服の奥の躰《からだ》を少しずつ開いている間に、さやかは欲情してきた。

大手門から一、二、三の廓《くるわ》と防衛陣を次々に破られ、敵兵は天守閣に向かって殺到しつつある。

プロフェッショナルの女性として、城はすでに落ちている。全面的な開城は目の前に迫っていた。さやかは開城が待ち遠しくなっていた。

だが、まだ豊原は総攻撃の命令を出していない。城門で勝敗が明らかな敵城をなぶっているのである。

さやかはプロとして、こんな屈辱を味わったことはない。だが、歓迎すべき屈辱であった。処女を奪われた性的虐待の怨念と異なり、全面開城を待ちわび、総攻撃を歓迎している。

「もう、だめです。許して」

さやかはついに豊原に訴えた。

「まだまだ、お愉しみはこれからだよ」

豊原は玩弄をやめない。十分に眼福を味わってから、いよいよ天守閣に向かって鉾《ほこ》を進めようとしていた。

「そんな勿体《もったい》ないことをしてはいけない。高価な和服を汚さぬために、そろそろ浴衣に着替えなさい」

豊原は指示した。それが総攻撃の発令である。

浴衣に着替えると同時に、さやかは押さえ込まれた。暴力的な強制ではない。さやかもそれを望んでいた。

豊原は人が変わったように獰猛《どうもう》に攻め込んで来た。迎え入れる女体は十分すぎるほど準備万端整っている。暴行の形を取っていても、両者が求めている和睦であった。

豊原は眼福を満たした後、飢えた狼《おおかみ》となってさやかの豊かな肉叢《ししむら》を貪った。

「壊れそう」

さやかは悲鳴をあげたが、嬉しい悲鳴である。

「壊れそうなのは私のほうだよ」

豊原が応じた。

行為は激しさを増しているが、もはやこれまでという絶頂の少し手前で、豊原は手綱を引く。波を上りつめれば、あとは崩れ落ちるばかりである。

男女相結んで到達する絶頂目前で、故意に抑制して官能の海の漂流を愉しんでいる。

「お願い……」

とさやかがせがんでいる。

「まだ、まだだ」

豊原は城門をなぶり尽くしていながら、天守閣（絶頂）の手前で達成を引き延ばしている。それはもはや苦痛に近い快感であった。

たったいま結ばれたばかりでありながら、両人はいまや性の共犯者となっている。どちらが阿吽《あうん》の呼吸を乱しても、完璧な達成は得られない。

さやかが耐えられなくなって一気に駆け上ろうとするのを、豊原は引き戻し、彼が限界にきて先行しかけると、さやかが阻止する。その間、官能の漂流がつづいている。

それは性に伴うさまざまな条件、体位、スタイル、体力、照明、気温、体臭、言葉、環境等が同調《シンクロナイズ》しないと実現しない一期一会の達成である。

男と女はどんな組み合わせでも交わりは可能であるが、吻合《フィット》するのは稀《まれ》であるといわれる。

二人は手に手を取り、躰を結び合わせて官能の海を漂流しながら、相互にこの上なくフィットしていると感じた。

双方同時に達成したとき、二人は体力を使い切っていた。躰を結んだまま、しばらく昏睡《こんすい》状態に陥った。

長い時間のようであったが、同時に目を覚ました。

同性間では十年以上はかけてつくる友好関係を、男女は束《つか》の間に構築する。

「素晴らしかったよ。さやかのことは一生忘れない」

豊原はまだ余韻に浸りながら言った。

「私も……」

さやかも真情を込めて言った。

今宵一時《ひととき》を共有しただけで、二度と会えない束の間のカップルであるが、フィットした男女のみが経験する真情である。

袂《たもと》を分かてば速やかに忘れるパートナーであるが、ただいま共有した二人の時間は本物であった。

「有り難う。また必ず会いたい」

「私もお会いしたいわ」

「このまきみを連れ帰りたい」

豊原の社会的な地位と生活環境から、決して実現しない願望であるが、嘘ではなかった。

むしろ、さやかのほうが一拍早く、現実に返っていた。

堪能した後は、男のほうが早く冷めるのが一般であるが、さやかにとって豊原は恋人でも愛人でもない。接遇すべき客の一人にすぎない。

たとえこれまでに経験したことのないような時間を共に過ごしたとしても、さやかには次の未知なる客が待っているであろう。

録音が次の録音によって消されるように、さやかが新たな客にまみえれば、豊原は消される。

豊原にしても別の女性に出会えば、さやかは過去に埋められる。どんなに素晴らしい出会いであっても、その場限りであることが、特殊接待の宿命である。

余韻が消えるころ、さやかは完全なSFに戻っていた。

身支度をして帰りかけたさやかを、豊原が呼び止めた。

「少ないが、これは私の気持ちだよ」

と言って手渡したホテルの封筒には、分厚い札束の感触があった。

「これはいただけません」

さやかは驚いて封筒を押し返した。

「だから、私の気持ちだと言っただろう。受け取ってくれなければ帰さないよ」

豊原は再度封筒をさやかの手に押しつけた。

封筒が二人の手の間を何度か往復した後、チャイムが鳴った。ドアガードが時間を見計らって促してきたようである。

「ほら、お迎えだよ。また会える機会もあるだろう」

豊原が未練を断ち切るように言った。

さやかが封筒を押しいただいてドアへ向かいかけると、豊原が引き止め、別れの唇を交わした。

ドアを開くと、先刻のドアガードが無表情に立っていた。

ホテルの玄関でドライバーに引き渡されたさやかは、ママに斡旋《あっせん》してもらった渋谷区内のレンタルマンションに送り帰された。

封筒の中には一万円札が二十枚入っていた。ママから三十万もらっているので、一夜わずかな時間に五十万円稼いだことになる。

マンションに帰り着き、シャワーを浴びると、さやかは半ば死んだように深い眠りに落ちた。

翌日、出勤すると、小弓は満面に笑みを浮かべて、

「先様、大喜びよ。最高の接遇だったとクライアントは感謝していたわ。これでクライアントは面目を施し、店は安泰、ますます繁盛するわ」

と手放しに喜び、さやかを高く評価した。

中国の要人は忘れがたい想い出をさやかの躰に刻み、両国交流の橋を架けて帰国した。

その返礼として、サンライズは新社屋竣工《しゅんこう》パーティーの二次会をステンドグラスにもってきてくれた。

新社屋の披露と共に登用された新役員が顔を揃える懇親二次会会場にステンドグラスを選んでくれたことは、今後の贔屓《ひいき》にもつながる保証である。

キャッシュ払いの謝礼よりも、はるかに大きな約束であった。

天下りするお褥《しとね》

ステンドグラスにハイブロウの客が集まるのは、店の女性軍に「その辺の女の子」とは一味ちがう海女《キャラクター》を集めているからである。

女のいるところに男は集まる。一味ちがう女性軍《アマゾネス》が屯《たむろ》する場所には、彼女らに対応する一味ちがう男たちが群れ集う。

同店の女性は五十名前後、常時出勤する常勤者《レギュラー》は二十五名、残りは気が向いたときだけ出て来る予備軍《スペア》である。レギュラー中、特攻隊《SF》は六名、スペアは三、四名いる。最年少者二十歳、最年長者は四十歳であるが一見三十前後で通用する。

その他に、現在も店との関わりが切れていないOGが十数名いる。店の都合や客の注文に応じてOGにも声をかける。

OGの中には特攻隊員もいる。彼女らはおおむね結婚しており、前身を秘匿しているが、お座敷《ニーズ》に応じて昔取った杵柄《きねづか》を取ってくれる。店が彼女らの秘密を固く守り、特攻の報酬が家計に大いに貢献してくれるからである。客の中には現役よりもOGを好む者も少なくない。

ハイブロウな客の隠れ家でもあるステンドグラスは、彼らの秘匿した青春であり、その青春のパートナーのようなOGを郷愁のように懐かしむのである。店に集まる女性はタイプ別におおむね十三種類に分けられる。

一、いわく付きの女性。前身に何らかの秘密や事件を抱えていて避難して来た者。
二、仕事が好きで、どこかで店の存在を聞いて志願して来た者。
三、いったん昼間の仕事に就いたものの、絶望、幻滅、あるいはさらに多い収入を求めて移動して来た者。
四、店の黒服に会ってスカウトされて来た者。一、二、三と多少重複するが、スカウトのめがねを通り抜けているので即戦力になる。
五、銀座、赤坂、新宿等のクラブから移動して来た者。四と重複する者もいるが、気位ばかり高くて戦力にならない者が多い。
六、おおかたレギュラー（非SF）であるが、社会見学のつもりで入店した者。意外に掘り出しものが交じっている。

七、外国人。おおむね中国、韓国、ヨーロッパ系は特攻隊《SF》には使わない。外国人は特攻のニーズが少ないこともあるが、日本女性のように口が堅くない。

八、客の推薦による者。信頼のおけるＶＩＰや常連の推薦であり、戦力は限定されるが安全度は高い。ＳＦ向きであるがほとんど推薦者と関係しており、使いにくい。

九、処女。極めて稀少《きしょう》であるが、在学中の女子大生がアルバイト感覚で飛び込んで来る。成人していればＳＦとして強い戦力になる可能性が大。

十、社会見学。人妻が夫に内緒で、家計の補助と社会見学の感覚で入店を希望して来るが、ＯＧと異なりＳＦには使えない。

十一、出戻り。いったん店を辞めた後、再度入店して来る者。ほとんど長つづきしない。

十二、若くして夫に先立たれた未亡人。専業主婦が多く、生計を立てるために入店して来る。共稼ぎの妻と異なり社会ずれしておらず、ＳＦとして意外に掘り出しものがある。

十三、予備軍。未成年者が年齢を偽って入店を希望して来る。店には使えないが、ママが〝素質〟があると見た者は、予備軍として多少の小遣いを与え、成人に達するまで店外で養っておく。

市場的には情婦型、謎（ミステリアス）型、アルバイト型、プロ型（情婦型と異なり、必ずしも男好きではない)、未来志向(男探し)型、社会探訪型、逃避型、敗者復活戦型、一《いっ》攫千金《かくせんきん》型(男探し型と似てはいるが、男を本来の目的とせず、男を道具にしてチャンスを求めている)、新興宗教型(転々流亡して最後の神仏頼みとして逃げ込んで来る)に分けられる。

おおむねこんなタイプであるが、共通しているのは、男が嫌いではないことである。稀に男嫌いが来ることもあるが、小弓《ママ》によって、はねのけられてしまう。ママのめがねは正確であり、一見するだけでその女性の戦力度(店への貢献度)および性格を見抜いてしまう。

「この店に集まる女性の心や身体のすべての部分《ピース》は、私が持っている。つまり、お店の女の子のピースを組み合わせると、ジグソーパズルのように、私になってしまうのよ」

と、小弓は漏らしたことがあった。女性たちのちがいはピースの形とそのサイズであろう。SF《スペシャルフォース》として使える女性は、タイプや市場別に限られてくる。ステンドグラスの現役SF戦力のうち、生理や体調不良の者を除いて常時ニーズに応えられる者は三、四名である。OGはエニータイムというわけにはいかない。

ステンドグラスの存在価値が増してくるほどに、小弓は、SFの戦力をもっと増強しなければならないと考えていた。

だが、SFの条件である、口が堅いこと(安全性)、気配り、器量、健康、柔軟(順応)

性、知性、節度（TPOをわきまえること）を揃えている女性は少ない。

店内のレギュラーを育成してSF戦力に加えることは可能であるが、時間がかかる上に育成型は、さやかのように実戦経験を積んで飛び込んで来た転職型に及ばない。

男に対して、男女同権としての能力や権利やニーズを同等に対置するのではなく、男のニーズに対応する商品価値の高さを維持する女でなければならない。

女性に侍るプロの男《ホスト》もいるが、男の性欲が衝動的であればあるほど、女性の商品価値はホストよりも高くなる。

男女の権利の問題ではなく、セックスの需要供給関係《ニーズ》である。SFを天職とするような女性は、自分の商品価値を知っている。

江戸期の遊女は商品価値によって格式と階級があったが、自分の意志で商品としての遊女になった者は極めて少ない。

女権の向上と共に、今日では女子高生でも女としての商品価値を知っている。一時、華やかであった援助交際などはそのサンプルである。

だが、彼女らは、自分の商品価値を天職にしようとは思っていない。アルバイトならばともかく、自分の意志によって女を商品化し、男に高く売りつけることを天職にしようとする女性は少ない。

小弓は、合法非合法にかかわらず女を安売りする風俗の提供元になるつもりは毛頭なかった。性的商品価値は女性の特権である。リッチな男はその女が欲しいと思えばカネに糸目はつけない。女の特権を最大限に利用して最高価格で売りつける。

しかも、だれからも強制されることなく、むしろセックスによって男を支配するセックスマーケットを天職として経営する。それが小弓の人生の志《ビジョン》であった。そのためには、SFの戦力が足りない。小弓は、さやか以下現役のSFおよび眼力の確かな黒服たちに、SF候補生をスカウトするよう命じた。


「ママ、また折入って頼みがある」

常連の種村高一《たねむらこういち》が言った。種村は、財閥系大手医療器具メーカー「エイコー」の重役である。彼が折入って、と言うときはSFのリクエストである。

「ターさんのご用なら、なんでもいたしますわよ」

小弓は如才なく答えた。

「それがね、今度の座敷は、これまでとは桁がちがう。ママにお出まし願うかもしれない」

「あら、私のような千軍万馬の古強者《ふるつわもの》でよろしいのかしら」

小弓は軽い口調で答えたが、種村の表情は真剣そのものである。SFのお座敷ではあっても、超大物にちがいない、と、小弓は予感した。

「どんなお座敷でも必ず、ご満足いただけるようにおもてなしさせていただきますわ。ご用命はいつですか」

「それが、明後日の夜なんだ」

明後日の夜と聞いて、小弓は戦力外に置かれたことを知った。あいにく、今日生理が始まったばかりである。ここ当分は自分が出陣するほどのお座敷がかかろうとは思っていなかったので、ピルの服用を中止していた。そしてあいにく、さやか以下SFのメンバーは明後日すべて予約されている。

使えるOGがいればよいが……小弓が種村の座敷に対応できるSFを脳裡《のうり》で忙《せわ》しく検索していると、

「客は、名前を言えば、きみも知っているはずの、日本の法皇のような存在だよ。法皇も人間だ。極秘裡に法皇のお座敷ご用命が我が社に下された。我が社にとってはこの上ないビジネスチャンスだ。また、このご用命に応えられないとなれば、千載一遇のチャンスを逃してしまう。このご用命をご奉体できるのは、東京広しといえども、ステンドグラス以外にはない。ママ、頼むよ。社運がかかっているんだよ」

種村は、小弓の前に深々と頭を下げた。

「ターさん、おかしらを上げてくださいな。ステンドグラスの名前にかけてもそのお座敷、務めさせていただきます」

小弓は言った。なんとしても種村のリクエストには応えなければならない。

SF情報は小弓だけに告げられ、SF女性には一切秘匿される。「今回のSFは、ママにお出まし願うかもしれない」と告げられただけで、あとは秘匿されているところを見ても、客が超大物であることがわかる。

エイコーは、ステンドグラスをこれまでに成長させてくれた太い支柱の一本である。種村は開店当時からの常連であり、エイコーの総務部長就任以来のご贔屓である。

社主催のパーティー、饗応《きょうおう》、接待等、ステンドグラスに回してくれたおかげで、新規開店のステンドグラスが早期に発展の軌道に乗れたのである。

小弓も自分の躰を提供して種村の支援に報いた。両者は単なるビジネスのつながりだけではなく、ベッドを共有した間柄でもあった。

種村は次期社長の最有力候補である。ここで種村に恩を売っておけば、エイコーの支援は永代保証される。決して逃してはならないお座敷であった。

種村が「法皇」と崇《あが》めるＶＩＰは、日本宗教界を仕切る超高僧であろう。

宗教ほど人類の歴史に深い関わりをもったものはない。宗教の御本尊がなんであれ、それを信じるか信じないかが宗教の起源と発展に関わる。

反社会的な宗教であってもそれを信じるならば、信者にとっては唯一絶対の「聖なるもの」になるのである。

法皇は人間でありながら人間を超える現人神《あらひとがみ》となる。

だが、法皇とはいえ、人間である限り、人間的欲望から解放されない。

法皇が人間の尾を付けていることを知られれば、生き神から一挙に一個の人間に転落する。

種村が座敷主《クライアント》の素性を秘匿するのはそのためである。法皇が握る巨大な権力はそのまま巨大な利権、資本、政治力、経済力、軍事力などにもつながっていく。

エイコーは財閥系の、医療器具メーカーの大手であり、内外の医療関連の需要に対応している。タイに新設した工場により生産を合理化して増益を維持している。

宗教との関係は深い。ましてやタイは仏教国であり、仏教徒は総人口の九割以上を占めている。

日本の法皇とタイを主要マーケットにしているエイコーの、財・教両面の結びつきの深さは想像以上であろう。

種村の言う通り、確かに、これまでのお座敷とはちがう。接遇する客は、生き神（仏）様である。

小弓は、ベッドに天下りして人間に還元した生き神を饗応するSFの人選に迷った。いや、人選に迷う人間がいないのである。小弓は、逃れようのないコーナーに追いつめられていた。

衝動的自衛権

その日、午後七時ごろ、さやかは渋谷で映画を観《み》た帰途、店に向かって裏通りを歩いていた。小公園のかたわらに一台のベンツが停車していた。

さやかが車側を通りかかるとドアが開いて、一人の若い男が道路に降り立ち、彼女に声をかけた。

「この近くに、ステンドグラスという店は、ありませんか」

「この先の最初の角を左に曲がって、すぐです。私もそこへ行くところです」

さやかは初見の客と思って愛想よく答えた。照明が不足しているが、身なりのよい二十代半ばのきりりとした細身の男である。

「それは、よかった。同じ行き先であれば、お乗りになりませんか」

さやかは一拍迷ったが、店へ行く客を案内すればポイントを稼げるとおもって、便乗することにした。歩いても数分の距離である。

「同じ行き先とは、ご縁です」

男は言って後部座席のドアを開いてくれた。

「失礼します」

一礼してさやかが車内に入ろうとした瞬間、車体後部のトランクからドンドンと叩《たた》く音と同時に、人間の叫ぶ声が聞こえてきた。だれかがトランクの中に閉じ込められているようである。

ぎょっとなって反転しようとしたさやかを男が強い力で車内へ押し込んだ。

「な、なにをする……」

さやかの抗議の声を終わりまで言わせず、男はいつの間に用意したのか、ガムテープで彼女の口を塞ぎ、手足を拘束して身体の自由を奪った。

必死にもがくさやかをリアシートに押し倒した男は、運転席に戻ると車を発進させた。

あいにく、周辺に目撃者はいない。いまや男が何らかの意図をもって、さやかとトランクに閉じ込めている人間を拉致しようとしていることは明らかであった。

車は、防犯カメラやNシステム（自動車ナンバー自動読取装置）の設置されていない裏通りを選んで走っているらしい。このことからしても、さやかの拉致は計画的であるようである。

「おとなしくしていれば、危害は加えない」

男は運転しながら言った。

(もう十分に危害を加えているじゃないの。なぜ私を拉致するの)

さやかはガムテープの猿轡《さるぐつわ》越しに、言葉にならない声を出して抗議した。

「トランクの先客がおとなしくしていれば、あんたを拉致することはなかった。こうなったからには、行きがけの駄賃だよ。駄賃にしては、うまそうな鴨《かも》が引っかかった」

男は、さやかのガムテープ越しの声の意味がわかるかのように言った。

(降ろして。降ろしてよ。あなたはステンドグラスに行くつもりだったんでしょう。私はなにも言わない。トランクになにがあろうと、私には関係ない。お願いだから、降ろしてちょうだい。私には仕事があるの)

さやかはなおも訴えた。

「あんたは鴨葱《かもねぎ》だよ。葱だけ食って鴨を帰すわけにはいかない。お楽しみはこれからだ」

(一体、なにをするつもりなのよ)

「すぐにわかる」

男は含み笑いをした。車窓に反映する光点がまばらにあり、寂しい方角へ進んでいるらしい。

高速道路は避けて、裏道を巧みにつないでいるようである。人里離れた場所まで拉致して劣情を満たした後、なにをするかわからない。予想するだけで恐怖に圧倒された。

窓に映る光点が完全に消えて、闇に塗りつぶされた。車の交通も全く絶えたらしい。

男は、この辺の地理に通じているらしい。自信のある運転ぶりで、車を山気の深い方位に向けて走らせている。時計を見ると拉致されてから三時間以上経過している。単に劣情を遂げるのが目的であれば、こんな辺鄙《へんぴ》な場所へ来る必要はない。

車の振動がひときわ激しくなり、車窓を樹木の枝がこするようになった。携帯（電話）で救いを求めたくとも手足を拘束されている。

突然、車が停止した。寒冷の季節ではないが、濃い山気が冷たい夜気となってさやかの身体を包んだ。樹林の中、廃屋のような一軒家の前である。樹林の梢越《こずえ》しに瞬く星が見える。遠方から水の音が伝わってきた。

「降りろ」

運転席から降りた男は、リアドアを開いてさやかの足枷《あしかせ》だけをはずし、手を引いた。

連れ込まれた一軒家の中は一応、人間が住めるようになっている。廃屋ではなく山荘として時折使用しているらしい。

窓の外から車のトランクを叩く音が聞こえてきた。

「うるさい女《あま》だ。せいぜいわめけ。泣け。どんなに泣きわめいても、人の耳には届かない」

男は嘲笑って、さやかを部屋の一隅にあるベッドへ連行した。暖房装置があるらしく、屋内がほどよく暖まってきている。

ベッドに転がされたさやかは、ようやく手枷《てかせ》と猿轡をはずされた。だが、ほっとする間もなく男に組み敷かれた。

「おれの目に狂いはなかった。あんたは本当にうまそうな鴨だ。ステンドグラスで働いていると言ったな。まさか処女《おぼこ》じゃあるまい。おとなしく言うことを聞けば、それ相応の謝礼はする」

と男は言って、さやかの衣服を剝奪し始めた。馴れた手つきである。さやかの抵抗を抑圧するポイントを心得ており、女性を犯すことに馴れている。さやかは玩弄された。

男は、高級なフィットネスクラブの豪華なトレーニングマシーンで鍛えたような体形を保っている。整ったマスクをしているが、人形のように表情に乏しく、飽きる顔である。

本人は自信があるらしい。裕福な家庭に生まれて、欲しいものはすべて与えられ、我儘《わがまま》いっぱいに育てられたのであろう。

彼にとって女性は玩具《おもちゃ》にすぎないというような扱い方であった。

豊富な女性体験を重ねていながら、一方的であり、カップルが協力して共有するセックスの達成感を知らないらしい。

　常に独りよがりのセックスで満足しているのである。そういうセックスでなければ喜びを得られない男になってしまったようである。

　さやかは犯された。ステンドグラスのSFとして客に躰を提供しているが、犯されてはいない。プロの女性のセックスは契約関係であり、双方の合意によって成立する。彼女の意思を無視して蹂躙《じゅうりん》されたことは、プロとして決して許せない屈辱であった。

　だが彼女の屈辱が深ければ深いほど、男はエンジョイし、満足しているようである。

「あんたは美味しい。最高級の鴨だよ。せっかくだから、葱も食べたい。少し休んでいてくれ」

　男は独り相撲に満足したらしく、再びさやかの手足の自由を束縛しガムテープで口を塞いだ。

　なにをするのかとおもっていると、山小屋の前に停《と》めた車のトランクから若い女性を引きずり出して、ベッドの上のさやかと場所を交代させた。

　床の上に転がされたさやかの目の前で、男はトランクの女を犯した。二人の女性を連続レイプする疲労の気配も見せず、むしろさやかに見られていることに興奮をそそられるらしい。

　それにしても、その一方的な体力と精力は凄《すご》い。

さやかを十分に貪った後、もう一人の女体の肉叢を漁《あさ》り尽くし、小骨一本残さぬような貪り方であった。

だが、さやかは唖然《あぜん》として傍観しているだけではなかった。

男が独り相撲に熱中している間、手足の拘束を少しでも緩めるべく、気づかれぬように束縛された部位を動かしつづけていた。

その効あって、まず手首の拘束が緩み、そして足の自由を回復した。

男はさやかが身体の自由を取り戻したことに気づかない。ベッドに無抵抗に横たわっている女体の飽食に意識を集めていた男の眼中に、さやかはなかった。

そろそろと立ち上がったさやかは、ベッドの横の擬似暖炉の上にあった壺《つぼ》を手に取り、無防備にさやかの前にさらされている男の後頭部を目がけて、渾身《こんしん》の力を込めて振りおろした。

壺が砕けると同時に、男は突然の打撃を脳に受けて意識が混濁したようである。

ベッドの上に男の下敷きにされて凌辱《りょうじょく》の限りを尽くされていた女は、突然、男の全身の体重を預けられて驚いた。女はその体重に意思が失われていることを知って、はね起きた。

男は女にはね飛ばされた形でベッドから転がり落ちた。

さやかとベッドの上の女は、初めて真正面から顔を合わせた。二人は同時に男が彼女らの共通の敵であることを悟った。

「こいつ、まだ生きているわよ」

ベッドの上から、ほとんど裸身にされた女が叫んだ。

「まさか」

男にレイプされた直後で、ほぼ同じような姿をしていたさやかは言った。

男が意識を取り戻せば必ず報復される。

女は、さやかの反撃によって、男の意識が朦朧《もうろう》としている間に、止めを刺そうとしている。

二人は同時に合意した。女はベッドサイドに落ちていた男のネクタイを拾い上げると、床の上に伸びている彼の首に一周させ、喉仏のあたりで交叉《こうさ》させて、一端をさやかに渡した。

その意味を察知したさやかは、女と呼吸を合わせ、ネクタイの一方の端を、渾身の力を込めて引いた。

ネクタイの両端を強く引かれ、男の気道は閉鎖された。

男はもがいたが、ネクタイは容赦なく引かれた。

男が絶息したのを確かめた二人は、ようやくネクタイに加えた力を緩めて、顔を見合わせた。

すでに抵抗力を失っていた男を殺す必要はなかった。レイプされた二人の怒りと屈辱が爆発して一体となり、衝動的に殺害してしまった。後悔しても、もう遅い。

　男は二人を殺そうとしたわけではない。女とはいえ、我がほうは二人である。正当防衛と証明するには時間がかかる。警察から詳しく事情を聞かれるだろう。

（死体をどうする？）

　二人は同時に目顔で問うた。

「ここに死体を残していけば、殺したことがわかってしまうわ。幸いに、ここは山の中、埋める場所はいくらでもあるわ」

「車はどうする？」

「どこか遠方へ運んで行って乗り棄《す》てましょう。私たちもこんなところに長居は無用よ」

「免許証、持っているわね」

「決まりだわ」

　二人は敲掌《ハイタッチ》（互いの掌《てのひら》を合わせて敲《たた》く）した。

「私、杉村直美《すぎむらなおみ》と申します」

「市橋さやかです。身の上話は後でゆっくり。夜が明ける前に片づけましょう」

「善は急げ、ね」

　二人は同時に立ち上がり、男の死体を杉村直美が入っていた車のトランクへ運んだ。

　そして、床に散った陶器の破片を拾い集め、家の内外を遺留品はないか綿密にチェックした後、車を発進させた。

山中の林道の限界まで走って、山林の中に男の死体を埋めた。

死体の処分を終えてから再び車を走らせて、その乗り棄て場所を物色する。へたなところに棄てると二人は足を失ってしまうので、交通機関の末端まで歩ける距離でなければならない。

「いい手を考えついたわ」

直美が手を打って言った。

「いい手って、なに」

「たしか多摩川の河川敷に車の墓場があったわ。あそこへ乗り棄てて行けば、だれかが乗って行くか、解体屋《ポンコツ》がやって来て車を解体《バラ》して、使える部品は根こそぎ持って行っちゃうわよ。私たちは全く無関係ということになるわ」

「それは名案ね。多摩川河川敷なら駅は近いわ」

死体と車内を調べ、運転免許証、車検証、自賠責保険証（自動車損害賠償責任保険証明書）その他オーナーの身許《みもと》につながるようなものはすべて〝没収〟した。

だがナンバープレートははずせなかった。已《や》むを得ずプレートはそのままにして車の墓場に乗り棄てると、東の空が明るくなってきた。そろそろ河川敷や堤防に、早朝のジョガーや、犬の散歩をする人が現われるころである。

　最寄りの駅前にあったホテルに入り、熱いシャワーを最強にして穢《けが》された身を何度も洗い流した後、昨日からなにも入れていない胃の腑《ふ》にモーニングサービスをおさめると、人心地がついた。

　まだ出会って数時間であるが、二人は共に戦った戦友であり、共犯者であった。

　胃の腑がようやく満たされて、まず直美がぽつりぽつりと身の上話をし始めた。

「北陸の小都市の小さな会社でOLをしていたわ。先が見えていて、家族との折り合いもよくなかったので、おもいきって東京に飛び出して来たの。とりあえず夜の街なら女の働き場所があるだろうと銀座を歩いていると、ベンツの男に呼び止められたのよ。リッチな感じで、仕事を紹介してやると言われて、車に乗ると、いきなりガムテープで口と手足を縛られたの。そしてトランクに入れられたのよ。生きた心地がしなかったわ。あなたが乗って来なかったら、私、あいつに殺されちゃったかもしれない。さやかさんは私の命の恩人よ」

「直美さんがいなかったら、私も危なかったわよ。あなたこそ命の恩人だわ」

　共通の敵を排除し、初めての殺人という共通項を絆にして、初対面後間もない二人は固く結ばれていた。

　直美は一見、目立たない地味な服装で隠しているが、男に迫る艶《フェロモン》を芯に含んでいる。いわゆる地味派手、である。本人はその事実に気づいていないらしい。

ママに彼女を引き合わせれば、一目で店の強い戦力になることを見破るであろう。

さやかは電話でママに昨夜の無断欠勤を口実を設けて詫《わ》びてから直美をステンドグラスへ誘った。

「嬉しいわ。さやかさんが勤めているお店なら、きっと素晴らしいお店でしょうね」

直美は目を輝かせた。

だが、直美はまだ、店のSFの存在を知らない。直美なら、ママは必ずSF戦力として目を付ける。SFを求められても、直美は決して辞退しないであろう。むしろ歓迎するだろう。

直美はSFが天職のように生まれついている。さやかはSFを天職としているだけに、直美の戦力《フェロモン》がよくわかるのである。

ただ一つ、気がかりは、さやかが男に声をかけられたとき、ステンドグラスの所在地を聞かれたことである。

男と店には、どんなつながりがあるのか。あるいは常連からステンドグラスの噂《うわさ》を聞いて興味をもったのかもしれない。

いずれにしても、男はすでにこの世のものではない。彼が店となんらかの関わりを持っていたとしても、さやかや直美と男の生前にはなんの関係もない、と、さやかは自分に言い聞かせた。

　出勤前、さやかは直美を連れて、念のために〝店医〟の草場《くさば》に躰を診てもらった。女性のプライバシーに立ち入らない草場は、事情は聴かずに、綿密に内診して損傷はないと診断してくれた。

聖なる大義

ママに直美を引き合わせると、予想した通り、ママは大いに喜んだ。まさにさやかが初めてママと対面したときのように、あるいはそれ以上の反応を示した。

ママの眼力は直美のSF戦力としての素質を一目で見抜いたのである。それは、さやかが妬ましさをおぼえるほどの眼力であった。

渋谷小弓は、さやかが連れて来た杉村直美を一目見るなり、法皇を接遇すべきSFは、直美以外にいないと、本能的におもった。

直美には、さやか同様のオーラがある。だが、さやかとはフェロモンのにおいがちがっていた。

さやかのフェロモンはわかりやすく、男を惹《ひ》きつけてやまない。だが、直美のそれは、特殊な男でなければ嗅ぎ当てられないフェロモンであり、躰の芯に秘蔵されている。

超高僧の法皇であればこそ、彼女の身体の奥深く秘蔵されているそのにおいを嗅ぎ当てるであろう。

法皇のリクエストは、まさに今宵であり、時間が限られている。

法皇となると宗教界に君臨するだけではなく、政・官・財・軍・医・学、また裏社会にも人脈が伸びている。

限られた時間内にSFのニーズに応えられなければ、ステンドグラスはエイコーの支援のみならず各方面のビジネスチャンスをも逃してしまうかもしれない。

宗教は表向き政権と一線を画しているが、実際には政権に対する最強の圧力団体である。神・仏という超現世（異次元世界と交信あるいは往来できる）と信じられているのは宗教界だけである。

この千載一遇の聖なる不可侵の客を、なんとしても取り込まなければならない。

SFを手当てすべき刻限の直前に突如現われた直美は、まさに天佑《てんゆう》のようにおもえた。

だが、直美はたったいま新人としてさやかが連れて来たばかりである。

黒服以下レギュラーやSFのメンバーへの紹介もしておらず、入店に際しての心得《マニュアル》も話していない。

SFは、どんなに適材適所であっても本人の意思が伴わなければ失敗する。だが、失敗は絶対に許されない。

小弓の心《マインド》を読んだ《リードした》ように、

「ママ、心配ご無用です。直美さんは必ずやり遂げるわ。私がドア前まで付き添います」

さやかが申し出た。

さやかには法皇の座敷についてすでに話してある。小弓はほっとした。さやかがドア前まで付き添って《エスコートし》くれれば、心強い。

直美は地味な外装に隠しているが、かなりの男性遍歴を重ねているにちがいない。その歴史がすべてハッピーとはおもえないが、男の文化を学んでいることは確かである。

頭の薄い女は、どんなに優れた男の数を稼いでも、その文化を決して学ばない。

小弓は、直美のフェロモンに男の文化を嗅ぎ取っていた。

「有り難う。それでは、直美さんをお願いするわ」

と、ささやいて、三十万円と十万円入りの二つの財布をさやかの手に預けた。三十万は直美、十万はさやかのエスコート料である。

「ママ、こちらの財布はいりません」

さやかは自分宛の財布をそっと押し返した。

「仕方がないわ。一応、預かっておくわね」

小弓は言った。

さすがはさやかである。

この場はエスコート料を受け取らず、ママに貸しをつくっておくほうが、もっと大きな報酬にありつけることを知っているのである。

「時間がないので、詳しい説明はできないけれど、今夜、直美さんは、女の人生で最大のチャンスに出会います。女は最高の指値注文がつく間に売るのよ。直美さんはもの凄く運がいいわ。入店と同時に最高のお客のお座敷がかかったのよ。私が代わりたいくらい。難しいことはなに一つないわ。お客様の注文通り、そして直美さんの心のままに、おもてなしをすればいいのよ。一言だけおしえてあげる。今夜の座敷主《クライアント》は生き仏様よ。つまらない男に穢された心身を浄《きよ》めてくれるわ」

エスコート途上、さやかの言葉で、直美は万事を察したようである。

ステンドグラスの秘密も、今夜の客の素性も、おおかた察しがついた。これこそ直美が郷里を捨てて狙ったターゲットである。

田舎の吹けば飛ぶような小さな会社の上司からセクハラを受け、つまらない男に、ただ同然に躰を玩具にされた。こんな田舎にくすぶっていては、女が最も高く売れる時期を失ってしまうと気がついて離郷したのである。

東京で女を売る。それも安売りはしない。太い客《VIP》を見つけて、最高の値段で売ってやる。と、女だけにできる覚悟をして、上京早々、悪い男に引っかかり、躰だけではなく命までも奪われかけた。その償いが反射的に提供された形である。

手付金として三十万は優に入っている鰐革《わにがわ》の厚ぼったい財布をそっと直美に押しつけながら、さやかがささやいた。

「これは身支度料よ。後からごっそりとお礼が出るわ。女は労働力を売っていてはだめ。能力を売るのよ」

さやかの言葉に、直美は、はっとした。これまで自分が売ってきたものは労働力であった。

(これからは自分の躰の深部に秘匿されている能力を売るのね)

直美は自分に言い聞かせた。

客《クライアント》は都心にある日本第一等のホテルの最上階にお座敷を調《ととの》えて待っている。

迎えの黒塗りの高級車には、なんと二台の護衛車《ガードし》が前後に付き添っていた。運転手以下ボディガードは仕立てのよいダークスーツを着こなしていたが、いずれも刑事のサンプルのようなハンチングを被《かぶ》っている。剃髪《ていはつ》しているようである。

ステンドグラスから都心へ向かった三台の車列は、途中のビルの地下駐車場を二、三周して、別の出口から目的地へ向かった。尾行に対する警戒である。

ホテルに到着すると、正面の玄関には向かわず、地下の駐車場からエレベーターに乗って一気に最上階へ昇った。途上停止しないように一基の搬器《ケージ》を借り切っている。

ロイヤルスイート専用の最上階では、別のハンチングとダークスーツが二名、出迎えた。

ここまで護衛して来たボディガード集団は、そのまま地下へ折り返す。

森閑とした廊下を進むと、金箔《きんぱく》を散らした仕切りがあり、弁慶のような巨軀《きょく》のダークスーツが出迎えた。ハンチングも被らず丸坊主である。

さやかのエスコートもそこまでであった。

ライオンの頭が口を開いているドアの前に立った弁慶は、ライオンの口に指を入れてコールサインを送った。待つ間もなくドアが細めに開いた。

「お見えになりました」

弁慶が恭しく伝えると、

「お疲れさまです」

やわらかな声が返ってきた。

弁慶はすでに後ずさりして背を向けていた。室内の人の顔を見ないようにしているのであろう。

「さあ、さあ、お入りください」

ドアがやや広く開かれて、白い髭を床に届くばかりに伸ばした、背が低く、骨格の見本のような老人が手招きした。

長い歳月にさらされたような皮膚に無数の皺《しわ》が刻み込まれているが、表情は若々しく豊かである。

この人が宗教界に君臨する日本の法皇様らしい。

その背後の広く取った窓の強化ガラスに、ようやく全盛になった東京の電飾が映えている。その光彩が老いた法皇から八方に射《さ》す後光のように見えた。

宗教界で最も偉大な法皇を前に、緊張してものも言えぬほど萎縮してしまうのではないかと恐れていたが、むしろ緊張して萎縮しているのは法皇のように見えた。

「お疲れでしょう。まずはシャワーかご入浴をなされてはいかがかな」

法皇に勧められて、直美は、はっとなった。

昨夜、男に凌辱され、さやかと協力して男を殺害し地中に埋め、車の墓場に車を遺棄した後、ホテルでシャワーを使ったが、法皇の温容慈眼は、昨夜、彼女がなにをしたかを見通し、嗅覚は血のにおいを嗅ぎ取っているのかもしれない。

直美にとって、法皇からシャワーを勧められたことは、恥ずかしくもあると同時に、まさに地獄で仏のおもいであった。

法皇に捧《ささ》げるべき躰が、卑しい男に犯された後とあっては、何度シャワーを浴びようと仏罰が当たっても仕方がない。

入念にシャワーを浴びて、湯の香りのするままホテル備え付けの浴衣に着替えると、なんと法皇は法衣《ほうえ》の上に金襴《きんらん》の袈裟《けさ》をまとってルームサービスのテーブルについていた。各宗派、僧侶の階級に応じた衣であろうが、法皇がいままとっている鮮やかな色衣《しきえ》の上にかけた袈裟衣体《えたい》が最高位を示していることを直美は直感した。法皇は直美と食事をするために法衣を改めたのである。テーブルに並べられた料理はすべて精進物であった。

「お口に合わないと思いますが、なにせ拙僧は精進中の身でありますのでのう。許してくだされ」

と、法皇は詫びた。

「なにを仰せられます。法皇様から直々《じきじき》のお気遣いをたまわり、身が縮むおもいにございます。私は精進料理が大好きでございます」

直美は事実、身を縮めていた。嘘ではなく、直美は肉食よりも菜食が好きであった。

一見して、口取りや酢の物、胡麻《ごま》豆腐や信太《しのだ》巻きのあんかけ、海苔《のり》を使った擬似鰻《うなぎ》の蒲焼《かばやき》、鴫《しぎ》に似せた茄子《なす》の味噌《みそ》田楽《でんがく》など、彼女の好物ばかりであった。

「さあ、どうぞ召し上がれ」

法皇に勧められて、直美は差し向かいの食事を摂《と》り始めた。

テーブルには、般若湯《はんにゃとう》も用意されている。

それは奇妙な構図であった。

宗教界で超国家的、超民族的な権威をもつ日本法皇と、特殊娼婦《SF》が一対一、差し向かいで食事を共にしている。

今宵初対面の二人であるが、食後、躰を交える黙契はできている。

この黙契のために多数の人間が動き、莫大《ばくだい》な経費がかけられていることも、暗黙の裡《うち》に了解されている。

食事が終わり、胃の腑は充実した。般若湯が程よく全身に回って、直美の緊張を解いていた。

「少し話をしましょう」

法皇は直美を寝室に導く代わりに、東京の夜景を一望できる応接室の窓際のソファーを勧めた。

法皇は、いつの間にか金襴の袈裟を脱いでいる。

直美は、さすがは法皇と、内心感嘆していた。

男のおおかたは、床《とこ》急ぎをする。食事よりもベッドを優先する男が多い。床入り《ベッド・イン》前の手続きのように食事を優先する男も少なくないが、たいてい恰好《かっこう》をつけている。

だが、法皇は悠然としており、食後の談話を楽しんでいるようである。

いつもは多数の信徒や弟子の前で法話をしている法皇が、可愛がっている野良猫の話や、映画の話題に興じている。

直美が驚いたのは、法皇がプロレスや、演歌や、恋愛映画のファンであることであった。読書家であり、ミステリーやラブロマンスなども愛読している。

「法皇様がそんなに多趣味のお方とは、存じあげませんでした」

直美が驚嘆すると、

「その、法皇様という言葉は、やめてもらえませんかな」

と、法皇はやわらかく言った。

「なぜ、ですの。法皇様に、ちがいありませんもの」

「私の正式な法名は法皇ではありません」

「では、なんと、お称びすれば、よろしいのですか」

「和尚《おしょう》、で、よろしいでしょう」

「それでは、和尚法皇様」

「それでは同じことです」

「あら、いけない……法皇様、ではない、和尚様」

「またぁ……」

二人は声を合わせて笑った。談笑しているうちに、二人の間の隔壁が取れていった。

「法皇……いえ、和尚様……私、少し横になりたくなりましたの。お床のほうへそろそろお移りあそばしませんこと」

直美は、それとなく誘った。

法皇の正確な年齢は知らないが、かなりの高齢であることは推測がつく。このまま法皇に眠り込まれては、直美はSFの使命を果たせなくなってしまう。もしかすると法皇は、ベッド・インをためらっているのかもしれない。

「いや、これは、気がつきませんでしたな。あなたも、お疲れじゃろう」

「法皇様も、いえ、和尚様も、浴衣に、お着替えあそばしませ」

直美は、備え付けの浴衣兼寝衣を手に持って、法皇に差し出した。

「それでは、失礼して、着替えさせてもらいましょうかな」

法皇は、さりげなく直美の死角《デッドアングル》に入って、着替えた。

直美は、すでにベッド・インしている。

浴衣の下にはなにも着けていない。

「和尚様、どうぞ」
三、四人は横になれそうな広いダブルベッドのほぼ中央に位置を占めて、直美は誘った。片側に遠慮していると法皇も相対する片側を占位して、二人の間に距離が生じるのを防ぐために、直美はベッドの中央に陣取ったのである。
この位置を占めていれば、法皇が左右いずれの側からベッド・インしても、二人は添い寝する形になる。

法皇は、おずおずとベッド・インした。

しばらくはベッド・インしたままの姿勢を保って、天井を睨《にら》んでいる。

先に動いたのは直美である。法皇の枯れ木のように痩せた身体に抱きついて、唇を寄せた。

なんと、そのとき、法皇の老体が小刻みに震えていた。

超国家的、超民族的、政・官・財・軍に対しても睨みを利かせる法皇が、一娼婦《しょうふ》の前で震えている。

直美は、はっとした。もしかして、法皇は初めての女性体験ではないのか。まさかとはおもいながらも、法皇のベッド体形《ポスチュア》は、どう見ても童貞のそれである。もしそうであれば、ベッドの上の主導権は、直美が完全に握っている。

「和尚様。どうぞ、ご遠慮なさらず、私を、お食べになって。どんな召され方をなされようと、和尚様の、ご自由でございます。私を玩具にされようと、隅から隅まで探検なさろうと、和尚様のご自由になされませ。和尚様ならば、きっと私自身が気づいていない秘境や、鉱脈も発見、開拓されるかも……」

と、直美はベッドサイドランプに腕を伸ばして照度を上げると、自ら法皇の前に躰を大胆に開いた。

法皇はまぶしげな視線を向けたが、逸《そ》らそうとはしない。

「なんと美しい。幼いころより仏に仕えて数十年、このような美形に接したのは初めてです」

法皇が唾を呑み込んだ気配を、直美は耳聡《みみざと》く感じ取った。

「和尚様はまだ、よくご覧になっていらっしゃいません。私を、あらゆるアングルから、ご覧になってください」

直美は、老いさらばえた身体とは極端な対照をなす法皇の熱い視線にさらすように、サイドランプの照明とその影の部位を巧みに利用し、煽情《せんじよう》的な体位を構成しながら、法皇の老体に男の機能をよみがえらせようと工夫した。

法皇の熱い視線は、彼がまだ十分に男の機能を残していることを示している。

「和尚様に見られているだけで、躰が熱くなるわ。触って、もっと強く触って。もっと深く、もっと奥まで……」

直美は喘《あえ》ぐように言った。いまや、直美が完全に主導権を握っている。

直美にそそのかされた法皇は、おずおずと進めた指の先を、命じられるままに、熱い女体の奥に静かに沈めていく。

直美は本当に喘いでいた。法皇の指先から、過去の男歴から感じたことのない、ミステリアスなX線が体内深く放射され、全身に熱波が、アメーバのように形を変えながら、広がっていくようである。

これが法皇の念力であろうか。いつの間にか攻守は逆転して、直美は法皇の指先に操られている。

法皇の全身の震えは、いつの間にかおさまっているようである。

「和尚様、お願い。いらして」

堪《こら》えきれなくなった直美が、催促した。

だが法皇は、依然として指先で直美の身体の隅々まで探索しながら、

「私が女体に接するのは、あなたが初めてです。女体がこのように完成された体形をもっていることは、知りませんでした。

私は悟りを求めて、心身の限界まで修行を重ねましたが、女体の構成する完璧な整合性に出会ったことはありません。

迷える信徒の疑問に、女性を知らずして、どうして答えることができましょう。信徒の半数以上は女性であり、わからぬことはすべて、仏や神に任せてしまいました。しかし、年々、仕える者自身が年齢を重ねて仏に近づき、女性を知らずして、仏自身になったとき、なんと答えましょうか。

拙僧は衆生救済のため、生きたまま即身仏になろうと考えています。そのためにも、女芯を知りたい。女芯の奥の奥まで見極め、心の深奥を探索して初めて、女性の迷い、また男と女の迷いに応えられるとおもい立って、あなたの協力を求めたのです。

しかしながら、女芯の深さを知れば知るほど、迷いも深くなります」

「和尚様、このまま和尚様に置き去りにされれば、私は一生、迷路をさまようことになりましょう。ただの一度、それ以上は求めません。ただの一度、ご法悦を、お授けくださいまし」

と直美は請願して、法皇の身体にひしと抱きついた。

二十代前半の女と、年齢不詳の老人が一体となった。

「これが、まことの法悦じゃ」

法皇は口中につぶやいた。

生を受けてより、廃仏毀釈《はいぶつきしゃく》（排撃）や、敗戦など、幾多の起伏を乗り越えて、聖なる大義を探し求めてきた歳月の長さすら忘れるほどの人生の終末に近づいたいま、初めて知った法悦であった。

「拙僧は、あなたのおかげで、迷いなく即身仏になれましょう」

法皇は、直美と共に達した頂上で、人間が神仏に仮託した聖なる大義を垣間《かいま》見たようにおもった。


種村は上機嫌で来店して、ママに伝えた。

「法皇様は、御気色《みけしき》、極めて麗しく、御自《おんみずか》ら、私に言葉をかけてくださった。これまで視野を塞いでいた壁に新しい窓が開かれて、悟りを開いたと、のたもうておられた。私も面目を施したよ」

と、繰り返し謝意を表した。

法皇の信任を得た種村の次期社長への軌道は確定的になった。

直美は入店早々ホームランを打ったようなものである。

直美は法皇を満足させたものの、ベッドの上では法皇に負けたとおもっている。当初は彼女が主導しているとおもっていたが、途中から攻守が逆転した。女は初めての法皇に、完全に制圧された。

さすがは宗教界に君臨する法皇と、ベッドの上でひれ伏し、降伏しただけではなく、その余韻がいまだ体内に熱い精気となって息づいている。

そして、我知らず頰を染めてしまう。

（もしかしたら、私は法皇様を愛してしまったのかもしれない）

男歴は豊富であるが、こんな余情を引いた人はいない。とすれば、プロとしては、負けたことになる。

負けてもよい。もう一度、法皇様にお会いしたい、というおもいが、時間が経過するほどに濃くなっていくのである。

「直美さん……よほど法皇様のご接待がよろしかったようね」

と、さやかに顔を覗《のぞ》き込まれて、ますます紅潮する。

「ほら、ほっぺが赤くなったわよ。でもね、私にも経験があるの」

遊女が客に惚《ほ》れるようなものであるが、SFの場合は勝負のつもりでお座敷に臨み、客に敗れたという意識が濃い。

だが、SFが敗れたということは、それだけ客が勝利の盃《さかずき》に酔い、満足しているということとである。

SFは、客の立場や事情から昔の遊廓《ゆうかく》のようなリピートコールはめったにない。主・客共に一期一会である。

詰まるところ、女性が客に敗北感をおぼえたときは、SFが成功したことを意味する。

だが、直美がこの度味わった敗北感は強烈であり、長く余韻を引いた。

直美による法皇の特接は成功裡《せいこうり》に終わったものの、さやかの心の奥に押し込めていた不安は次第に容量を増してきた。

山林中に深く埋めた男の死体は、集中豪雨による土砂崩れでも起きない限り発見されないであろう。

仮に、そのような事態が発生したとしても、そのころは白骨になっている。また、身許が割れたとしても、男と二人の間には、なんのつながりもない。

ただ一つの気がかりは、男がステンドグラスの所在を、さやかに聞いたことである。

さやかとの関わりはなくとも、男がステンドグラスに関わっているかもしれない。

その不安を直美に伝えると、

「ステンドグラスは、知る人ぞ知る、よ。噂を聞いて、けっこう一見さんもいらっしゃるでしょう。そんな野次馬さんじゃないかしら」

と、直美は言った。

「初めは私もそのように考えていたの。でも、お店に来るつもりだったら、あなたをトランクに閉じ込めるかしら」

「あいつはきっと、色情狂なのよ。好みの女を見かけると、たまらなくなるのかもしれないわ。それも、一人では物足りず、二人目としてさやかさんを狙ったのかもしれない」

直美はあまり気にしていないようであった。

だが間もなく、男とステンドグラスの関係がわかった。

さやかが入店早々、特接のリクエストをしてきた、中国をはじめ東南アジア諸国を主たる商圏とする「サンライズ」重役、長岡義男《ながおかよしお》が店に姿を現わして、浮かぬ顔をしていた。

さやかは、中国のＶＩＰ特接を見事に果たし終えて以来、長岡の担当になった。

「お疲れのご様子ですわね。せめてステンドグラスにいらっしゃる間、憂き世の憂さを忘れてくださいな」

と、寄り添うようにして侍ったさやかに少し救われたように、長岡は硬い表情を緩めて、

「いや、この店に来ると、ほっとするよ。特に、さやかの顔を見ると救われる」

「長岡さんからそのようにおっしゃられると、嬉しいですわ。ここは非軍事地帯。憂き世という戦場の疲れを、せめてお店にいる間、癒してくださいな」

「うむ。だが、戦場の疲れとは異なる疲れもあってねぇ」

「ここは、憂き世の屑籠《トラッシュカン》でもありますわ。いらないものはここに棄てて、お身軽になってください」

さやかは、戦場以外の疲れとはなにかと聞きたかったが、先方が言及しないことは、問わないのがプロのエチケットである。

「馬鹿な甥《おい》がいてね。いつも尻拭いをさせられている。私のコネでようやく就職した職場も怠け放題で、女の尻ばかり追いかけている。その馬鹿甥っ子が数日前から失踪している。車もない。捜索願は出したが消息は不明だ。馬鹿なやつだが気になってね」

と長岡は溜息《ためいき》をついた。

さやかは、「消息不明」という言葉に、胸がどきりとした。おそらく新卒で就職したのであろうが、年齢もあの男と合っている。

「この店にいらっしゃったことはありますか」

さやかは、おもいきって問うた。

「来たがってはいたが連れて来たことはない。店で女の子とトラブルを起こされたら、私は貴重な隠れ家を失ってしまうからね」

長岡は苦笑した。

「そうおっしゃっては、甥御《おいご》さんがお気の毒ですわ。お店に来られたからといって、女性とトラブルを起こすとは限りませんわよ」

「好意的に解釈してくれて有り難う。だが、そんな生易しいやつではない。学生時代は、いかがわしいパーティーを主催して、集めた女子学生に乱暴したり、通行中の女性に声をかけて車に乗せ、レイプしたり、その都度、私が出て行って、平謝りに謝り、もらい下げてきたが、そんなトラブルをまた起こして、怒った相手に海か山へ沈められたか埋められたかしたのではないかと心配しているんだよ。あんなやつは、いずれひどいしっぺ返しを受けるのではないかと案じていたが、出来の悪い甥ほど、気になってね」

長岡は再度、溜息をついた。

さやかは、運転免許証の名前から男は長岡の甥にちがいないと確信した。

年齢、レイプ、通行中の女性を車に引っぱり込んで拉致、暴行、失踪日など、すべて合致している。

「ご両親も人脈が広そうですし、長岡さんもついていらっしゃることですから、そのうちに所在がわかりますわよ。車で遠出した先がお気に召されて、長期滞在しているのかもしれませんわよ」

「車はベンツ。ナンバーも警察に伝えてある」

さやかの誘導尋問によって、車種が確定したいま、男の素性が明らかになった。

案じていた通り、長岡の甥は、さやかと直美が協力して殺害し、死体を相模湖近くの山林に埋めた男であった。

ステンドグラスと間接的な関わりがあっても、彼女ら二人とは生前の関係はない、と、さやかは自分に言い聞かせた。

男は長岡義男の甥で長岡時彦《ときひこ》。父親は長岡時男《ときお》、ホテル、レストラン、ゴルフ場、フィットネスクラブなどを都内や近隣県で経営している実業家である。

時彦はその三男で、サンライズの子会社「サンライズサービス」という家具や衣料品のリース会社に、叔父の口利きで入社して間もない。会社でも、この放埒《ほうらつ》な新入社員を、もてあましていたようである。

長岡時彦と生前のつながりはないと、さやかは自分に言い聞かせながらも、不安が次第に膨張してきている。

時彦が死ぬ（殺される）前、最後の関係をもっていた人間は、さやかと杉村直美である。生前のつながりがなかったとは言えない。

さやかは胸にたくわえた不安に一人では耐えきれなくなって、直美に相談した。不安がなくとも、共犯者には被害者に関する情報を伝えるべきだ、とおもった。

直美も、男の素性に驚いたようである。確かに、運転免許証で見た名前と一致している。免許証や車検証を没収しても、登録番号票《ナンバープレート》やエンジン・ナンバーから、所有者の名前は判明するが、二人はそこまで考えが及ばない。

「私、多摩川の車の墓場に乗り棄てたあいつの車が心配になってきたのよ。ポンコツ屋が見つけて解体《バラ》してくれればいいけれど、車ごと拾われてしまうと、ややこしいことになるんじゃないかと不安なの。多摩川に様子を見に行かない？」

と、さやかは直美を誘った。

「私も気になっていたのよ。早速、偵察に行きましょう」

直美は速やかに賛成した。

昼間と夜の河川敷は別の場所のように様相が異なる。

昼間の河川敷は、市民運動場、市民野球場、市民プール、緑地公園、ゴルフ場、サイクリングコースなどがそれぞれ配分設置され、都民の憩い、またはレクリエーションの場として、車の墓場など、割り込む余地《スペース》はないように見える。

さらに環境保全のお目付役として、多摩川の自然を守る会や、公害をなくす会や、環境問題調査研究会などが目を光らせている。

だが東京の乱開発《スプロール》現象の津波は、お目付役など眼中にない。人口の大移動に伴い、河川にゴミを棄て、汚水を流す者など、後を絶たない。

車の墓場は、記憶している位置に存続していた。この墓地を撤去すれば、また別の場所に車の残骸が集まる。

凹《へこ》んでいるボールのように、一ヵ所を浄化すれば、別の箇所が汚染される。いたちごっこであった。

「ないわ」

車の墓場を捜し当てた二人は異口同音に声を出した。〝墓地〟の奥のほうに突っ込むようにして乗り棄てたベンツが消えている。

ベンツによって埋められていたはずのスペースが、ぽっかりと空洞になっている。

何者かがベンツを発見して、凄い拾い物だとばかりに、ほくほくしながら運び去って行ったのかもしれない。

このときになって二人は、車体から燃料を抜かなかったことに気がついた。どの程度の燃料がタンクに残されていたか、メーターを確認しなかったので不明であるが、少なくとも現場から最寄りの給油所まで移動する程度のガスは残されていたであろう。

いまにして事後処理が失策《ぬけ》ばかりであったことに気づいたが、後の祭りである。

「そんなに心配することはないわよ。ポンコツ屋がバラして持って行ったのかもしれないわ。

あるいは車ごと持ち去ってからバラしたのかもね」
直美が慰めるように言った。
「そうね。きっとそうだわ」
さやかは自分に言い聞かせるように答えた。
だが、失策が修復されたわけではない。
仮に、車の所有者が判明しても、二人には結びついてこないと、自分を納得させた。

第一志望の特接

ステンドグラスに、これまで経験したことのない特接のリクエストが飛び込んできた。

リクエストの仲介者は、店の常連である、進学塾経営者の大木浩《おおきひろし》である。

「難しい注文かもしれないが、ママに折入って頼みがある」

大木は低姿勢に切り出した。

大木は、トップレベルを誇る進学塾チェーンの理事長であり、公認会計士の資格を併せ持ち、弁護士の妻と共に法律会計事務所も併営している。

ステンドグラス開店以来の常連である。

「大《オー》さんのリクエストであれば、どんなご要望にもお応えしますわよ」

小弓は如才なく応じた。

客が「折入っての頼み」と言えば、特接に決まっている。

だが、私設とはいえ教育に携わる方面からの特接のお座敷《ニーズ》は珍しい。ステンドグラスの歴史でも、国際会議に招かれた外国教授が一件だけである。

「実はね、うちの塾の生徒なんだが、名門高校を卒業して、一年、浪人している。今度は、なんとしても希望大学に入学させたいという両親を含めてのたっての希望だ。ストレートで合格する学力はあったんだが、親馬鹿の気遣いが裏目に出て、浪人してしまった」

「すると、お客様は、そのご浪人……未成年者ですか」

小弓は当惑した。

どんなに重要なご贔屓でも、未成年者を特接するのは違法である。

「いや、成人にはなっている。中学時代病弱で一年休学し、浪人したので、まだ若葉マークだが成人に達している」

それを聞いて、小弓は少しほっとした。

「その塾生が浪人した原因は、女性なんだよ」

「失恋したのですか」

「失恋にはちがいないが、ちょっと複雑な失恋でね」

大木の言葉が少し滞った。

特接にはそれぞれのお座敷《ニーズ》ごとに個性がある。だが、進学塾生徒の複雑な事情とは珍しい。

特接を成功させるためには、あらかじめ「複雑な事情」を聞いておかなければならない。

もちろん、小弓一人の胸に畳んでおく秘匿情報である。特接を担当する特攻隊員には、複雑な事情は一切告げないが、特接の個性に対応できるように、指示をしておかなければならない。

「たまたま、その受験生の隣家にも同年代の男子受験生がいてね、いずれも春機発動期（色気づく時期）で、異性が気になって、勉強に集中できない。息子の部屋を掃除中、たまたまエロ写真、および明らかな自慰《マスターベーション》の痕跡を発見した母親が、その悩みを隣家の主婦に訴えたところ、お隣りさんも同じ悩みを抱えていることを知った。何度か母親同士が出会ったことが逆効果となって、話題の息子の浪人につながった。

そこで二人の愚かな母親は、途方もない契約を交わしたんだよ。つまり、息子たちがマスに耽《ふけ》りすぎれば、受験勉強がおろそかになる。二人の母親は、息子たちを交換して、定期的に息子たちのセックス・パートナーになった。

隣家のおばさんが、春機発動期の若者の妄想を、本物の女体を用いて晴らしてくれるのであるから、当初はそれ相応の効果はあったらしい。

だが、予想外のハプニングが発生した。隣家の奥さんが、転勤になった夫について北海道へ転居してしまった。置き去りにされた受験生は茫然《ぼうぜん》として、虚脱状態になり、受験勉強が手につかなくなった……」

大木の〝解説〟によって、おおかたの事情が読めた。

つまり、ステンドグラスのSFに出張《でば》ってもらい、色惚《いろぼ》けの受験生を、受験期中、手当てしてくれということである。

小弓は、大木の解説中に、気分が悪くなってきた。息子の受験期中、異性への妄想を晴らすために隣家の母親と息子を交換して慰めるとは、親馬鹿の極まれるところであり、気色が悪いことこの上ない。

これは、特接ではなく、途方もない親馬鹿への協力である。

そんな協力を、SFに命じられない。

SFは本来それぞれの座敷主に〝馬鹿〟が付く接遇である。しかし開店以来の常連のリクエストとあっては、無下《むげ》に断れない。

SFの、だれを派遣すべきか。

おそらくSFメンバーすべてが拒否するであろう。いかにママとはいえ、嫌がるメンバーを強制はできない。

(やはり、自分が出向せざるを得ないか)

と小弓はおもった。それにしても鳥肌が立つようなお座敷である。

これもステンドグラスの役目の一つかもしれないと、あきらめかけたとき、忘れかけていたOGの存在を、おもいだした。

勝田《かつた》道代《みちよ》、三十三、四歳になっているだろう。彼女ならば、この難役、あるいは卑役を、こなしてくれるかもしれない。

いまは隣県地方都市の、サラリーマン夫人に納まっているが、結婚前は、SFの主戦力として、店の発展に大きく貢献してくれた。彼女とは、いまでも連絡を取り合っている。

さらに道代は、女子大生時代、家庭教師のアルバイトをしていた。浪人生に、まさに、お誂《あつら》えの対応ができるかもしれない。

当時SFメンバーがこぞって辞退した特接を、道代が引き受けてくれた。あの特接は決して忘れられない。それは——。

開店五年後、ステンドグラスがようやく軌道に乗りかけたとき、開店以来の常連で、渋谷を中心に都内・都下十余店のスーパーストアを経営している串木《くしき》達造《たつぞう》が、意想外の特接リクエストを持ち込んできた。

「ホームレスが死にかけている。末期《まつご》の想い出に女性を抱きたいと言っている。なんとかしてやってくれないか」

「ホームレス⁉」

小弓は仰天した。

大手企業や組織から、ぼちぼち特接のお座敷がかかってきている時期であった。いずれも、お座敷の主は各方面のＶＩＰや要人ばかりであった。

串木からのリクエストは初めてであったが、店の常連から、ＳＦ情報を聞き込んだのであろう。

串木は、昭和の末に、渋谷に単独店をオープンした。大手チェーン店の進出に対抗して、独立店を糾合。協同組合組織による共同仕入れで、業界サバイバルに勝ち残った辣腕の経営者である。

一方では、ホームレス救済連絡協議会を結成して、路上生活者に救援の手を差し伸べている篤志家である。

ＳＦはＶＩＰ・要人専用と認識していた小弓は、座敷主をホームレスと聞いて、串木が冗談を言っているのではないかとおもった。

だが、冗談ではなかった。

「ただのホームレスではない。彼の前身は、その方面では知る人ぞ知る実業家で、ある日、翻然と悟ることがあって、事業を弟に譲り、路上生活を始めた。路連協（路上生活者救済連絡協議会）のボランティアをしている間に彼と親しくなり、その前身を知った。

彼ほどの人物が、なぜ、と問うと、すべての義務や責任や使命から解放されて、完全な自由を得るためだと言った。それまでは、好きでホームレスになった者はいないとおもっていたが、言われてみれば、税金も、家族も、仕事も、人間関係も、すべて断ち切った、ホームレスほど自由人はいない。その彼が不治の病になり、いくら入院を勧めても、せっかく得た自由の路上で死にたいと言い張って、動かない。

私は、完全な自由人の彼の意志を尊重してやろう、とおもった。その彼が、死ぬ前に、今生の想い出に、女性に抱かれて死にたいと言うんだな。私は感動したよ。完全な自由人として路上を選んだ彼が、女を抱いて、あるいは抱かれて、路上で死にたいと言う。私にはとてもそんな勇気はない。自由になるのが怖いんだよ。私にはとても及ばない勇者だとおもった。そして、彼の最後のおもいを遂げさせてやりたくなった。ママの力を貸してもらえないか」

と串木は言った。

小弓は返答に窮した。

串木の俠気《きょうき》はかねがね尊敬していたが、路上で老いさらばえたホームレスを特接する勇気はない。

小弓にない勇気を、SFメンバーのだれがもっているか。

だが、串木のリクエストには応えてやりたい。

そのとき入店間もない勝田道代の名前が思い浮かんだ。

そして、特接の当夜、周囲から邪魔の入らぬように、串木がさりげなく警衛《ガード》する公園の一隅に設《しつら》えた段ボールハウスで特接が行われた。

「有り難う。この世におもい残すことはなにもない。あなたは、私の人生で出会った最高の女性だ。些少《さしょう》であるが、私の全財産を進呈したい。あなたの後半生に、少しでも役に立ててもらえれば嬉しい」

と、路上の客は言って、百万円の札束を差し出した。

道代は辞退したが、串木からも勧められて受け取った。それ以外にも、串木から小弓に多額の謝礼が寄せられた。

老人に対する、若葉マークの若者。絶妙のコントラストであり、勝田道代以外に、この特接座敷に対応できる者はいない。

小弓は早速、道代に連絡を取った。小弓が予測した通り、道代は二つ返事で、承諾した。

道代と浪人塾生の村中明《むらなかあきら》は、彼の自宅で初めて顔を合わせた。

特接の場所は、明の自宅に近いホテルに設定した。

道代の名目は家庭教師ということになっている。二人は初対面で相性を感じ合った。明には、道代がＳＦであることを知らせていない。

これまでのSFは、ほとんど一回性であったが、このお座敷は継続性が求められる。その意味でも、客とSFの間に相性がなければならない。

道代は、塾と並行して、英・数を担当することになっている。いずれも道代が得意とする科目である。

「受験は人生で、だれもが通る関所よ。受験勉強は、関所を通るときに必要な手形をもらうための税金のようなもの。人生行路で、だれもが支払う税金よ。関所破りをするよりも、税金を支払うほうが楽よ。それにね……」

と、初対面の挨拶中、道代はおもわせぶりに言葉を切って、誘うように明の顔を覗き込んだ。

「それに……なんですか」

明が好奇心をそそられて問い返した。

「それにね、受験勉強は試験だけではなく、実社会に出てからも、けっこう役に立つことがあってよ」

と言って、道代は軽いウィンクを送った。

「実社会で、どのように役立つのですか」

好奇心をそそられたと見えて、明はさらに問い返した。

「それはね、私が明くんの家庭教師になれたのも、受験期にしっかりと受験勉強をしたからなの。あのとき受験勉強していなければ、こうして明くんに会えなかったわ」

明は納得したようにうなずいた。

彼の視線は、道代の顔から次第に下方へ移動して、衣服に隠されている豊かな胸部に固定した。

「しっかりお勉強すれば、ご褒美をあげるわ」

「ご褒美？　どんなご褒美ですか？」

「それは、あなた次第。今日のお勉強が終わった後、私が決めるわ。さあ、始めましょう」

道代に誘導されて、明は勉強に意識を集めた。あっという間に、二時間が経過した。

その間、道代の適切な指導と叱咤《しった》激励によって、これまでになく充実した勉強になった。

「初めてにしては、とてもよくできました。これからも、この調子で、つづけてくださいね。ご褒美をあげます。いらっしゃい」

道代は両手を広げた。おずおずと近づいて来た明をやわらかく抱き寄せて、唇を重ねた。

すでに、隣家の夫人によって性体験のある明は、道代の唇の褒美に増長して、彼女を押し倒そうとした。

「今日はこれまで。宿題を出しておきます。次に来たときの出来具合によって、ご褒美を決めます。その間、塾でもしっかり勉強してくださいね」

三日後に再訪する約束をして、この日の特接は終わった。

〝師弟〟は携帯電話のナンバーを交換して別れた。

道代は手応えをおぼえていた。明は次の約束のときまで、道代の褒美をもらうために、必死に受験勉強に集中するであろう。

時折、携帯（メール）で発破《はっぱ》をかける。

定期的に偵察の携帯コールを入れると、明は猛勉強に励んでいるようであった。

「それでは、テストをするわ。ルックアット、ルックフォー、ルックダウン、ルックトゥー、ルックライク、このうち、〝探す〟という意味の熟語を選んでください」

「ルックフォーです」

「よくできました」

こんな調子で、適時、発破をかける。発破ごとに明は勉強に発奮するようであった。

そして二回目、三回目の褒美は胸や下半身に触らせるだけで、まだ許さない。その間に第二志望校の受験日がきた。

合格発表日、明は道代が待っているホテルにいの一番に駆けつけて、合格を口頭で伝えた。

「おめでとう。私は明くんが必ず合格すると信じていたわ。いらっしゃい。ご褒美をあげるわ」

彼女はすでに、備え付けの浴衣をまとっていた。湯の香りが芳《かぐわ》しい肌の香りとなって、浴衣の下に、なにも着けていないことを示している。

道代の艶やかな浴衣姿が、明の合格を予測していたことを示している。

明は、おずおずとベッドのそばに歩み寄った。

「シャワーなんか、使わなくていいわ。早くいらっしゃい。私も合格通知を待ちかねていたの」

と、道代はベッドの上で身体をひねった。弾みで裾が割れ、煽情的な陰翳がちらりと明の視野をかすめた。

二人は速やかにベッドの上で一体となった。しっくりと溶融したカップルは、そのまま静止した。道代が明の耳にささやいた。

「いいこと。これが最後のご褒美ではないのよ。第二志望校の合格は下敷き。この下敷きを踏まえて、明くんは、きっと第一志望校に合格するわ。これから、第一志望校の試験日まで、私のことを忘れて、全力を勉強に集中しなさい。第一志望校に合格したら、いの一番に私に報告するのよ」

「必ず、第一番に」

そして〝師弟〟は、求め合う男女になって、ほとんど同時に達成した。

数日のタイムラグを置いて、村中明は首尾よく第一志望校の入試を突破した。なにをおいても、固く約束した勝田道代に合格を報告した。

「おめでとう。本当によかったわね」

「先生、ご褒美をください。いつものホテルに、これから駆けつけます」

「明くん、私の役目は、終わったわ。もう、私が差し上げるご褒美はないのよ。第一志望校に合格、それが明くんへのなによりのご褒美じゃないの。四月からあなたは大学生。前途は洋々。これから無数の出会いがあるわ。そして、明くんにとって、ただ一人の女性が必ず現われる。残念だけど、私は明くんのただ一人の女性ではないの。

さようなら。もしもこれが永遠の別れであるならば。

いつ、どこにいても明くんのことは、決して忘れないわよ」

その言葉と共に、電話は一方的に切られた。

明は束の間、茫然とした。

だが、勝田道代の言葉から、彼女が自分の前から永遠に去って行ったことがわかった。

「もしもこれが永遠の別れであるならば」と、「さようなら」に付け加えた言葉が、前途遼遠《りょうえん》の明の旅の途上で出会った一人の女性にすぎないことを語っていた。

（さようなら、先生）

明は反応しない携帯に向かってささやいた。（もしも永遠の別れであるならば）と付け加えなかったのは、未来に制限を付けたくなかったからである。

奇妙な拾得物の届け出があった。

調布市域の多摩川河川敷に自然発生的にできた車の墓場に、新車同然のベンツが乗り棄てられていた。

早朝、その場をジョギング中の近くの住人が、遺棄された車の墓場にベンツを発見、最初は幻覚かとおもったが、近づいて観察し、〝車体満足〟なベンツであることを確認した。

なんと車のキーまでが所定の位置に差し込まれたままである。エンジンも順調に始動した。

ジョガーは運転免許証を取得しているが、その場に持ち合わせていなかった。

車の墓場に乗り棄てられたベンツは、粗大ゴミか、あるいは、占有離脱物（忘れ物）か、迷ったが、ためしに動かしてみるとスムーズに発進した。

このベンツには、どこも悪いところはない。美術品のようなデラックス外車が、ゴミのように棄てられている。発見者のジョガーは気味が悪くなった。

免許証不携帯の運転ではあったが、遺留品を届けるだけであれば、咎《とが》められないであろう。〝健全な〟ベンツを遺留品として届け出られた警察も驚いた。ナンバープレートからたぐって、所有者と使用者が同一の名義人、長岡時彦、二十四歳と判明した。

直ちに名義人の住所に照会すると家族が応対して、数日前に失踪したまま、消息を絶ち、所轄署に捜索願を出していることがわかった。

願い出と同時に、失踪に関わる諸事情や、当人の失踪前後の動静や状況等を詳しく聴取することになっている。当人には失踪すべき事情や理由も見当たらず、自発的な家出とは認め難い状況であったために、本人は失踪あるいは家出後、数日のうちに帰宅する可能性があり、コンピューターには、まだ登録されていなかった。

出先で犯罪被害容疑のある所在不明者であれば、河川敷に遺棄された高級外車が、なんとも不可解である。

車には、なんの異常もなく、そのまま転売しても、かなりの金額になる。金品目的の犯罪被害容疑のある所在不明者とするには矛盾がある。

この不可解な遺留品（遺棄自動車）とその所有者の理由不明の失踪が、警視庁捜査一課の棟居《むねすえ》の耳に伝わった。

棟居は、高級車の所有者・長岡時彦を犯罪被害容疑のある所在不明者とみた。

長岡時彦は、すでにこの世のものでないか、あるいは生きているとしても、連絡できないような状況に置かれているのではないのか。

捜査の開始は、捜査機関が「犯罪があると思料するとき」である。つまり捜査権の発動については法律上、別段の規定はない。だが、実際に捜査本部が動くときは、死体の発見、あるいは、凶悪事件発生の速報による。

長岡時彦の死体こそ発見されていないが、棟居は凶悪な事件のにおいを嗅いだ。

多摩川河川敷の車の墓場に遺棄された高級外車の近くに死体は発見されていない。

車のオーナーが死体となっていなければ、だれが〝墓場〟まで運転して来たのか。本人自身が運転して来れば、新車同様の高級車を、そんな場所に乗り棄てるはずはない。つまり、オーナー以外のだれかが、そこまで車を運転して来たことになる。

すると彼は、どこへ行ってしまったのか。

彼の所在が不明であるということは、彼以外の第三者の意思によって、連絡したくても、できない状況に置かれていることを示す。

犯人は、彼と車との距離を開くことによって、両者の関係を断ち切ろうとしているのではないのか。

車の所有名義人と運転者が必ずしも一致しているとは限らないが、車の遺棄と名義人の失踪がほぼ同時期ということが、棟居の意識に引っかかった。

名義人・長岡時彦は、運転中になにかの異変が発生して消えた。そして車のみが多摩川河川敷から発見された。

何者かが長岡の身体の自由を拘束して、車を河川敷に遺棄したと考えるのが妥当である。

その何者かXは、長岡と車を分離して、片や車のみを遺棄し、一方の長岡は人目に触れぬ場所に隠した。

つまり、車と長岡本人から、その身許が割れるのを恐れたのである。

その証拠に車につきものの車検証、自賠責保険証などの必要書類が消えていた。

ナンバープレートやエンジン・ナンバーを放置したのは、簡単には消去できなかったことと、解体屋《ポンコツ》が遺棄車に目を付けてバラしてしまうか、そのまま粗大ゴミとして埋もれてしまうと楽観したのであろう。

車から分離された長岡時彦の生死は不明である。分離した者にとって、長岡が現われては都合の悪い事情があり、殺害されて、死体を隠匿された可能性も考えられる。

だが、捜索願出の際の事情聴取では、長岡には失踪するようなトラブルも、人間関係の確執も、暴力団との関わりなどもなかったという。

彼の失踪後発生した犯罪や、交通事故、轢《ひ》き逃げ、自然の災害などは報告されていない。

あるいは失踪当時、車を運転中になにか異変が生じたのであろう。

その異変とは……交通事故ではない。そうであれば、車が損傷しているはずである。強盗や、金品目当ての異変でもなさそうである。

金品目的であれば、高級外車を遺棄するはずがない。

Xは、長岡が運転途上介入してきて、なにか異変を起こし、長岡と車を分離し、長岡を隠した。

なぜ、彼を隠さなければならなかったか。棟居の推理は堂々巡りをした。

考えられる可能性は、運転途上、Xが介入して、長岡と争いになり、彼を殺害した。車と共に、あるいは近くに遺体を放置すれば、警察が捜査を始める。死体を隠してしまえば、警察も簡単には動かない。

棟居は、長岡時彦の失踪に興味をもち、閑《ひま》を盗んで、手弁当で捜査しようとおもい立った。

可惜夜《あたらよ》の唇

ステンドグラスは順調に店勢を伸ばしている。

常連にもSFと、レギュラーの二種類がある。

レギュラーは店が気に入って、隠れ家として利用している。このほうが圧倒的に多い。

SFは、レギュラーと二股をかけている者も多い。

レギュラーはほとんどステンドグラスの別の顔を知らない。SFの客たちが特権として秘匿しているからである。SFの客の黙契である。

おかげで特攻隊とレギュラーの見分けがつかない。いずれにしても美形揃いのステンドグラスに客が集まる。

ママの教育がよく、女性陣は客の心理をよく学んでいる。

「いいこと。特定のお客様に本当の恋をしたら、プロの負けよ。他のお客様はお店から離れてしまうわ。でも、擬似恋愛《ラブゲーム》は絶対に必要よ。お客様も擬似恋愛と知りながら楽しむのよ。

うちのお客様は、いずれも世馴《よな》れている方ばかりだから、擬似恋愛と承知で楽しむのよ。恋愛ごっこね。プロはゲームの達人よ。このことを忘れないように」

と小弓は新人のみならず、中堅の女性たちにも時どき釘を刺した。

ラブゲームと心得ながらも、真の恋に陥りやすいのは女の性《さが》である。むしろ、プロのほうが本物の恋に陥りやすい。

小弓自身、恋多き女であっただけに、恋の危険をよく知っている。ゲームと真剣の境界は曖昧であり、ゲームとおもっている間に本気になっている。

客の隠れ家であり、非軍事地帯である夜の店には、必ず上等の女がいる。女が上等であればあるほど、ハイブロウの男が集まって来る。

選ばれた男たちと上等の女が邂逅《かいこう》すれば、恋の温床となるのは必至である。

だが同時に、恋は上等である女の値段を下げてしまう。真剣になればなるほど、恋に陥った女は、自分の商品価値を忘れてしまう。それは当然、店の損失となる。

ゲームではあっても、恋を売り物にしている夜の店が抱えている矛盾であった。

ましてや、ステンドグラスはＳＦが隠れた主力商品である。

ＳＦは、ゲームから最も真剣な恋に移行しやすい男女の接点を売り物にしている。この接点から離れられなくなったときは、担当した女性はＳＦとしての戦力を失ってしまう。

つまり、SF戦力は絶えず補給しなければならないのである。

補給しなければ、充実していた戦力も速やかに衰える。

難しいお座敷をOGの戦力を借りて無事に乗り越えると、息継ぐ間もなく新たなリクエストがきた。

依頼人は、山中彰《やまなかあきら》、フリーのルポライターである。

彼の、時代の最先端を追求する猟犬並みの嗅覚と、地を這《は》うような取材力には定評がある。

金権政治の金脈を徹底的に追及して、政権を覆したこともある。

強い正義感と、決してあきらめない一匹狼《いっぴきおおかみ》のジャーナリストとして、脛《すね》に傷もつ各界の要人たちは、ゴミの狩人《トラッシュハンター》と称んで恐れていた。

要人たちは、山中を、ゴミ箱を漁る猟犬にたとえて蔑称していたのであろうが、要人たち自身が社会のゴミのような存在であると自嘲している滑稽さには気がつかない。

「ママを見込んで頼みたいことがある」

山中の言葉から、小弓は難しい特接であることを察知した。

山中はルポライターの嗅覚から、逸速《いちはや》くステンドグラスの別の顔を知っている。知っていながら、その座敷主を追及しようとはしない。

天下を動かす要人たちの下半身から秘密を暴露するのは、ジャーナリストとして卑怯《ひきょう》であるという意識をもっているからである。

ジャーナリストとしての矜持《きょうじ》と共に、ステンドグラスが非軍事地帯であることを認識している。店に来たときはジャーナリストではなく、隠れ家に憩う一人の旅人に変身していた。

小弓はそれを〝武士の情け〟と解釈して、山中に無言の感謝を寄せていた。

その山中の頼みとあれば断れない。

「実は、私の大学の同期でね。藤谷英司《ふじたにえいじ》という男がいる。辣腕の検事をやっている。その名を言えば、獅子身中の虫は震え上がる。数字が読めて、どんな小さな不正も、彼の目を逃れることはできない。その彼が男性を失ってしまった」

「男性を失った……？」

「ストレスの連続で、男の機能が麻痺《まひ》してしまったんだよ。医者の診立てによると、心因性不能ということだ。まだ男盛りの年齢で、男の機能を失うということは、半分死んだも同然だよ。

彼には愛し合っている奥さんもいる。医者から、奥さん相手では、また今度もだめになるのではないかという不安が働いて、ますます症状が増悪する、男の生理をよく知っている女性に対応してもらえば、よくなるかもしれない、とアドバイスされた。

初見参の女性には、かえって緊張して不能になるケースもある。初回不能という現象であるが、奥さん相手では、不能の都度、男として、夫として屈辱を重ねている。それが行きずりの女性であれば、不能に終わっても屈辱はない。つまり、人形相手のように気安く対応できる。しかも、その人形がダッコちゃんのように相性がよければ、回復のきっかけをつかめるかもしれない。

ママをおもいだした。このままでは、彼は役立たずの男として自分を蔑み、だめになってしまうかもしれない。彼は世の中の不正を剔抉《てっけつ》するために生まれてきたような人間だ。クラスメートとして、また戦友として、なんとか彼を再起させたい。ママの力を貸してもらえないか」

山中は訴えた。

特接のお座敷の主が検事と聞いて、小弓は驚いた。

世の中の不正を剔抉する正義の標本が、違法なお座敷を注文するはずがない。すべては友の身をおもう山中の一存であろう。

危険な一存であるが、山中は社会にとって必要な人材を、男性機能の一時的な失速から失いたくないと考えているのであろう。本人に山中の意思を伝えれば、必ず拒否する。

この特接は、本人からのニーズではなく、盟友が見るに見かねて、本人を救うためにお座敷を設えたのである。

これまでのSFには、本人の意思が、程度の差はあっても、必ず関わっていた。だが、今回はちがう。本人の意思は全く関わっていない。そこがこのSFの最も難しいところであった。

まず、この難役の担当者として、だれに白羽の矢を立てるか。次に、担当者が決定したとしても、どうやって本人に近づかせるか。さすがの小弓も当惑した。

だが、山中は本人へのアクセスの道をすでに用意していた。

「句会を開こうとおもっている」

山中は言った。

「句会……俳句の会のことですか」

「藤谷の趣味は俳句でね。プロの俳人顔負けのよい句を詠む」

「でも、句会となると、二人だけになれませんわ」

SFは密室の中で、男女が一対一で向かい合わなければ、まさに不能となる。

「句会は最小限二人でも成立する。もともと我々の句会は、俳句よりも飲んだり食ったり、駄弁《だべ》ったりが主たる目的で、時間があまれば句をひねる、という変な句会だよ。同人たちは変句会と称んでいる。

同人も変なやつばかりで、人気スターや歌手が来るかとおもえば、通りすがりの旅行者が飛び込んで来たりする。足を洗った元ヤクザや、売れない作家、商店主、元自衛官、ホームレスも来るよ」

そんな変句会では、特接はますます難しくなる。

「多いときは二十人近く集まるが、時には二人や三人ということもある。店の子（SF）と私の三人の句会にして、途中から私が中座する。つまり、一対一の句会にすればいいだろう」

「それではお座敷の主が山中《ヤマ》さんと一緒に帰ってしまわないかしら」

「それを帰らないように仕向けるのが、女の子の腕だろう」

山中の言葉がヒントになった。

三枝雅子《さえぐさまさこ》、二十九歳。一流大学国文学科卒の才媛であり、総合商社に入社、本社機構秘書室に配属された。

重役に見初められて専用秘書に抜擢《ばってき》されたが、セクハラとパワハラに遭って退社した。

その後、いくつかの会社を転々としたが、いずれも男優位の社会であり、どんなに能力があっても、女はしょせん男の補助であった。

そして、独特のフェロモンを放つ彼女は、常にセクハラの的となり、これを断乎《だんこ》拒むとパワハラとなった。

こうして昼の世界に見切りをつけ、女が主役になる夜の仕事環境を求めてステンドグラスへ来たのである。

生来の文芸的才能に、国文学科卒業の知識を加えて、彼女が侍ったレギュラーの席は格段に盛り上がり、客の尻が長くなった。

女性を交えての酒席の話題は、エロチックな馬鹿話や、差し障りのない雑談に流れやすいが、彼女の話術は絶妙であり、上等な艶種にスパイスの利いたユーモアを加えて客を喜ばせた。

藤谷はエリート中のエリート検事。東京地検（地方検察庁）特捜部に所属している。

検察の花形である。特捜部が対決するのは経済犯罪であり、中でも政治権力の絡む大型の汚職や、大企業の犯罪である。

特捜検察は大企業や、国家の中枢にはびこるシロアリを退治する、同じ国の行政機関の一つである。

それだけに儀礼的な会食や、盆暮れの贈り物一つに対しても安易には受けないアンタッチャブルとして、身辺を清廉潔白に保つ。

ましてや、近年、某地検特捜部主任検事による証拠改竄《かいざん》事件の発覚により、失墜した検察の威信と名誉の回復のために、検事は特に身辺を清らかに保たなければならない。

藤谷は任官後、地検のドサまわりをして、その才能を認められ、東京地検特捜部に配属された。

特捜部においてますますその真価を発揮した。会計帳簿に羅列してある数字から、巧妙に組み立てられた悪の構造を掻き出し、その奥に巣くっている獅子身中の虫を焙《あぶ》り出し、容赦なく剔抉した。

政・財界の癒着の中で甘い汁を吸っていた虫たちは、藤谷を「アリクイ」と称んで恐れた。

その藤谷の男の機能を蘇生させるためのSFは、至難中の至難の業である。

だが、百戦錬磨のステンドグラスの客を長時間惹きつけて離さぬ雅子であれば、その難役を果たしてくれるかもしれない、と小弓はおもった。

藤谷の機能回復SFは、藤谷のミッション・インポテント（不能な使命）にちなんで、MI句会と命名され、密《ひそ》かに、そして周到な準備がなされた。

会場は由緒ある廃屋に手を加え、再生して、旅行者の宿泊や、講演や、句会や、教室、文化運動の集会などに提供しているNPO廃屋再生委員会が運営する古家を選んだ。

当日は藤谷英司、三枝雅子、山中彰ほか、MIに協力する会員四名が、その再生古家にちなんで名づけられた「花庵《はないおり》」（何度も咲く）に集まった。

禁煙、火は不使用であるが、屋内での飲食は許されている。参加者はそれぞれ酒、手作りの料理、菓子、果物などを持ち寄る。

名目は句会であるが、まずは飲み食いしながら駄弁を楽しむ。兼題も席題もない。

出席者全員、顔を揃えたところで、まずは山中が、今日の初参加者を紹介する。

「三枝雅子さんです。紹介者は私。元商社のＯＬ、現在は結婚して家庭の主婦であると同時に、童話作家です。詳しくはご本人から自己紹介されるでしょう。

もう一人の初参加者は小川雄造《おがわゆうぞう》さん。樹医です。樹木や植物の病気の医師です。東日本大震災の奇跡の一本松の再生にも関わっています」

山中の初参加者の概略案内。つづいて二人の自己紹介によって、句会は和気藹々《あいあい》と始まった。

句会は口実であり、気の合った者同士が寄り集まって飲み、食い、談論風発、日頃たくわえたストレスや鬱憤を吐き出すのが目的である。

変句会の同人たちは、入会時、一応自己紹介をするが、正直に本名や、身の上を告げる必要はない。気の合う連中が集まって飲食を共にし、わいわい、がやがや盛り上がるだけで十分なのである。

句会は付けたりにすぎず、盛り上がっている最中、ふとおもいついた句を披露するだけでよい。互選もしなければ、清記（清書）も選評（主宰者の評価）もない。

そんないい加減な句会？でも、けっこう人生を反映する句が獲《と》れる。

宴もたけなわになったとき、山中が、

「迷い猫鼻の頭に花を乗せ」

と立句した。

すかさず藤谷が、

「散りゆけば花それぞれの行方かな」

と応じた。

わっと一座が盛り上がった。

そのときタイミングよく、初参加の樹医が、雅子の着物に付いていた花びらを目敏《めざと》く見つけて、

「花いかだ漕《こ》ぎだす人か花衣」

と立句した。たちまちやんややんやの喝采となった。

目立たぬように抑えた渋い紬《つむぎ》に、染名古屋《そめなごや》帯をきりりと結んだ雅子は、慎ましやかな気品に満ちて、抑えているはずの美質がかえって本領を発揮してしまった。

しかも、彼女のしとやかな優美さを強調するように、紬に付いてきた一弁《ひとひら》の花びらと、それを句材としたかのような立句が、改めて参加者の目を集めたのである。

折から北上する桜前線と変句会がタイミングよくジャストミートして、彼女が歩いて来た川の流れに沿う満開の桜並木が想像された。

注目の的になった雅子の含羞の姿が、あたかも花の精のように自然に演出されている。

宴たけなわの最中、樹医が、用事があると言って退席し、つづいて一人ずつ静かに去って行った。

トイレに立つような形で、中座したまま帰って来ない者もいた。

「今夜は、皆さん、忙しそうですね」

ようやく忙中の閑を得た藤谷がつぶやいた。

「いけない。すっかり忘れていた。すぐ戻って来る。ちょっと失礼するよ」

山中が重要な用事をおもいだしたように立ち上がった。

「なんだ、きみまで行ってしまうのか」

藤谷が引き止めるように言った。

「すぐ戻るよ。ようやく取れた休日だろう。せっかく雅子さんも入会してくれたんだ。句会は二人でもできる。すぐ戻るから、二人で名句を競作してくれ」

と山中は言い残して中座した。

藤谷にしても、こんな機会をもったことはない。しかも、潮が静かに満ちてくるような、しとやかに迫ってくる雅子の慎ましやかな蠱惑《こわく》はなにか。

二人だけ置き去りにされたこの空間は、藤谷がいまだかつて経験したことのない憂き世の汚濁や、ストレスや、悪の汚染から遮断された二人だけのカプセルであった。

これが域外の人間が設定した場であれば、職業的な本能によって警戒するところであるが、絶対的に信頼している親友の山中が確保してくれたカプセルの中であるだけに、なんの警戒も疑惑もおぼえない。

(句会は二人でもできる)

と言い残して行った山中の言葉が、神の恩恵のように聞こえた。

「幻と知れど一夜の花明かり」

「客去りて花の精のみ残りけり」

雅子が句を起こし、藤谷が返句した。

そして、盃と共に言葉を交わす。たがいの言葉が一語一句、細胞に浸《し》み込むようになめらかで優しい。

今宵初めて出会ったにもかかわらず、二人は十年来、もっとはるか以前からの異性の友人であったかのようにおもえた。

「出会《でお》うたる定めの人や名も問わず」

「その人と知れど女人の謎香る」

「幻と知れど一夜の夢明かり」

「夢覚めて消えぬ面影花の奥」

それぞれの想いを句に託して交わしている間に、二人はすでに愛し合っているように感じた。

句会ではなく、愛し合う二人が相聞句に託して想いの丈を告白しているのである。

濃厚な時間が静かに経過していく。

藤谷は、これまでにも濃厚な時間は経験している。だが、この蜜のようにとろりと煮つまった甘美な時間は初めてであった。

妻を愛してはいるが、恋愛結婚ではなく、勧める人があっての縁談で結ばれた夫婦である。

儀式と形式による結婚後、検察という最強の権力機関の一員として、政・財界、大企業の不正剔抉を天職とした身は、絶えざる緊張と向かい合っており、家庭における私の時間ですら気を抜かない。

妻から、

「あなたは眠っているときでも、目を開いているような気がするわ」

と言われたことがあるほどである。

そんな彼が、初めて出会った女性と、二人だけの甘美な世界《カプセル》を共有している。常に不正と向かい合い、獅子身中の虫との壮絶な闘いに身を挺《てい》している藤谷は、この世にこのようなカプセルがあることを知らなかった。

ただ一緒にいるだけで楽しい。相手もそのように感じているらしい。そうでなければ、蜜のように煮つまった甘美な時間を共有できない。

藤谷は雅子の素性を知らない。雅子も藤谷のそれを知らない。たがいに未知の二人が出会った瞬間、世界にただ一対のキイとシリンダー錠のように呼吸が合っている。

微調整された阿吽の呼吸が、二人をやわらかく包む空間を、より濃厚に、甘美に煮つめているようである。とろりと煮つまって、動かぬような時間が確実に動いている。

時間を忘れて見つめ合い、語り合い、句想が走ったとき、相聞句を交換して、心身共に距離を縮めている。

「このような夜を可惜夜《あたらよ》というのですね」

言《こと》の葉《は》を語り尽くして、たがいの顔を見つめ合ったとき、雅子が言った。

「あたらよ、とは、なんですか」

藤谷が、初めて耳にする言葉であった。

「眠るには惜しい美しい夜という意味です」

「どういう字を書くのですか」

「可惜夜と書きます」

彼女は清記用の紙に書いた。

六法全書や、法廷や、財務諸表にはない言葉である。

青い光に染められた窓のほうをふと見ると、広く取った素通しの窓ガラスに、朧《おぼろ》な月影が映っている。

月はいつの間にか天心に位置を占め、青白い光沢が下界を染めている。

「まあ、綺麗《きれい》」

雅子は嘆声を発して立ち上がると、窓を少し開いた。なんの香りか、芳しい匂いが春の夜気と共に室内に流れ込んできた。

窓辺に月光を浴びて立つ雅子の姿が、あたかも花の精のように見えた。

「いけない。つい、楽しさのあまり、時間を忘れてしまいました」

藤谷は我に返ったように言った。

「まだ宵の口ですわ」

雅子は応じた。

「可惜夜やきみ立つあたりの月の影」

と藤谷が吟じて、

「車を呼びましょう。あまり遅くなると、ご家族にご迷惑をかけるかもしれない」

妻の帰りを待ちわびている夫の顔を想像した。

「唇も交わさぬままの薫る夜」

雅子は誘うように連吟して、藤谷に寄り添った。

藤谷の目の前の、雅子の花のような唇が心なしか喘いで見える。

藤谷の自制心もそこまでであった。

二人は月光に包まれて固く抱き合い、唇を重ねた。花の匂いと感じた芳しい香りは、雅子の身体から発していた。

二人は月光の中に一体となって、しばらく塑像《そぞう》のように立ち尽くしていた。

そのとき藤谷は躰に異変をおぼえた。休眠をつづけていた男の機能が力強くよみがえっている。

雅子は彼の蘇生に対応できるよう、いかなる体位にも導入できる姿勢で身体を藤谷に預けている。すべては藤谷の意思次第であり、雅子は彼の男の意思を待ち望んでいることがわかる。

（いまなら可能だ。そして本来の男に戻れる）

藤谷の全身に男の本能が沸騰している。この機会を、女性に恥をかかせてまで見過ごすようであれば、男をやめたほうがよい。

呼吸が苦しくなって、唇を離した一拍に、

「お願いです」

と雅子は喘いだ。藤谷は彼女の強い引力に引かれて女体を押し倒しかけた。

その瞬前、

（それは不倫だ）

という声を聞いた。

どこからかけられた声かわからない。もう一人の自分の声かもしれない。自分は他人の妻を盗もうとしている。

（他人の妻かどうか確かめたわけではあるまい。彼女は求めている。女に恥をかかせるな）

対立するもう一人の自分の声が聞こえた。

（自分は正義の代行人だ。確認せずとも、他人の妻である可能性のある女性を盗むことはできない）

（あんたは馬鹿だよ。いや、男ではない。こんな上等な女が食べられたがって目の前で喘いでいるのに、指一本出せない。男の看板をさっさと下ろして、釜飯でも食いに行くんだな）

釜を「おかま」に引っかけている。

なんと嘲られようと、藤谷は盗みの危険を冒してまで雅子を抱くことはできない。それは男の看板を外す前に、藤谷の誇りを捨てることになる。

男の看板はなくても生きていけるが、誇りを捨てては、藤谷の生きる価値がなくなる。

だが、男としての全身は雅子を欲しがって、男の本能が熱湯のように煮えたぎっている。本能と誇りのせめぎ合いであった。

下半身は依然としてたくましい硬直をつづけている。いまなら、妻はもちろん、どんな女性にでも対応できる自信があった。

男として不自然な抑制に全身が慄《ふる》え、脂汗が滲《にじ》んだ。

「あなたに出会えてよかった。きっとあなたは今夜限りで、二度とここへ来ることはないでしょう。私にとってあなたは、月から派遣されたかぐや姫です。これ以上、ここに留《とど》まっていてはいけない。車を呼びます。エスコートしたいが、月までお供はできません。今宵、あなたに出会ったことを、私の生涯の宝とします。

見送りは桜月夜に託しけり」

藤谷は誇りにかけて男の本能を制圧した。

「お願いがあります」

雅子が言った。

「なんでしょうか」

「私が帰るとき、決して見送らないと約束してください」

雅子は訴えるように言った。

「なぜ、ですか」

「見送られると、私、帰れなくなります。もし背中にあなたの視線を感じたら、私、どんなことがあっても、どんなにご迷惑をかけようと、あなたにしがみついて離れられなくなります。

置き去られ花散るまでの夢を見て」

二人だけの句会は終わった。

雅子は特接こそしなかったが、SF以上の成果を得た。

山中を経由して、藤谷から句会の丁重な謝意が伝えられた。

もちろん山中は面目を施し、盟友の男の機能を復活させてくれた小弓に、どんなに礼を言っても言い足りないと、大喜びである。

小弓は認識を改めた。これまでSFは女体を男に提供して、初めて成立すると考えていた。特接という、選ばれた男女が一体となって初めて成立すると定義していたビジネスの一種が、必ずしもそうではないことを雅子の特接が証明した。

お座敷の主には、クライアントの依頼とは異なり、女体よりも女の心を求める男がいることを初めて知った。

しかも、お座敷の主の満足度は、女体の提供よりも、女の真情と男の心との同調《シンクロナイズ》によるほうがはるかに大きい。

珍しい客ではあったが、この度の特接によって、男の体質は狼であっても、必ずしも女体に飢えているわけではなく、女性の真情が男の仕事に伴う責任、使命、義務、誇りなどの堆積によるストレスをやわらかく癒すことを、小弓は学んだ。

今後、この学習を忘れてはならないと、小弓は自分に言い聞かせた。

見送りは桜月夜に託しけり
置き去られ花散るまでの夢を見て
後日、座敷主と二人だけの句会で交わした相聞句を、雅子から示された小弓は、ふと、自分がまだ穢れを知らぬ少女のころ、密かに憧れていた少年をおもいだした。

いまはその顔かたちも、忘却の霞《かすみ》の中に烟っているが、自分にも初恋があったことが、郷愁のようによみがえった。

ステンドグラスには多様な人生が交錯している。男と女の交差点であり、それも大都会の主要道路交差点のように、いずれも行きずりの交差であり、再会する機会はほとんどない。

一期一会の出会いであり、生涯一度の出会いが繰り返されている。

人生の旅人たちに、多少の感傷の余韻を残したとしても、再会しようとする意思はない。

人生の交差点であると同時に、常連の隠れ家でもあるステンドグラスは、一種の非軍事地帯として複雑なストレスの波に巻き込まれている都会人にとっては、便利な存在である。

だが、非軍事地帯ということは、店外《アウトサイド》では鎬《しのぎ》を削っている敵・味方が集まるということである。

呉越同舟という最も難しい環境のコントローラーが小弓である。コントロールをまちがえれば、非軍事地帯が戦争の発火源になってしまう。

中立を守るということは、神に等しい業であった。私情をはさんではならない。

そんな難しい交差点に立ちつづけている小弓は、時折、私情の温泉にゆったりと入りたくなる。

だが、いったん私情に心身が弛緩《しかん》してしまえば、コントローラーに戻れなくなってしまう。

つまり、私情の温泉は浅い海にあり、小弓は深海の生活が日常となっている。

九条の相性

常連の一人、磯部《いそべ》哲夫《てつお》が個室で小弓と差し向かい、難しいリクエストをしてきた。

磯部は「エクサス」社の重役である。

エクサスは主力の航海・航空機器、計測機器、医用機器など、総合精密機器の大手メーカーであり、防衛省との関係が深い。

小弓は、そんな事情は知っていて、知らぬふりをしている。

「ここだけの話として聞いてほしい」

磯部は、前置きとして念を押した。

「お客様の秘密《プライバシー》は、私には関わりないことでございます。ご存じのはずでしょう」

小弓に軽く睨まれた磯部は、

「ママの口が堅いことはよく知っているよ」

「堅い口の前に、お客様のプライバシーは忘れてしまいますわ」

とになった」

「実は、私の親族に独身の自衛隊員がいてね、近日中に最も危険な紛争地帯に派遣されるこ

磯部は語り始めた。小弓は言葉をはさまず聞いている。

「一人息子なんだよ。彼が大学を出て自衛官を志望したとき、両親は反対したが、国を守る楯《たて》になりたいと言い張って、意志を枉《ま》げなかった。この度の派遣も、自ら志願したようだ。彼が万一、派遣先で命を失うようなことがあれば、累代の家が絶えてしまう。

そこで、両親は、せめて派遣前に結婚を勧めたが、本人は『家の子胤《こだね》のために結婚する意思はない。第一、初めから子胤を植えるための容器として結婚するのは、嫁さんに対して失礼ではないか。嫁さんは子供製造機ではない』と、頑として聞き入れない。

そこで、両親は、『男として生まれて、女性を知らずにもしものことがあれば、あまりにも可哀想だ。せめて一度でもよい。女性と愛し合ってから現地へ行け』と勧めた。

息子は両親のたっての願いに、『そんな女性がいたなら、両親の言葉に従う』と譲歩した。あとは言わずともわかるだろう。ママが保証する女性を斡旋してもらいたい」

小弓は、磯部のリクエストの二段構造を察知した。

一応リクエストはこれまでと同じであるが、二段底になっている。つまり、特接を担当した女性が畑となって、種が着床する可能性を望んでいるのである。

在来のＳＦでは、担当者すべてがピルによって安全期間をコントロールして、着床を防いでいる。

担当者が座敷主の子供を宿しては、ＳＦに求められる安全保障に違背することになる。

だが、磯部のリクエストは、座敷主の播《ま》いた種の着床を求めているのである。

ステンドグラス開店以来、初めての二段底のリクエストであった。

小弓は二段底に気づかぬふりをして、磯部のリクエストを受けた。通常のＳＦには応じるが、二段は無視するつもりである。担当者はすでに心に決めている。

ピルに頼らずとも、子宮絨毛上皮腫《じゅうもうじょうひしゅ》という病巣を発見されて、子宮を全摘している春美《はるみ》が、磯部の座敷に適している。

子宮喪失後、春美はかえって艶っぽくなり、座敷主を喜ばせている。

子宮を取り除いたスペースに艶色が補塡されて、本来の子供を産む容器から、セックスをエンジョイする娯楽室《レジャールーム》となったようである。

座敷主が二段底の可能性を求めたとしても、春美に担当させればＳＦの安全は保障されると、小弓はおもった。

だが、本来ならば、座敷主の素性はＳＦ担当者には秘匿されているはずが、磯部の口から春美に伝えられていた。

「国の防人《さきもり》としての自衛官が、世界の全地域に派遣されるのは覚悟の上とのお言葉だそうですが、これまでにも世界の戦場に、国連軍の支援として派遣された自衛官に一人の死者も出なかったのは、憲法九条のおかげだとおもいます。

九条が規定している戦力の不保持が、自衛官の生命を守っていることになります。九条がなければ、自衛官に死者が出ているとおもいます。自衛官を守った憲法が、いま風前の灯火《ともしび》のように揺れていることに、私は不安をおぼえています」

と春美は小弓に訴えた。

護憲、改憲に関しては中立を保ってきた小弓は、咄嗟《とっさ》に答えられなかった。

「母から、戦時中、贅沢は敵と言われて、振り袖やパーマをかけた女性の袖や髪を切られたという話を聞きました。それを切ったのも、大日本婦人会などに属する女性だったそうです。

当時の憲法にも、いまの憲法にも、女性が美しく装う権利は規定されていません。そんな当たり前の権利は、憲法に規定する必要がないからだとおもいます。

でも、女性にとってそんな当たり前の権利が戦争中は無視され、同じ女性が進んで女性の権利を奪ったのです。

私は戦争を知りませんが、いったん戦争が始まれば、どんな民主国家であっても、戦争に勝つために国民の自由は圧迫されます。

父から聞いたのですが、戦時中、日本には、自由は東京の自由ヶ丘という地名にしかないといわれたほど、自由が奪われたそうです。憲法九条があってすら、生命の安全が保障されない危険地帯へ派遣される自衛官はお気の毒です。憲法九条がなくなったら、自衛官の当然の使命として、昔の軍隊のように派遣されるのでしょう。

イラク戦争はアメリカ大統領一人の判断によって始められました。イギリスやスペインが応援しても、ブッシュ大統領が開戦しなければ、イギリスやオーストラリアなどは決して参戦しなかったでしょう。

自衛のための戦力保持は当然としても、憲法を、特に九条を、すぐに替わってしまう時の内閣が改めようとすることに、不安というよりは恐怖をおぼえます。戦争は人類の天敵であり、その戦争の前提としての改憲が怖いのです。

他国の侵略を受けたときの備えとして、いまの憲法を改めることは、侵略の前に国民の自由を奪います。九条があるからこそ、私たちの自由が守られているのではありませんか。九条を改めるくらいなら、拡大解釈のほうがましです。たとえ九条が圧迫されても、それがあるのと、ないのとでは、大いにちがいます。

憲法九条を守ることは、人間性を守ることだとおもいます。特に女性が美しくあるための権利を守ってくれるのは、憲法九条です。九条がある限り、パーマの髪や、振り袖の袖を女性によって切られることは絶対にないでしょう。

今日の日本人は戦時中の一致団結、凜とした国民精神を忘れているといわれますが、それは恐怖政治のもとの強制です。私は戦争で、自衛官を一人も殺さずに守った憲法を、特に九条を、日本の宝だとおもっています。九条がなくなれば、ステンドグラスもなくなってしまいます。ママはどうおもいますか」

春美に問われて、小弓はぎょっとなった。

九条がなくなれば、最も先に圧迫されるのは風俗関係である。つづいて芸能、芸術等、軍事力に貢献しない分野が圧迫され、表現、思想等の自由が圧殺される。

太平洋戦争時の戦争は、一国の意思を他国に強制しようとするところから発したが、今日の世界は一国の独善を許さない。全く異なる戦争の構造を憲法の改定に利用しようとしている。

女の本能が、その危険性を敏感に察知しているのであろう。

小弓はそのとき、中立を保つということは卑怯であるとおもった。

春美よりは多少の人生経験を踏まえている小弓は、九条が改められれば、戦力が認められ、公認された力になることを知っている。

九条下にあってすら、自衛力が潜在的な大きな力であるのだから、これが公認されると、自衛力は戦力となり、そのまま権力にスライドする。

「憲法九条を改めて、戦力が公認されると、昔の日本軍のように権力になってしまうわ。私の祖父母は広島の被爆者です。生き残った余生も、放射能障害との闘いだったわ。祖父が、『自衛隊が憲法によって認められないからこそ、国民から愛される自衛隊になっているんだ。戦争の深い傷痕を忘れない国民は、自衛隊が戦力であることを知りながらも、憲法の枠の外の存在だから自衛隊を愛しているんだよ。自衛隊が国を守る楯である限り、憲法が自衛隊を守ってくれる』と言っていたわ」

戦力が権力となったとき、国民の自由は制限を受け、最悪の場合、失われる。

「春美さん、私、あなたと全く同じ意見よ。ただ、発言しないだけ。なぜだかわかる？」

「わかりません」

「それはね、このお店が九条の隠れ家だからよ」

「九条の隠れ家？」

「憲法は国家の看板よ。看板はだれにでも見えるところに飾らなければいけないわ」

「私もそうおもう」

「でもね、お店のお客様の中には、仕事の性質上、九条の反対の立場にいる人が多いのよ。仕事の上で反対でも、九条の隠れファンなの。

祖父が、『戦争が終わって、新憲法が制定されたとき、この憲法は戦争の尊い犠牲の代償として得た平和と基本的人権の頼もしい番人だ。日本はこの憲法を大切にしなければいけない』と口癖のように言っていたわ。

ビジネスで反対の立場にいる人も隠れ信者なの。だから、九条の隠れ家というわけ……」

「憲法の隠れ家なんて、初めて知ったわ。ママ、素晴らしいわ。私、自衛官に最高のサービスをします」

春美は言った。

迎えに来た自衛官の運転するジープに乗せられて案内された特接《SF》のお座敷に、春美は仰天した。

なんとそこは奥多摩キャンプ場のバンガローであった。

ジープは春美をその場に残して去って行った。

オフシーズンで、キャンプ場は閑散としており、客は座敷主と春美だけのようである。

森林の中のバンガローはフィトンチッドに溢《あふ》れ、野鳥のさえずりを縫って、遠方から水音が伝わってくる。

　座敷主は迷彩戦闘服を着て、挙手の礼をもって春美を迎えた。

　露出している肌は陽に灼《や》け、眉は濃く、意志的な目は笑うと人懐こく、筋骨たくましい、いかにも頼もしげな青年である。

「陸上自衛隊東部方面隊第一師団第一普通科連隊片倉《かたくら》二尉（中尉）であります」

　と青年は自己紹介した。

　春美はおもわず釣られて、

「池永《いけなが》春美と申します。よろしくお願いします」

　と挙手の礼を返しながら答えた。

　挨拶の交換によって、初対面の垣根が一気に取り払われた。

「こんな辺鄙な場所にお出ましいただいて、申し訳ございません」

　片倉文明《ふみあき》は謝った。いかつい顔がほころび、白い歯が覗く笑顔が優しい。

　バンガローの内部は、外観よりも居心地よさそうにまとまっている。初対面の二人が共に夜を過ごすスペースとして、外部から隔絶されたカプセルのように設計されている。

　夕食までの多少の時間に、片倉はキャンプ場周辺を案内してくれた。

　山気深く、一呼吸ごとに心身が洗われるような気がした。

「南アルプスの奥山で、数日分の食糧をあたえられただけで、四週間、自給自足のレンジャー訓練に参加したことがあります。

その間、登山者や、山林作業員などに出会って、食糧をもらったりしたら失格になります。あのときは死ぬかとおもいましたよ。山中でばったりと出会った登山者が仰天して、荷物を放り出して逃げました。きっと天狗《てんぐ》か山賊に出会ったような気がしたのでしょう。

ようやく訓練を終えて鏡を見たとき、おもわずぎゃっと悲鳴をあげたほどでした」

「いまでも初対面の自己紹介もせず、この森の中で迷彩服を着た片倉さんに出会ったら、私も森のお化けに出会ったのかとおもって、悲鳴をあげるわ……きっと」

「森のお化けとは、ひどいな」

「それでは、森の妖怪」

「それはもっとひどい……」

二人は声を合わせて笑った。

片倉文明は幹部を対象とした地獄のレンジャー訓練を見事に卒業して、ダイヤモンドと月桂冠《げっけいかん》を組み合わせたレンジャーマークを授与されている。

全国の幹部（将校）の中から、体力、戦技を備えており、厳しい適性検査をパスした者のみが、レンジャー教育を受ける資格を得て、一期九週間にわたり実戦を想定した地獄の訓練を受ける。

基礎教育を乗り越えて、最終課程の四週間の行動訓練は、体力、精神力の限界に達する過酷を極めるものである。

片倉は人跡稀な深山に、わずかな食糧をあたえられ、十人前後のグループで放り出され、ほとんど不眠不休、過酷な条件を加えられながら、訓練とはいえ生死の境を彷徨《ほうこう》した。

途中で動けなくなる訓練生も出るが、下りるまでは容赦されない。

行動中、鉢合わせした登山者グループは、殺気を帯びた異様な訓練生に仰天したらしく、悲鳴をあげて逃げた。

事実、訓練生たちは全身泥にまみれ、頬はこけ、目だけが異様に光っており、食糧を持っている登山者に舌舐《したなめず》りをしながら、いまにも襲いかかりそうな気配を示したのかもしれない。

バンガロー周辺を一回りすると、二人は数年来の友人のように打ち解けた。

春美は、その夜の夕食にまた仰天した。それは彼女が予想していたような夕食とは全く異なる、異次元の食物であった。

青い缶に詰め込まれた殺風景な飲食物を携帯コンロで温めて、口へ運ぶ。

さらに驚いたのは、その可食物（食べられるもの）が、春美がかつて味わったことがない美味揃いであったことである。

すべてが戦場用の飲食物であり、バランスの取れた栄養が配合されている。

「戦場では、こんな美味しいものを食べているのですか」

春美は問うた。

「戦場では食物《レーション》は勝敗に影響します。戦場食は最高の食物だとおもいます」

「ここは戦場ではないわよ」

「役得です。これから戦場へ行く者の……」

「必ずご無事に帰って来てくださいね」

「決死の覚悟でしたが、あなたに会って、命が惜しくなりました」

「約束して。必ず帰って来ると」

「必ず帰って来ます」

「嬉しいわ」

片倉が紙コップを取り出して、水筒を差し出した。水筒の中身は芳醇《ほうじゅん》なワインである。殺風景であった食事の席が、豪勢な宴《うたげ》に変わった。

夕食は終わったが、ベッドは用意されていない。床の上に寝具もないし、押入れらしきものは見当たらない。

（まさか、このまま床の上に寝るのではないでしょうね）

心中つぶやいた春美を横目にして、文明は持参した荷を解いていた。取り出したのは、なんと二組の寝袋である。色ちがいの寝袋を二つ並べた文明は、

「ご寝所のご用意が調いました」

と、恭しげに言った。

だが、彼はまだ驚くべき仕掛けを用意していた。

「裏手にポータブルのシャワー室が用意されていますので、汗を流して来てください」

と言って、バスタオルを手渡した。

言われるままにタオルを手にして裏手へまわると、柩《ひつぎ》を立てたようなシャワー室が待っていた。

サイド・バイ・サイドに並んでいるジープに積まれたタンクから、給湯されている。

棺桶シャワーから魔術のように出る熱い湯を浴びて、気分一新した春美と交代に、文明がシャワーを使った。

寝袋に入らずに待っていた春美を、シャワー室から帰って来た文明は、一言も発さずに強い力で抱きしめ、寝袋の上に押し倒した。

これまでのすべてのプログラムは、この時間のために編まれていたかのように、端的に、

露骨に、二人は躰を結んだ。

肉食獣が貪り合うように、これまでの抑制の反動が、貪欲な食（性）欲となった。

文明に押し倒された春美は、豊かな経験を踏まえて速やかに立ち直り、初めて女体にまみえた野獣を巧みに誘導していった。

飢えた狼が獲物を食べ急ぐような性急《せっかち》なペースをなだめ、躱《かわ》し、誘導しながら、最も効率的で刺激的な体位《ポスチュア》に誘い込み、攻守逆転して女体が男体をくわえ込み、弄び、むしろ自分が特接されるような官能の極致へと主導する。

両者とも結び合ったまま、すでに達していながら、官能の潮流に乗りつづけていた。

車が走行中、バッテリーを充電するように、継続することによってエネルギーを補充している。

手を取り合い、足を絡め合い、何度も起伏を乗り越える度に、二人は一体となって溶融していく。

「もっとつづけて」

春美がささやいた。

「そのまま動かずに」

文明がささやき返した。反応して女体が動くと、定めた照準が乱れる。

静止によって、二体の溶融がさらに緊密になった。

「凄いわ」

春美が喘いだ。

相互の律動を止めたまま、微妙に身体を動かすと、二人乗りの自転車のように密着したまま律動を抑えた漂流がつづく。いまや春美が完全に主導権を握っている。

途上、小休止を重ねながら、終局の達成を目指す。

「いらして。いま」

溶融した二人は、呼吸を合わせて同時に絶頂に駆け上った。緊張の限界が達成と同時に緩やかに放物線を描きながら弛緩していく。

溶融していた二人の躰が分離した。だが、女体はまだ快感の余韻に浸っている。

「ありがとう」

文明が言った。

「お礼を言うのは私のほうだわ」

春美はまだオリジナルの体位を保ったまま動けない。

気がつくと、すでに昧爽《まいそう》（早朝）の気配である。早起きの野鳥のさえずりが林間に呼び合っている。

「つつがなくのご帰還、祈っています」

「大丈夫。危険な地域ではありますが、戦場ではありません。それに憲法九条が守っていてくれます」

春美は意外な人物から、意外なことを聞くような気がした。

「自衛隊と憲法は案外、相性がよさそうね」

「憲法は旧軍最大の文化遺産だとおもいます。我々はそれを大切にしなければいけません」

片倉が、その言葉通り、憲法に守られて無事帰国したとしても、二人に再会の保証はない。

SFは一期一会が原則である。

(さようなら《グッバイ》。もしもこれが永遠の別れであるならば《イフ・フォーエバー》)

春美は好きなフレーズを口中に唱えた。

磯部は春美のSFの成果を大いに喜び、小弓に厚い謝意を表した。

文明の祖父は旧軍の将星であり、防衛省に影響力をもっている。

磯部のビジネスも防衛省とますます緊密になるであろう。

春美からSFの経緯を聞いた小弓は、喜ぶと同時に、複雑な感慨があった。

いみじくも憲法の隠れ家と言ったが、春美の成果は、磯部の軍事産業に貢献して、九条を裏切ったような気がしたのである。

内閣が替わる度に揺れる九条、同時にステンドグラスも揺れている。この深海の隠れ家にまで、人類の天敵は恐怖の影を落とす。

一期一会のＳＦであっても、小弓はいつの間にか片倉自衛官の無事帰国を祈っていた。

手弁当の収穫

事件が発生しない限り、一係（殺人担当）の刑事たちは閑である。

他の係が事件にかかっているとき、在庁番は部屋に待機して、将棋を指したり、碁を打ったり、テレビを見たり、雑談を交わしたりしている。待機中、何事も起きなければ、午後五時少し過ぎに退庁する。

在宅中に事件発生となれば、自宅から現場へ、当直は部屋から駆けつけて、現場で合流する。

在庁中、何事も起きずに在庁が明けると、次の部屋に移る。事件にかかってしまえば、当分の間は自宅へも帰れなくなる。

刑事たちは一時の天下泰平の中で、部屋の神棚に向かって、美味しい事件にかかれますようにと祈る。

刑事にとって美味しい事件とは、スケールが大きく、凶悪無惨、社会的関心を引く事件《ヤマ》のことである。

棟居は、束の間の天下泰平を利用して、長岡時彦の身辺を洗った。洗うほどに、時彦の乱脈な生活が浮かび上がってきた。

父親は長岡時男、サービス産業の大物であり、ホテルを中核としたバス会社、フィットネスクラブ、レストラン、ゴルフ場、倉庫などを、都内、都下、近隣県に経営している「コバルトブルー・チェーン」の総帥である。

時彦は時男の三男であり、名門私立大学に在学中、学業はそっちのけにして、いかがわしいパーティーやコンパを主催したり、エンプレスと名づけた女子学生の売春サークルを結成、自らそのリーダーになったりして、放埒三昧の生活を送っていた。

なにも知らぬ女子学生をエンプレスに勧誘して、売春を強要、あるいはエンプレス主催の新入生歓迎旅行の行先で、地方名士と乱交パーティーを催し、問題になった。

その都度、父親の人脈に頼ってもみ消している。

一年留年して、叔父の長岡義男の口利きで、コバルトブルーの姉妹チェーン、サンライズの子会社サンライズサービスという会社に入社したが、その放埒な性格は直らず、会社ももてあましていたことがわかった。

卒業式では、五年間に五百六十八人の女子学生をものにしたと豪語していたという。

時彦を知っている男女同期生は、彼を「女の天敵」と称んでいたそうである。その女の天敵が突然、蒸発した。

棟居は、時彦の叔父・義男に面会を申し込み、事情を聴いた。だが、彼も、時彦の失踪理由に全く心当たりがないと答えた。

棟居の経験からしても、彼が嘘をついているようには見えなかった。

長岡義男は本当に甥の行方を心配しているようである。心なしやつれて見える。

兄から預かった甥が、突如姿を消したことを、自分の責任のようにおもっているらしい。

「甥御さんの、特に親しくしていた女性、行きつけの店、失踪前のライフスタイル、またライフパターンからはずれた行動など、ご存じのこと、お気づきの点がおありでしたら、おしえていただけませんか」

「女性関係は多すぎて、全く把握できません。特に最近、気になった行動もおもい当たりませんね。仕事は半分遊んでいるようなものでしたが、私の目がありますので、学生時代よりはましになったとおもいます」

「甥御さんのご住居を見せてもらえませんか」

「兄が経営する会社所有の元麻布のマンションに一人で住んでいます。私も失踪後、行ってみましたが、長期の旅行に出かけたり、空き巣や強盗が物色したりしたような形跡はありませんでした。捜査のご参考になるのでしたら、どうぞ。管理会社のスタッフに連絡しておきます」

と、長岡義男は応じた。

棟居は早速、その足を延ばして、時彦のマンションへ行った。

時彦の住居は、都心に近く、しかも緑豊かな中に聳《そび》え立つ超高層マンションである。最上階には東京を俯瞰《ふかん》する展望室がある。

構内から、エントランス、パブリックスペース、エレベーター、至るところに防犯カメラやセンサーが備え付けられ、管理スタッフは年を通して二十四時間常駐、セキュリティは万全である。

つまり、外来者、いや、自分以外は信用しない安全システムになっている。

長岡義男から指示されていた管理スタッフの案内で、高層階にある時彦の住戸に入った。

管理スタッフが、館内にはプールやフィットネス室もある、と自慢げに説明した。

二十四歳の若造が入居できる住居ではない。親の七光と金の力で、なんの努力もせずに、金を敷きつめたような豪勢な空間を独占している。

高台に占位した超高層マンションの高層部にある時彦の住戸は、3LKの、独りには広すぎる居住空間を確保して、機能的な間取りは、どの部屋の窓からも東京の街衢《がいく》を俯瞰できるように設計されている。

金で購《あがな》った眺望には、富士山から丹沢、奥多摩の山々が遠方に横たわり、視線をめぐらせばレインボーブリッジの向こうに海が広がり、水平線が空と溶接している。

夜ともなれば、光の海が窓を彩るのであろう。

ここでは空間のすべて、窓から望む光景、光や、風や、不眠の夜景の一立方センチに至るまで、貴金属の結晶のようである。

乳母日傘《おんばひがさ》で育った、なんの能も才もない若造が、親の巨大な経済力のおかげで、当然のことのように入居した。

住戸の内部は、男の独り暮らしにしてはきれいに整頓されている。おそらくそれも使用人が維持している。

室内には女性のにおいが残っているようである。おそらく部屋の主が、〝下界〟から拾った女性を連れ込んだのであろう。

各部屋の工夫された位置に、高価な家具、什器《じゅうき》が布置されており、物色や格闘の形跡はない。作りつけの書棚には本は一冊もなく、映画のディスクやアルバムが並んでいる。

本人の意思によらない失踪により、住居内にしかけ中の生活が放置されている。だが、強制されて外出した屋内の状況ではない。

捜索願を受理した所轄署は、犯罪被害容疑のある所在不明者とは認定しなかったらしく、まだ捜査はしていないようである。

棟居は時彦の叔父の承諾を得ただけであって、捜索状を得ていないので、プライバシーに踏み込むような綿密な捜索はできない。

長岡義男は、遠慮なく調べてくれと言ったが、限度がある。

棟居は書棚に注目した。そこにぎっしりと詰め込まれているディスクは、ミステリーや、猟奇犯罪、アクション物などに加えて、裏ビデオと称ばれるアダルトビデオが幅を利かしている。

書棚を埋めたディスクから、時彦の性格やライフパターンが読めるような気がした。

棟居の視線は、ディスクと共に書棚におさまっているアルバムに固定した。

「アルバムを拝見できませんか」

棟居は管理スタッフに問うた。

「どうぞ。長岡様より、ご自由にお調べいただくように、と言われております」

スタッフは答えた。

アルバムには、写真に定着された所有者の人間関係、家庭構成、行動範囲、経歴や生活史などが集約されている。

棟居は十冊ほどのアルバムを、最新のものから時系列をさかのぼって見ていった。

ページを開いて驚いたことは、被写体に女性が圧倒的に多いことである。それも平常の記念撮影は極めて少なく、発禁処分ものの写真ばかりである。おそらく時彦自身が撮影したものであろう。

写真には、撮影年月日が写し込まれており、その下には被写体の名前と年齢が記入されている。

中には、拷問の海老《えび》責めのように、全裸にした女体の両手を背にまわして縛って、両足首と首を同じ綱で結び、海老のように曲げて締め上げているサディスティック《SM》な写真もある。

アルバムは撮影者の性格と、加虐趣味を露骨に語っている。

時彦が主催した旅行の写真も保存されている。民研（民俗研究会）と称したサークルの旅行にて、という文字が書き添えられている。

棟居の視線が一枚の写真に固定した。被写体の顔に記憶があった。

長岡義男の写真が、時彦のアルバムの中にあった。和服の美形の女性が義男のかたわらに寄り添うように写っているツーショットである。

二人の背後に、辛うじて判読できる程度の、「ステンドグラス」と書かれた軒先看板が見える。

彼女はおそらくその看板の店の女性であろう。帰る義男を店の前まで送って来たらしい。

その写真には、撮影月日は写し込まれておらず、文字も記入されていない。

他の写真には、ほとんど撮影月日が写し込まれているので、撮影者は時彦と推定されるが、義男と女性のツーショットは、別の人間が撮影したのかもしれない。

際どい写真ばかりが集められている中で、オーソドックスなツーショットは目立った。

アルバムの所有者が義男の写真を保存したのは、叔父に興味があったからではなく、ツーショットの片割れの女性か、ステンドグラスという店に興味をもったからであろう。

時彦が女性かステンドグラスに興味をもっていたとすれば、彼の突然の蒸発に関わっている可能性がある。

「この写真を拝借できませんか」

棟居はスタッフに言った。

「どうぞ。必要なものはすべて提供するようにと、申し渡されております」

スタッフは答えた。

棟居は一枚の写真を手弁当の収穫として、時彦の住居から立ち去った。

死者のスタートライン

小弓は「協信建設《きょうしん》」の専務・平川陽一《ひらかわよういち》からSFのリクエストを受けた。

協信建設はゼネコン（総合工事業者）の超大手である。

建設業者にとって最も美味しいのは、公共発注の好採算大型工事である。

政治権力を維持するためには、金がいる。その資金供与を財界に求め、ギブ・アンド・テイクの談合取引によって、美味しい工事が資金供与元に発注される。

獅子身中の寄生虫が宿主から甘い汁を吸うのではなく、もちつもたれつの政権と巨大な金が動く建設業者は、癒着しやすい構造的な体質をもっている。

協信建設は大手中の大手で、政治権力と密接な関係を保ち、巨大化してきた。

平川は専務であるが、事実上、会社の実権を握っている。

「極秘中の極秘の特接をお願いしたい」

平川は超VIP用の個室に、小弓と二人だけで向かい合って言った。

ステンドグラスの客はいずれもＶＩＰであるが、特にその中でも超ＶＩＰを接遇する個室が用意されている。

小弓は平川の改まった顔色と口調に、おもわず心身が引き締まった。

ＳＦはもともと極秘の待遇である。それが、極秘中の極秘と言われて、かなり難しいＳＦであることを予感した。

以前にも難しいＳＦはあった。だが、平川の態度と言葉は尋常ではない。

これまでにも中国要人、法皇、特捜検事など、極めて難しいＳＦを成功裡に乗り越えてきた。

座敷主から感謝され、依頼人《クライアント》はステンドグラスの完全な固定客となった。

前にも平川から、海外ＶＩＰの特接を頼まれている。海外からの座敷主は、ほとんどが外国政府の要人である。いずれも国家の代表として、国益と面目をかけて来日する。

海外大企業の要人は、巨大な利益責任を背負って、日本の大手企業の代表者と火花を散らす商談を交わす。

もし両国のサミットが決裂し、商談が不調に終われば、要人たちの失脚につながっていく。

政界サミットや、その前提となる事務《ワーキング》レベル会議や、国益に結びつく商談などの真剣勝負のクッションとなるのが、選ばれたＳＦメンバーの腕によりをかけた特接である。

特接の成果によって、難航していたサミットが円満に歩み寄り、両国の紐帯《ちゅうたい》を確認し、さらに緊密な連携によって、両国の発展、および世界の平和に貢献することを誓う共同声明を発表する。

鎬を削り合っていた商戦が双方の利益を確保して、双方の代表者が握手する。

女の細腕、もっと露骨にいえば、その下半身が、巨大な軍事力や経済力を超える働きをするのである。

小弓は自らの身体をもって、女の戦力としての強さを実感している。その戦力は人間を殺傷し、人間性を破壊し、自然を荒廃させる力ではなく、男たちに癒しをあたえ、平和的共存に導く引力となる。

「今度の頼みは、仕事とは全く関わりない。個人的なリクエストとおもってもらいたい。だが、個人的であればあるほど秘匿を要する」

と平川は言った。

個人的なSFのほうが難しいこともある。仕事絡み、あるいは政治や国際関係に関わっている特接は、秘密漏洩《ろうえい》に対する警戒が厳重であるが、座敷主はサバイバルレースを勝ち抜いてきた人たちだけに、練れている。

「お相手を一応、殿と称んでおく。殿は私と同郷。高校と大学が同期だ。私にとって竹馬の友であると同時に、たがいに人生の伴走者のような存在だ。

その殿の奥さんが急逝した。病変に気づいたときは手後れだった。殿の今日があるのは、ひとえに糟糠《そうこう》の妻の支えがあったからだ。亡くなった妻を生き返らせることはできない。遺族はいったん悲嘆にくれても、人生の順番とあきらめる。再婚する人もいれば、配偶者の束縛から離れて、自由をエンジョイする者もいる。

だが、殿は妻を失った衝撃から立ち直れなくなってしまった。生きることに積極的であり、絶対にレースからおりなかった彼が、脱け殻のようになってしまった。いま殿が第一線から退けば、殿の身辺だけではなく、大きな波紋が周囲に広がる。単なる波紋ではない。日本の水先案内人であった殿がうつけになってしまっては、日本の前途、ひいては世界の情勢に関わってくる。なんとしても殿を立ち直らせなければならない。

八方を探しあぐねた結果、ステンドグラスにおもい当たった。いま殿を助けられるのは、この店のSFだけだよ」

平川は切々と訴えるように言った。

「お言葉、とても有り難くおもいます。でも、最愛の奥方様を失ったお殿様を、一度や二度の特接《ニーズ》で復活させることは不可能ですわ」

お座敷は断らない主義であったが、多年連れ添った配偶者の喪失を、一夜の特接によって埋めようとは、どう考えても不可能である。

「一度や二度ではない。殿が治るまで頼みたい」

「お殿様が治るまで」

小弓は驚いた。

SFは一回性が原則である。一度の特接が忘れられず、再訪《セカンドコール》、あるいはリピートコールする客もいるが、三回が限界である。

「無理を承知でお願いしている。ママと、そのスタッフに、日本の舵取《かじと》りが託されているんだ」

「日本の舵取りなんて、そんな大それたことはできません」

「できるかできないか、やってみてくれ。この通りだ。頼む」

平川は、小弓の前に土下座せんばかりにして訴えた。

小弓は自分が行くしかないと覚悟した。

その瞬間、一人のOGをおもいだした。福永由美子《ふくながゆみこ》。数年前までSFメンバーとして強い戦力であったが、店規に背き、黒服（男子従業員）との恋に走って、退店した。

さやかや直美が入店する以前は、福永由美子がSFを支えたといっても過言ではないほど客の評判がよく、リピートコールが相次いだ。

だが、退店後、一年にしてパートナーの黒服が交通事故に遭って急死して以来、近所の百円ショップに勤めて、独りで暮らしていると風の便りに聞いた。

由美子は、はっと男たちの目を惹きつける直接照明のような華やかさはなかったが、客に侍ると、隠れた光源から穏やかな光が照らすかのような安らぎをあたえた。

急死した黒服が、従業員同士の恋愛を禁ずる店規を犯してまで彼女を愛したのは、彼女の謙虚な魅力に惹かれたからであろう。

店のスタッフから、由美子がステンドグラスに戻りたいと言っていたと聞いた。

店規を破った従業員を再雇用したことはなかったが、由美子をおいて、この難役を務められる女性はおもい当たらない。

「日本の舵取り」は大袈裟《おおげさ》であるが、平川の言葉には真実味がある。

復職を希望している由美子にとっても、絶好の機会であるかもしれない。

小弓は平川のリクエストを承諾した。

「有り難う。この恩は忘れない」

平川は満面に喜色を浮かべて感謝した。

由美子が、この座敷に恐れをなして辞退した場合は、小弓自身が対応するつもりである。

数年の間隔をおいて復帰した由美子は、以前に増して、男を惹きつける慎ましやかな光沢を発しているようである。

正式に結婚したのかどうか聞いていないが、突然パートナーを失った悲嘆と、孤独な暮らしが、彼女にミステリアスな謎を秘めた陰翳を添えて客を惹きつけた。

「お帰りなさい。復帰を心から歓迎するわ」

小弓以下、スタッフに温かく迎え入れられて、由美子は涙ぐんだ。

「ママ、ごめんなさい。外へ出てみて、私が生きる場所はお店以外にないということがわかりました」

由美子はしばらく離れていた生家に、久しぶりに帰省したような顔をしていた。

女性陣はおおかた入れ替わっていたが、顔見知りの古いメンバーやスタッフも残っている。

「早速、由美ちゃんにお座敷がかかっているのよ。由美ちゃん以外のだれにも接遇できないお座敷なの」

小弓はお座敷の概略を話した。

「嬉しいです。復帰すると同時に、お役に立つことができて。せっかくお店に帰っても、私の出番はもうないのではないかと、とても不安でした。

でも、いまは自信があります。夫を突然失った私には、奥様に急逝された殿方のお気持ちがよくわかります。必ず皆様のご期待に添います」

と由美子は覚悟の程を示した。

お座敷の主は、田園調布の古色蒼然《そうぜん》たる屋敷に独りで住んでいた。

広く取った敷地を囲む生け垣は、躑躅《つつじ》や沈丁花《じんちょうげ》など、数種類の植物を組み合わせて植え込み、鬱蒼《うっそう》たる庭樹《にわき》の奥に、累代の住人が住み古した主屋《おもや》の屋根が埋もれたように覗いて見える。

屋敷の近くにパトカーが一台駐《と》まっている。

門柱に表札は出ていない。鉄製の門扉がいささか厳《いか》めしく見える。

門柱に取り付けられたブザーを押すと、庭内に反応があり、通用口が開かれて、品のよい老女が現われた。

由美子が名乗る前に、

「福永由美子さんですね。平川様よりご連絡をいただいております。私は週二回の派出婦で、大宮《おおみや》と申します。お殿様がお待ちかねです。どうぞお入りくださいまし」

大宮と名乗った老女は、由美子が手に提げていたスーツケースをさっと引き取った。

お座敷の滞在期間が不確定なので、一応の化粧用具や衣類、その他の日用品を詰め込んで来たスーツケースは重い。

「それは、私が……」

慌てて由美子が手を出そうとすると、

「どうぞ、ご遠慮なく。お客様をお迎えする私の役目でございます」

と大宮は答えて、玄関のほうへ先導して行く。

飛び石伝いに達した和風玄関の内部は広く取っており、来訪者が多かったことを示している。

邸内は無住のように人の気配は感じられないが、大宮が清掃しているらしく、塵《ちり》一つ落ちていない。

線香の香りがこもっている。きっと仏壇に香華《こうげ》を絶やさないのであろう。

殿様は庭に面する洋室で待っていた。外観は和風であるが、屋内は機能的な洋式になっている。

「ようこそいらっしゃいました。お待ち申し上げていましたよ」

屋敷の主はソファーから立ち上がり、嬉しそうに満面に笑みをたたえながら由美子を迎えた。

「福永由美子と申します。不束者《ふつつかもの》ですが、どうぞよろしくお願いします」

と由美子が自己紹介すると、

「井上です。こちらこそよろしく」

と簡略に名乗った。なんとなく偽名のような気がしたが、由美子にとっては殿様で十分である。

一見、五十代半ば。髪は豊かに黒々として櫛《くし》が通っている。眼光は鋭いが、由美子に向ける目は優しい。

伴侶を失った衝撃のせいか、少しやつれて見えるが、スリムな身体は、若いころスポーツで鍛え上げたように引き締まっている。

マスクは知的であり、言葉遣いも折り目正しい。

「お疲れでしょう。我が家とおもって寛《くつろ》いでください」

主はソファーを勧めた。

間もなく老女が香り高いコーヒーを運んで来た。

大宮は、帰る前に、由美子をキッチンに案内して、引き継ぎをした。食材は大宮が買って来て、殿のために調理していたそうである。

「これまで通り、食材や日用品は私が買ってまいります。殿様のお召し上がりものは、由美子さんにお任せしてよろしいかしら」

と、大宮は帰りしなに言った。由美子はもちろんその気で来ている。由美子は、調理師の資格をもっている。

お屋敷の主をお殿様と聞いて来たので、どんなに居丈高な人かと緊張していた由美子は、優しげな本人に対面して、ほっと救われたようにおもった。

年齢にしては皮膚に張りがあり、顎先は剃《そ》りたてのように青々としている。

自分の家の中でありながら、ネクタイを着け、上等な生地と仕立ての衣服を着けている。由美子を迎えるために髭を剃り、髪を整え、正装をしていたようである。

広壮な邸宅、森林のような庭樹、古色豊かな主屋内部の機能的な洋式の間取り、それぞれの位置に配された家具、什器などを見ても、屋敷の主・殿様が尋常な人物でないことがわかる。

初対面から、殿は由美子を気に入ってくれたようであった。

由美子も〝謁見〟前の緊張が、殿と言葉を交わしている間に次第に解けて、リラックスしてきた。この方ならば、無事に務め果《おお》せるかもしれないとおもった。

その日の夕食は、大宮が冷蔵庫に用意してくれていたが、由美子が少し手を加えて差し上げると、殿は彼女にも陪食するように勧めて、うまい、うまいと舌鼓を打ちながら食した。

熱いものは熱く、冷たいものは冷たく、スープに温野菜を添えて差し上げたのが、ことのほか気に入られたようである。

これまでは大宮が用意していった、冷たく味気ない食事を独りで摂っていたのであろう。殿は亡き妻の面影を由美子に重ねて、差し向かいの食事に、久しぶりに家庭の気分を味わっているように見える。

二人分の食事の後片付けをすますと、あとはなにもすることがない。殿がリビングで一緒にテレビドラマを見ようと誘った。

妻亡き後のこの屋敷は、独り置き去りにされた夫にとって広すぎる。掃除は大宮がしてくれるが、広ければ広いほど荒涼として見える。

それが由美子の登場によって、一夜にして温かい家庭に変わったようである。

だが、彼女はお座敷へ呼ばれた本来の務めを、まだ果たしていない。テレビドラマはさして面白くもない平凡な作であったが、殿は由美子と共に見ることを楽しんでいるようである。

二時間もののドラマがようやく終わっても、殿は一向に寝室に入る気配がない。

大宮は帰宅する際、由美子の部屋については特に言及しなかった。広壮な屋敷の空いている部屋を、どれでも自由に使えという意味かもしれない。

だが、空き部屋は豊富にあっても、寝具はない。また別室に寝《やす》んでは、SFの使命を果たせない。

「少々お疲れのご様子。そろそろお寝みになられては……」

由美子はそれとなく水を向けた。

妻を失って間もなく、虚脱したようになっていた殿は、今日会ったばかりの女を、ベッドに誘うのをためらっているのかもしれない。

これからがSFの腕の振るいどころとなる。

「疲れたのは、きみのほうだろう。寝室にきみのベッドが用意してある。先にお寝みなさい。私は少し本を読んでから寝む」

と殿は言った。

どうやらお気に召したらしい初対面の特接女性を先に寝させて、自分は本を読むとは、なんという余裕であろう。

リビングの書棚には読書家らしく、ぎっしりと本が並んでいる。政治・経済・国際問題等の書物が目立つ中、ミステリー、歴史、恋愛、冒険、SFなど、エンターテインメント系の小説と共に、哲学や数学など、多種多彩な書物が並んでいる。

しかし、いかに本好きであっても、特接の女を自分の寝室に寝ませておきながら、本を読む余裕がわからない。

由美子は嫌われたのか。いや、そんなはずはない。嫌いな女であれば、自分の寝室に入れるはずがない。

由美子が来たので、本を読む余裕が生じたようである。

（お楽しみはこれから）

と、いちばん美味しいご馳走《ちそう》を最後に取っておくグルメの心理かもしれない、と由美子は自分に言い聞かせた。

言われるままに寝室に入ると、ゆったりしたスペースにベッドが二台、並んで据えられている。夫人が健在のころは、夫妻一緒にこの寝室に寝まれたのであろう。

ベッドメイクされ、シーツも新しい。大宮は週二回の派遣と言っていたが、毎日通っているような手配りが感じられた。

だが、独居には広すぎる空間の細やかな手配りが、家の主の亡き妻への想いをますます強くしたのかもしれない。

たぶん亡妻が寝んだベッドを、初対面の女に提供したのも、主が由美子の中に妻の幻影を見たからであろう。

由美子はまんじりともせず、殿の就寝を待っていた。

午前一時ごろ、隣接しているリビングの灯《あか》りが消えて、気配があった。由美子がベッドの上に上体を起こすと、

「まだ起きていたのかね」

と、殿が驚いたような声を出した。

「お殿様より先に眠れません」

「そんな遠慮をしてはいけない。遠慮をされると、今後、自由に本が読めなくなるよ。それに、お殿様と称ぶのはやめてほしい」

と彼は言った。

「なんとお称びすればよろしいのでしょうか」

「そうだな……」

一拍考えてから、

「あなた、と称んでください」

「そんな畏れ多い称び方はできませんわ」

「いや、それがいちばんよい。そのかわりといってはなんだが、私もきみを、おまえ、と称ぶことにしよう」

「畏れ多いお言葉にございます」

「もう夜は遅い。ゆっくりとお寝みなさい」

と、殿は寝衣に着替えて、さっさとベッドに入った。

ここで需《もと》められるかと構えていた由美子は、肩透かしを食らったような気がした。

「本当に、このまま寝んでもよろしいのですか」

由美子は問うた。

「どうして、そんなことを聞くのだね。明日は……もう今日になっているが、今日を充実した一日にするために、ゆっくりとお寝みなさい。おやすみ」

と、殿は由美子の身体に一指も触れず、ベッドに身体を沈めた。

由美子は、なんのためにこの家に来たのかわからなくなった。

彼は亡き妻に対して誠実を貫いているのか。ならば、由美子を呼ぶ必要はない。

それともお手伝いとして呼んだのであろうか。

もしそうであれば、大宮は不要となる。いや、そんなことはない。お手伝いに自分の寝室、それも亡妻が使用していたベッドを提供するはずがない。

そんなことをおもいめぐらしている間に、いつの間にか眠りに落ちた。

目覚ましは野鳥のさえずりであった。

庭の方角から聞こえてくる野鳥のさえずりに、はっと目を覚ますと、カーテンを引いた窓辺が明るくなっている。だが、殿はベッドに埋まるようにして、まだ熟睡していた。

殿を起こさぬように、静かにベッドから脱け出した由美子は、洗面し、口をすすいだ後、仏間を探し当て、線香を手向《たむ》け、灯明をあげた。

昨夜は殿との間を清く保ったので、夫人の霊も線香を拒まないだろうとおもった。

仏間を出た由美子は、キッチンに入り、朝食の支度をした。庭の野鳥は盛んに喉を競い合っている。都内にありながら、深山にいるような気がした。

由美子にしても、久しぶりの本格的な朝食の準備である。

夫を交通事故で失ってからは、食事の楽しみもなくなった。独りで食べる食事は、食事ではなく、生命の機能を保つための給食にすぎない。

共に食卓を囲む夫や友人がいるからこそ、食事は美味しく、楽しくなる。空虚な胃の腑を満たすだけであれば、可食物ならなんでもよい。

そんな寂しく、荒《すさ》んだ給食をつづけてきた由美子が、久しぶりに調理師の腕を振るって朝食の準備をしている。それだけでも、この家に来た甲斐があるような気がした。

「おはよう。ずいぶん早起きだね」

背後に気配があり、声をかけられて振り向くと、まだ寝衣のままの殿が立っていた。

「あら。おはようございます。お寝みのお邪魔をしてしまったかしら……」

「いや。久しぶりに味噌汁のにおいを嗅いでね。腹のほうが先に目を覚ましてしまったよ」

「申し訳ありません」

「なんで謝るんだね。腹の虫がぐうぐう鳴いている」

「すぐお膳立てをいたしますから、ダイニングで新聞でもお読みになっていらして……」

「仏間の線香と灯明、有り難う」

「ごめんなさいませ。よけいなことをしてしまいまして」

勝手に仏間に入った無礼を、怒られるかもしれないと危惧していた由美子は、殿の上機嫌な言葉にほっとした。

間もなくダイニングに膳立てが調った。炊きたてのご飯、具だくさんの、九州産の味噌を使った味噌汁、香ばしい焼き海苔、水戸の納豆、京都の漬物、そして念のためにトーストとバター、コーヒーがすぐ淹《い》れられるように手配してある。

食卓に視線を向けた殿は、目を丸くした。

「こんな豪勢な朝食は、しばらく食べたことがないな」

「お口に合えばよろしいのですが」

「においだけで、合っているよ。早速……いただきまーす」

食卓に由美子と差し向かいに席を取った殿は、旺盛な食欲を示した。和洋食を平らげた後、由美子が淹れた苦み系のストレートコーヒーに、完全に止めを刺されたような顔をした。

「お口に合いましたかしら」

恐る恐る問うた由美子に、

「口に合ったなんてもんじゃないよ。うまくてうまくて、口中が爆発しそうに感じた」

「爆発されては困りますわ」

「では、噴火……休火山が久しぶりに噴火したような感じだね」

「過分なお言葉、畏れ入ります」

昨夜、清らかなまま寝室を共にした後、久しぶりの〝本格朝食〟に満足した殿と由美子の距離は、一段と狭まったようである。

その日、二人は映画を共に観たり、音楽を聴いたりして過ごした。

外部からの電話は少なくはないが、殿は言葉少なに指示をあたえたり、「その件に関してはきみに任せる」と答えたりすることが多い。

政界の要路の人のようであるが、外部からの電話をうるさがっている。

由美子が、それとなく邸外の様子をうかがうと、パトカーは依然として駐まっていた。

警察が四六時中警護しているのであれば、公人である。張り込みであれば、目立つように張りついてはいないであろう。

その日も何事もなく、昏《く》れた。

殿は映画に倦《あ》きると、リビングで読書をしていた。

その間、手持ち無沙汰の由美子は、家の中の模様を、気づかれぬように少しずつ変えた。例えば、庭の眺めがもっとよくなるように、ソファーの位置を動かし、野鳥がさらに集まるように、果物を入れたバスケットを庭樹の枝に吊《つ》るし、寝室のベッドサイドテーブルやランプを、手を伸ばせば届く位置に変えた。

大宮すら気づかない微妙な変更が、少しずつ加えられていく。

「家の中の様子が、微妙に居心地よくなっているな」

殿が独り言のようにつぶやいた。どこがどう改良されたか気づいていながら、さりげなく由美子に感謝しているのかもしれない。

日を重ねるに従い、二人の距離は縮まっていく。

殿が妻の喪失から次第に立ち直っている気配はわかる。だが、依然としてSFの使命は果たしていない。

電話の数が多くなり、「任せる」という言葉が少なくなっている。指示が具体的に、細やかになっているのがわかる。

聞き耳を立てているとおもわれないように、電話の都度、電話機から離れるようにしているので、会話の内容はわからない。わかる必要もない。

日毎《ひごと》に親しみを増し、たがいに近づいているものの、男女としてはなんの進展もない。それでいながら、距離だけが確実に縮まっている。

一週間経過した。たまりかねた由美子が、共に寝室に入った夜、

「私たち、不自然だとおもいます」

と口火を切った。

「不自然？　どこが不自然なのかね」

殿が問い返した。

「私は、もう一週間も、同じ屋根の下で寝起きを共にしているのに、お殿様は私に指一本触れようともしません。私って、そんなにつまらない女なのでしょうか」

「つまらないどころか、きみは、いや、おまえは、私が出会った女性の中で、妻と並ぶ魅力的な女性だ。私には妻が生き返ったようにおもえる」

「そのお言葉、とても嬉しいです。でも、もしそうであったなら、生き返った奥様に指一本触れないというのは、不自然だとおもわれませんか」

「おもうよ」

「だったら、どうして？」

「きみ、いや、おまえが、私のことを殿と称びつづけているからだよ」

「あっ……それでは、あなた……様」

「それが不自然なんだ。妻は私を、殿と称ばず、あなたと称んだ……」

「私、殿……いや、あなた様の奥様ではございません。でも、奥様の代理人のつもりでございます」

「代理人か……私はそうはおもわないが、家内が生き返ったわけでもないな」

「さしでがましゅうございますが、奥様のことをいつまでも忘れずにいらっしゃると、奥様、ご成仏できないのではないかしら」

「家内が成仏できない……？」

「どんなに仲のよい緊密なご夫婦でも、戦争や災害でもない限り、同時に亡くなるということはありません。どちらかが先に逝かれて、配偶者が一人取り残されます。

　夫婦は二世などといいますが、どんな絆に結ばれていようと、一世限りです。生き残った方が、先に逝った方をいつまでも忘れずにいては、亡くなった方がかえって困るのではないでしょうか。先に逝った方は、生き残った方の幸せを祈っているとおもいます。

　事実、配偶者に死別された後、再婚して新しい家庭をつくり、幸せな第二の人生を送っておられる方もいらっしゃいます。

　奥様のご霊前で、奥様の代理人に出会ったとご報告されてはいかがですか。あの世で自由に振る舞えるように、この世の束縛から解き放して差しあげたほうが、奥様は喜ばれるのではないでしょうか」

「妻の霊前に報告する……」

殿は視野を塞ぐ壁に新たな窓を開かれたような顔をした。

「妻を束縛している……気がつかなかった。まさにその通りだよ。戦争や災害に巻き込まれるだけではなく、無理心中や、殉死でもしない限り、夫婦は同時に死ぬことはあり得ない。死ぬときがそれぞれ別であれば、幽明界《さかい》を異にした後、たがいに束縛し合ってはいけないな」

「さようでございます。奥様が亡くなられた後までも、この世に縛りつけてはいけません。だれにとっても、死ぬことは新しいスタートラインだとおもいます」

「死は新たなスタートラインか……死は人生の終止符だとおもっていたが、たしかに死者にとってはスタートラインにちがいない。いつまでも妻にこだわっていては、妻が浮かばれない。早速、霊前に報告しよう」

殿はベッドから起き上がると、由美子の手を引いて、

「きみ……いや、おまえも、私と一緒に来なさい」

と二人揃って仏間へ入った。

改めて線香をあげ、

「おまえに報告しなければならないことがある。おまえの代理人をようやく見つけた。おまえの想いが、あの世から、おまえの代理人を送ってくれたような気がする。これまでおまえを縛っていて悪かった。

生前、おまえに頼りすぎていた私は、おまえの死後、心身の支柱を失ったようになっていたが、代理人に支えられて立ち直れるような気がする。

あの世で、おまえも、この世の鎖を切り離して、新しい幸せを探しているにちがいない。どうか成仏してくれ」

殿は霊前に報告した。由美子も合掌して線香を手向けた。

報告後、寝室に入った二人は、迷うことなく、殿のベッドを共有した。

四人は収容できそうな超大型《ワイド》ベッドを、二人は所狭し、とばかりに転々としながら、相互に貪り合った。

殿は、これまで不自然にたくわえられていた性力のマグマが噴火するように、由美子の躰に噴出し、由美子は男の精の一滴までも吸い尽くすかのごとく、ふくよかな肉叢と触手を獲物となった男体に巻きつけている。

いずれも攻撃的《アグレッシブ》であり、決して退《ひ》かない。共食のように貪り合い、本能が満たされても、まだ完全な達成にたどり着かず、延々と交わりつづけている。

交接中、当初、由美子の含羞を秘すために、昏れなずむトワイライトのように絞ったベッドサイドランプを、殿が最大光量に開放《ステップアップ》した。

おもわず顔面を覆った由美子の手を、殿は引き離しながら、

「目を開いて。私の目を見なさい。躰だけではなく、目でも交わる」

と言った。

言われた通り、交えた視線が官能のマグマをさらに熱く促し、一段と強烈な噴火によって、溶鉱炉に放り込んだように二人の躰は溶融していく。

もはや二人は躰と目だけではなく、言葉、におい、汗、体温、呼吸、血、舌や歯、体毛など、およそ動員できる男女すべての機能と器官を駆動して、交わっている。

男歴の豊かな由美子も、このような総力戦的な交わりは初めての経験であった。

二人はほぼ同時に全身のエネルギーを使い果たして、昏睡した。

ずいぶん長い時間、睡魔に引きずり込まれていたようであったが、さほど長い時間ではなかった。

驚いたことに、わずかな休息によって体力をよみがえらした殿が、ふたたび由美子を求めた。由美子も決して退き下がらない。まだマグマはたがいの躰の底に残っている。

二人の飽くことなき共食は、明け方までつづいた。

二人の目を覚まさせたのは、野鳥のさえずりである。独り侘《わび》しく覚めた朝とちがって、二人は、これ以上はない満足の頂上《サミット》のご来光を拝む登山者のように、朝を迎えていた。

その朝もまた、新たな達成に向かって更新されそうな気配であった。


特接の成功は、二人の別離を示すものでもあった。

「おまえは帰ってしまうのか」

殿は寂しげに言った。

「殿様。いえ、あなたは立派に立ち直っておられます。お独りでも、なんの心配もありません。またお呼びいただければ、すぐにでも飛んでまいります」

初めて躰を合わせてから五日後、由美子は殿に別れの言葉を告げた。

これほど長期の特接は、彼女にとっても初めての経験であった。それだけに情《じょう》が残る。

殿は由美子以上に別れが辛《つら》いであろう。

だが、代理の由美子のおかげで、亡き妻との紐帯を切り、後半生を独りでも生きていける意志を取り戻した。

しかし、意志と別離の寂しさは異なる。呼べば、いつでも飛んで来ると彼女は約束したが、そう簡単に亡妻の代理人を呼べる立場ではなく、また相手でもない。

わずか十日あまりの時間を共有したにすぎないが、波瀾《はらん》万丈の彼の前半生でも、最も濃厚に煮つめられていた時間であった。

彼には、その時間が、一足先に逝った妻の遺産のように思われた。その遺産のおかげで、妻亡き後の生きる力を取り戻せたのである。

(有り難う)

彼は口中でつぶやいた。

それは亡き妻と、由美子と名乗った妻の代理人に対する謝意であった。

使命を果たして帰って来た由美子を、小弓はさりげなく出迎え、ささやくように、

「有り難う。由美ちゃんには、どんなに感謝しても、し足りないわ。これは私のせめてもの感謝のしるしです」

と言って、一枚の紙片を渡した。なにげなく受け取った由美子は、紙片に打刻されている数字を見て仰天した。

それは、三百万の数字が打ち込まれている小切手であった。

「ママ、私、とてもこんなにいただけません」

返そうとした由美子に、

「あなたはそれ以上の働きをしてくれたのよ。黙って納めてちょうだい」

ママは小切手を由美子の手に握らせた。これ以上遠慮すると、ママが困ると気づいた由美子は、

「そんなにおっしゃるのでしたら、ひとまずお預かりしておきます」

と答えて、この場は受け取ることにした。

あの特接は、仕事としての使命であったが、それ以上に、座敷主に慕情を抱いてしまった。いまでも、野鳥が喉を競う朝まで、殿と一体となって溶融した夜をおもいだすと、躰の芯が熱く潤ってくる。

会いたくなったときは呼ぶから、すぐに駆けつけてくれ、と言った殿の言葉を心待ちにしている。

だが、殿の身分から、セカンドコールはないことを由美子は知っている。代理人は用事がすめば不要になるのである。

お役目を果たしてから一ヵ月ほど後、由美子は意外な場面で殿に再会した。

殿本人に再会したわけではなく、彼の写真と出会ったのである。

写真再会と同時に、殿の素性を知らされた。

美容院でなにげなく開いた雑誌のグラビアに、忘れ得ぬ殿の写真が掲載され、「夫人ご逝

去の衝撃から立ち直った不死身幹事長《タフガイ》」という麗々しい見出し《リード》の後に、愛妻家の政権党幹事長・小宮山賢一《こみやまけんいち》の最近のエネルギッシュな復活を報じていた。与党の幹事長といえば、総理へのパスポートを得たようなものといわれるほどの政界の要人である。

ましてや、小宮山賢一といえば、歴代の幹事長の中でも、虎徹《こてつ》と渾名《あだな》される切れ者である。党内に隠然たる勢力を張る将来の総裁最有力候補だと、店の客から聞いたことがある。

小弓は平川から特接をリクエストされたとき、その座敷主は小宮山ではないかと、うすうす見当をつけていた。

ある業界専門誌の「同期の桜」というグラビア特集に、平川と小宮山が肩を並べて掲載されていたのを憶えている。

由美子が短い期間ながら仕えた殿が、政権党の幹事長と見当はつけていても、まさかというおもいが残った。

虎徹と称ばれた切れ者が、妻に突然先立たれて腑《ふ》抜《ぬ》けになること自体が意想外であったが、由美子の特接が特効薬となって、彼の失速は気づかれぬまま政界に復帰したのである。

もし、特接前の状態がつづけば、権力亡者が犇《ひしめ》き合う政界のジャングルで、彼の占めていた地位はたちまち争奪され、権力ボールの行先が変わっていたであろう。

由美子が際どいところで彼を立ち直らせ、政権の流路を安定させたといってもよい。

小弓は、小宮山が周囲に察知される前に立ち直れて、本当によかったとおもった。平川は、仕事とは関わりないと言ったものの、同期の桜が与党内に勢力を張っていることは、彼の会社にとっても心強いはずである。

政・財界の連携は切っても切れない。権力の変動はステンドグラスにも波紋を広げる。店としては、確固たる権力のご贔屓によってお座敷が維持されていれば安泰である。

小宮山も、平川も、この度のステンドグラスの貢献を決して忘れないであろう。

小弓は改めて、女の力を意識した。

国際化した隠れ家

与党幹事長の秘匿ＳＦを無事に完了して、ほっと一息ついた小弓に、意外な訪問者があった。

黒服に先導されて入って来た訪問者は、初見であった。三十代半ば。精悍《せいかん》な風貌に、引き締まった身体の持ち主である。一見して、ステンドグラスの客とは〝人種〟がちがうことがわかった。

まだ時間が早いので、客の姿はない。客のいない時間帯の見当をつけて訪問して来たのであろう。

朝礼をすませたばかりの小弓は、訪問者を個室へ通した。彼は警視庁捜査一課の棟居と名乗った。

小弓の予感は当たった。たしかに人種がちがう。小弓が黒服に、ソフトドリンクを運ぶようにと命じると、

「仕事ですから、おかまいなく」

と棟居は遮ったが、小弓のオーダーが運ばれて来ると、遠慮なくうまそうに飲んだ。

喉を潤した棟居は、姿勢を改めると、

「突然お邪魔いたしまして申し訳ございません。実は、この人物を探しておりまして、お心当たりはありませんか」

と初対面の挨拶もそこそこに、一枚の写真と、なにかの証書らしいコピーを差し出した。

小弓の知らぬ顔であったが、名前に記憶があった。

「お会いしたことはございませんが、お客様のご親戚に同名の方がいらっしゃいます」

小弓は正直に答えた。

「名前をご存じで、お会いしたことがない……」

棟居が探るように小弓の顔を見た。鋭く強い視線である。

「お客様のご親戚だそうで、少し前に突然失踪されて、捜索願を出されたと聞きました」

「そのお客とは長岡義男氏、サンライズの重役ではありませんか」

「あら、ご存じでしたの」

「捜索願を警察に出されていますので。長岡氏がこちらのお店の客とは知りませんでした」

「長岡様から当店の名前をお聞きになったのですね」

「いいえ。失踪人の住居を調べましたところ、この写真がありましたので。お店の前であなたとご一緒に写っている人が、長岡さんですね」

と言って、棟居は一枚の写真を差し出した。

帰る長岡を店の前まで送ったとき、長岡が所持していた携帯で、黒服に頼んで撮影してもらったツーショットである。

後日、彼女もその写真の焼き増し《コピー》を長岡からもらった。

「すると、失踪人はお宅に来られたことはないのですね」

「ございません」

「失踪人がこの写真を自宅に保存していたのは、こちらのお店に興味をもっていたからでしょう。失踪人には経済力があります。一人でも来られるし、長岡氏に連れて行ってくれと頼めばよい……」

「さあ、私にはわかりません」

小弓は、客については語りたくなかった。

「たぶん、長岡氏は、お気に入りの店に親戚を連れて来たくはなかった、のではないでしょうか。なんとなくわかりますね。男は気に入った店を独占したがります。ましてや、親戚が同行しては、せっかくの男の隠れ家が親戚の集まりのようになってしまう」

棟居の言葉に、小弓はどきりとした。

長岡が同じようなことをさやかに話していたのを小耳にはさんだからである。この刑事の前では、なにも隠せないような気がした。

「いらっしゃいませ」

と、華やかな声が個室の外に聞こえた。客の入り込みが始まったようである。

「突然、お邪魔いたしまして申し訳ございませんでした。また、なにかありましたら、ご協力願います」

棟居は腰を上げた。

「捜査一課の刑事さんがわざわざいらっしゃったのは、この長岡時彦というお方の失踪が、犯罪に関わっているのでしょうか」

不安になった小弓は、おもわず問い返してしまった。

「まだ犯罪に関わっているとは断定できません。しかし、なんの連絡も、置き手紙も、理由もなく所在不明がつづいておりますので、捜索しております」

棟居は答えた。

店に入って来たとき感じた鋭気は消えており、

「ドリンク、ごちそうさまでした。とても美味しかったです」

と謝意を表した彼は、別人のような穏やかな空気に包まれていた。

棟居が辞去するのと入れちがいに、客が入って来た。出勤したばかりのさやかや直美が、華やかに歓迎の声をあげた。

二人共に客を出迎えながら、辞去して行く棟居から磁力のような気を受けた。お客とは異なる、異次元の放射能を浴びたような気がした。

その日、最後の客を送り出してから、開店時にすれちがった〝異次元の人〟が、さやかと直美には改めて気になってきた。

彼が個室から一人出て来たところを見ても、尋常の客ではなさそうである。

まだ開店前であったから、客ではなく、ママのプライベートな関わりであろう。

客が帰り、閉店《カンバン》前のほっとした時間に、さやかが、

「今日、オープンしたばかりのとき帰って行かれた方は、凄いイケメンでしたわね」

と、ママにさりげなく水を向けた。

「ああいう人を、水も滴るいい男というのね」

直美がさやかの興味を察知して追従《ついしょう》した。

「あら、気がついていたのね。やっぱりお目が高いわ」

小弓が少し驚いたように言った。

「ママのいい人でしょう」

さらにさやかが誘導尋問をした。

「だったら、嬉しいわね。私も初対面なのよ」

「初対面？……それにしては、ママ、とても親しそうに見えたわ」

直美が口を出した。

「あなたたち、なにを疑っているの。刑事さんよ」

「刑事……！」

二人は異口同音に発して、ぎょっとしたような顔を見合わせた。

「なにをそんなに驚いているのよ。捜索願を出された家出人の行方を探しているんですって」

「捜索願！」

「家出人！」

さやかと直美はふたたび顔を見合わせた。

「お店には関係ないわ。お客様のお知り合いらしいわよ。お疲れさまでした。ゆっくりお休みなさい。いつ非常呼集がかかるかもわからないわよ」

非常呼集とは、ＳＦのお座敷《ニーズ》のことである。

刑事の話題はこれまで、と小弓は終止符を打った。

仕事からあがったさやかと直美は、どちらが誘うでもなく、帰路、行きつけの個室カフェに立ち寄った。

話題は、いうまでもなくママを訪問した刑事である。

「とうとう来たわね」

「家出人は、あの男のことかしら」

「まだ決まったわけじゃないわ。捜索願は年間十万人も出されているそうよ」

「でも、それは全国の数でしょう。ママが言ってたわ。お客のつながりって。お客関係といえば限られてくるわ」

「そんなに深刻な顔をすることはないわよ。長岡と私たちにはなんのつながりもないわ」

直美が自分に言い聞かせるように言った。

「つながりは、大いにあるわよ」

「刑事がお店に来たのは、長岡さんのつながりかもよ。私たちとあの男のつながりを知るはずがないわ」

「そうよね」

「そうに決まってるじゃないの。男の死体が出てこない限り、仮に出てきたとしても、骨になっている男が、どうして私たちに関わっているとわかるのよ。わかるはずがないわ」

「そうね。そうに決まってる」

二人は脹《ふく》れ上がってくる不安を抑えつけた。


「ママに折入ってのお願いがあるんだが」

個室で向かい合った竹本秀明《たけもとひであき》が、ためらいがちに切り出した。

竹本は国際フィクサーとしてグローバルに各方面、また政・官・財界、およびマスメディアに広範な人脈を擁し、隠然たる勢力を張っている。

裏社会にも顔が利くという噂もあるが、信頼できる財界人から紹介されて、店の常連となった。

内外の要人たちも、グローバルに顔の利く竹本秀明の調停《コーディネート》によって、ずいぶん助けられているらしい。

国際フィクサーというと、いかにも強持《こわも》てしそうであるが、本人は磊落《らいらく》で実があり、人望がある。

だが、小弓にとっては少し薄気味悪いところもあった。

客が「折入って」と言うときは、特接《SF》に決まっている。竹本は彼女の顔色から察したらしい。

「いや、お座敷（SF）ではない。ちょっと義理のある女《こ》がいてね、私が身柄を預かっているんだが、独り身の男の家に女の子をいつまでも置いておくわけにもいかず、秘書はあまっている。どうだろう、ママの店で当座、預かってはもらえまいか。とても美《い》い女《こ》だよ。きっと店の力になる」

と言った。

これまでにも客から紹介された女性はいたが、たいてい客とできていた。そういう女性は、お座敷の主の秘密を漏らす危険があるので、SFには使えない。だが、レギュラーであれば戦力になる。

小弓は、とりあえず会ってみることにした。

彼女はファン・マイン・ミイと名乗った。日本語も流暢である。

一目見て、予感が走った。竹本は女性の素性については詳しく語らなかったが、年齢は二十代前半、東南アジア系で、艶のある黒髪は豊かである。瞳は吸い込まれるように深く、肌は搗《つ》き立ての餅のようにやわらかく白い。

見事なプロポーションの身体は、豊かな胸から蜂のようにくびれた腰回りを経て、量感のあるヒップから引き締まった足に収束している。

女体を商品として観察する小弓は、おもわず溜息をついた。これほどの逸品をSFに使えないことを惜しんだのである。

おそらく客からお座敷が殺到するであろう。だが、お座敷の主の秘密を守るためにはファン・マイン・ミイは使えない。

「責任をもって預からせていただきます」

小弓は、ファン・マイン・ミイの採用を決めた。特接には使えないが、レギュラーとして強い戦力になる。

「こんな別嬪《べっぴん》さんを紹介していただいて、嬉しいわ。心から御礼申し上げます」

「お気に召したようだね。これで私も肩の荷が下りた気がする。よろしくお願いしますよ」

竹本はほっとしたように言った。

ただ一度の面接で採用されたファン・マイン・ミイは、たちまち客の人気者となった。

気立てが優しく、気配りが細やかなミイは、店の女の子や黒服たちにもたちまち溶け込んで、みんなから美《ミー》ちゃんと称ばれて、仲よくなった。

小弓は当座の居所として、店から遠くない私鉄駅の近くに手頃なアパートを見つけてやった。

なんとミイは、スーパーで買った自転車に乗って通勤して来た。ステンドグラスに自転車で通勤して来た者は、ミイが初めてである。

そんな様子を見て、竹本も安心したようであった。

だが、竹本の依頼は、ミイ一人に止まらなかった。

一ヵ月後、竹本は三十前後と見える精悍な風貌の、筋骨たくましい男を連れて来た。彼を店で黒服に使ってくれないかという依頼である。

ミイが屈強な戦力になったことに気をよくしていた小弓は、折からタイミングよく黒服が一人、「家庭の事情」で店を辞めていった後であり、まさに渡りに舟のように採用を決めた。

一見、日本人のようであったが、彼は崔裕石《ツイ・ヨウヒイ》という脱北者であった。

彼の母国では絶対権力を握った独裁者のもと、人間的自由の悉《ことごと》くを奪われ、首都に集まった一握りのエリートたちは、国民を置き去りにして権力闘争に明け暮れている。

神格化された独裁者の思想体制についていけない者は、反党、あるいは反動の烙印《らくいん》を押されて、隔離される。

崔はサラブレッドの子弟たちのみ入学を許される首都の頭領総合大学を優秀な成績で卒業し、エリートの巣とされている頭領親衛隊の新品将校として配属された。

この間に、絶対権力者の私物であるこの国では、彼の思想に染まらぬ者は容赦なく粛清され、国民は農場に終身隔離、あるいは監理所に収監された。

もはや国民には、国家を私物化した独裁者に抵抗する意志も、気力も残されていなかった。多少とも骨のある者は、この国に見切りをつけ脱国した。

留まって抵抗するよりも、愛を失った国を国民が捨てたのである。

崔は踏みとどまり、自由を求めて抵抗運動《レジスタンス》を密かに計画したが、もはや手後れと察知して、韓国のキリスト教会と日本のＮＧＯの助力によって脱国し、日本の在外公館に保護されて、日本に入国したのである。

親衛隊員は国家を私物化し、棄民して（国民を棄てて）肥え太っている頭領をつゆ疑わず、忠誠を誓っている人種であった。

このときの手引きをしたのが、竹本であった。

北のエリート将校からステンドグラスの黒服に転身した彼は、生き返ったように働いた。

ステンドグラスの隠された正体は知らぬものの、この国、この店には自由があった。

北ではかけらも、においもない自由が、ここには空気や水のようにふんだんにあった。

日本人が自由に、なんの感動も示さずにそれを飽食している事実が信じられなかった。

当初、これは夢ではないかと疑ったが、勤めてみれば自由の大海の中にいる。祖国では夢の中ですら自由がなかった。

まず、驚いたことは、日本では、総理や政府の高官を平然と馬鹿呼ばわりする。政権が国民の信頼を失えば、猫の目のように替わる。北では、そんなことは奇跡であった。

崔裕石とファン・マイン・ミイはたがいに引き合うものを感じた。従業員同士の恋は、店の唯一の御法度《ごはっと》（不自由）とされているが、二人のたがいの引力は止めようがなかった。御法度とはいえ、訓示的なものであって、強制力はない。それに、彼らは店の御法度を知らなかった。

二人は日本語に通じていた。

カンバン後、一緒に食事を摂り、時間を忘れて話し合うようになった。話せば話すほど、二人の間は緊密になり、探していた、ただ一人の異性に出会ったような気がした。

いずれも事情があって母国を捨てた人間が、人間の海のような異国の首都で出会ったことに、運命を感じていた。

二人は少しずつ身の上話を始めていた。

崔が脱国者で、北のエリート将校であったことを聞いて、ミイは少なからず驚いたようである。

そして、日本に来るまでの自分の前半生を、ぽつりぽつり語った。

「私の母、マイン・ハイは、母国の民主化運動主導者、国民民主党の党首となったの。選挙で圧倒的な勝利を得たんだけれど、軍事政権は選挙結果を無視して、母を軟禁してしまったの。父は行方不明。母は私の身の危険を恐れて、竹本さんに私を預けたのよ。

選挙結果を無視した軍政に、国民の批判が高まり、母への支持が一層熱くなったのに怯《おび》えた軍政は、母の暗殺を計画したの。

軍の動きを逸速く察知した母は、私に母の意志を継ぎ、日本に亡命して、国民民主党と連絡を取りながら民主化運動を推進するように、と命じたの」

ミイの意外な身の上を知らされた崔は、神意によって彼女のボディガードに配置されたような気がした。

ミイの日本避難を知った軍政部は、刺客を差し向けるかもしれない。まさに天の配役である。

たがいに身の上を語り合って、ますます親近感が募った。親近感が相思相愛に成長するのに時間はかからない。

「私、今夜、家に帰りたくない」

食事の後、ミイが言い出した。

「ぼくもだ」

崔が相槌《あいづち》を打った。

「崔さんがエスコートしてくだされば、家に帰ってもいいわ」

とミイは誘った。これを断るようであれば、男ではない。夜は更けている。

不眠都市・東京の深夜はミステリアスな魅力がある。街を彩る電飾が少しずつ衰えていっても、空は紫色に霞み、星の光が淡い。夜の深まりと共に謎も深まる。

終電の時間が近づいても、遊び足りない者、飲み足りない人間が、東京に鏤《ちりば》められた各盛り場から、六本木、西麻布、渋谷などに集まって来る。

東京の深海魚が本領を発揮する時間帯である。

他国の大都会では得られない、ほとんど無料の安全保障によって、謎を含んだ夜の奥行きが一層深くなっていく。

映画やコンサートを楽しみ、隠れ家のような裏通りのレストランで食事を摂り、そして必死にその存在を隠しているバーで飲み直し、ディスコやカラオケへ流れても、まだ遊び足りない。

東京の夜には、なにか催淫剤のような麻薬が仕込まれているかのように、明日の仕事を忘れて、夜に染まっていく。

東京の夜はただ遊ぶだけではない。出会いや、チャンスも転がっている。それが錯覚であるとしても、美しい錯覚である。夜が好きな深海魚でなければ、その錯覚は見えない。

崖とミイは、すれちがった人が振り返るナイスカップルを形成していながら、もしかすると、二人共に美しい錯覚を見ているのではないかと危惧した。錯覚でもよい。二度と見られない錯覚であれば、大切にしなければならない。

自転車は店に残してきた。自転車が二人の間に介在すると、二人だけの世界に浸れない。

ミイのアパートまで少し歩く。歩く距離にしてはやや遠いが、車に乗りたくない。この二人だけの路上の時間を、存分に味わいたい。

通行人の姿が次第にばらけて、街灯の間隔が広くなった。ひときわ闇が深く屯している街角に来て、ミイが足を止めた。

「キスして」

ミイが崖の耳にささやいた。

二人の影は暗闇に溶け込むようにして一体となった。

呼吸を止め、舌を絡め合い、たがいの身体の心奥を探り合うようなディープキスであった。

途中の息継ぎを惜しみ、限界まで唇を重ねて、飢えた獣のように貪り合う。二人はすでに衣服をまとったまま、全身で交わっているようにおもった。

路上に足音が聞こえても離れない。何度か足音をやり過ごす度に、重ねた唇が接着されたようになった。

このままキスをつづければ、通行人の足音をも憚《はばか》らず、たがいに衣類を剝奪しかねないセクシャルな加速度がついていた。

事実、崔の手がミイのスカートの裾にかかり、彼女が大胆な協力の体位を取りかけたとき、性的加速力とは異なる粗暴な力がミイの身体を突き飛ばした。

びっくりしたミイに、

「地面に這って。姿勢を低く」

と崔の緊迫した声が呼ばわった。

なにが起きたのかよくわからないが、危険が身に迫った事実を本能的に感じ取った。

同時に宙を裂く凶悪な気配が走って、崔の身体が跳躍した。

崔は飛び道具を恐れた。だが、宙を切り裂いた凶悪な音源は、どうやら刃物のようである。

照明不十分な陰の奥に、乱闘の気配が激しく嚙《か》み合い、路上に二個の影が倒れた。

ミイは崔が倒されたかと、絶望と恐怖に身体が麻痺したようになった。

前後して、

「きさまらの正体はわかっている。手加減をしておいた。早く手当てをすれば命には別状ない」

と、崔は路上に動かぬ二個の影に言った。

日本の警察に引き渡せば、崔とミイは素性を詳しく聞かれる。それは二人にとって非常に困る。

「走れ」

と言って、崔はミイの手を強く引いた。追跡の気配はない。

二人は、ようやく安全圏に達した。

「今夜は家に帰らないほうが無難でしょう」

と崔は、ほとんど平常と変わらない声で言った。

「怖くて帰れないわ」

「今夜はホテルに泊まりましょう。きゃつら、軍政部が派遣した鉄砲玉にちがいありません。飛び道具を使わなかったところをみると、殺意はなかったようです。国へ帰れば命はないぞという警告でしょう」

「どうしてそんな警告を……？」

「それだけ、国の民主化運動が盛んになっている証拠ですよ。ミイさんに帰国されたら、運動の火に油を注ぐ」

「母は無事かしら」

ミイは、母が暗殺されたので、跡継ぎのミイを帰国させぬために脅迫したとおもったようである。

「母上はおそらくご無事でしょう。選挙で大勝した母上を暗殺すれば、軍政部は世界から叩かれます。運動相続人のミイさんの恫喝《どうかつ》だけに止まったのも、そのためですよ」

元軍人の崔は、軍政部の作戦を冷静に分析した。

「もし恫喝であれば、また来るかもしれないわ」

ミイは震えていた。

「大丈夫。私がついている。あなたには指一本も触れさせない。ここは日本です。軍政部も日本で問題を起こして、日本政府を敵にしたくはないはずです。二人の鉄砲玉を叩きのめした私を、軍政部は日本政府がつけたボディガードだとおもうでしょう。心配は無用です」

崔の力強い言葉に、ミイはようやく安心したようである。

折から通りかかった空車に乗り、何度かタクシーを乗り換えて、尾行がないのを確認してから、二人は都心のホテルに入った。

大型ホテルであれば、たとえ尾行があったとしても、警備は万全であり、部屋のナンバーも秘匿されている。また逃路《にげみち》が八方に開いている。

シャワーを浴びて浴衣に着替え、二人はようやくほっとした。レストランで夜食を摂っていながら、空腹をおぼえた。

深夜のルームサービスを頼み、ようやく人心地がついた。

予想もしなかった刺客の襲撃を共に躱してきた二人は、いまや愛し合う恋人同士を超えて、死線を潜《くぐ》り抜けて来た戦友のように感じた。

胃の腑を満たした二人は、もっと飢えている本能を満たすために、ベッドまでの距離が耐えられぬように抱き合い、厚い絨毯《じゅうたん》を敷きつめた床の上に折り重なって倒れた。

もはや言葉は必要ない。了解はとうに成立している。床の上を格闘するかのように転々と体位を変え、貪り合う。

交接中に、ミイは食事時の照明のままであることに気づいた。羞恥がよみがえっても、光量を調節するダイヤルに手が届かない。

「見ているよ」

意地悪く崔がささやいた。

「いや。見ないで」

とミイは言ったが、隠しようもない光度にさらされて、躰を貫かれている。

「もっと開いて」

崔が増長して命じた。

「いや」

と拒みながらも、言葉に反して、ミイの躰は開脚の度合を大きくしている。

「美しい」

崔が嘆声を発した。

「お願い。暗くして」

ミイは再度訴えた。

「手が届かない」

「届くようにして」

二人は床の上を、結ばれたまま虫のように這って移動した。

ようやくダイヤルに手が届く距離まで近づき、室内が程よく暗くなった。その瞬間を利用して、二人はベッドに上った。

光の調整によって陰が生まれた。崔の視野にさらされていた秘所が神秘的に烟り、男の想像をたくましくさせる。

官能の原点を確認したようでいて、ミステリアスな陰の奥に、男がどんなに掘削しても、決して尽きることのない官能の鉱脈が走っているように見える。

「お願い。いらして」

ミイが崔の耳にささやくと同時に、彼は限界に達していた。

二人は一体に溶融したまま、官能の頂点に達し、そして静かに降下していた。

二人は弛緩しても躰を分離せず、厳粛な儀式を終えたような余韻に浸っていた。

その後、軍政部の気配はなかった。崔の言葉通り、彼を日本政府のボディガードとおもったらしい。

ミイに頼まれて、崔は当分の間、彼女のアパートに同居することにした。ミイに頼まれずとも、念のために居所を共有するつもりであった。

小弓は二人が〝接着〟している気配を察知していたが、なにも言わなかった。

二人の関係から、小弓は、竹本がミイの男ではないことを知った。竹本はミイの後見人のような位置にあった。おそらく母親のハイから頼まれたのであろう。

崔に磨かれているせいか、ミイはますます女としての艶が増してくるようである。

だが、ミイがいかに店の強い戦力となっても、SFには使えない。

小弓はミイの母国の民主化運動主導者のハイと、ミイがよく似ていることに気づいていた。

ミイはきっと民主化運動主導者のハイの相続人であろう。

崔とミイの入店は、ステンドグラスの陣容を国際化した。

最後のキス

その後間もなく、途方もないリクエストが舞い込んできた。

ステンドグラスはいまや、政・官・財界にとっては欠くべからざる秘密兵器になっていたが、開店以来、小弓が経験したことのないお座敷《ニーズ》であった。

依頼主は山形茂樹《やまがたしげき》、辣腕の弁護士で、公認会計士の夫人と共に、銀座に「山形法律会計事務所」を開いている。

部下に、経済、犯罪被害、男女関係、特に離婚、公害・薬禍問題、人権問題、芸能関係等、それぞれに強い弁護士を抱え、妻の内・外助の功を得て、グローバルに手広く活動している。

多年にわたる店の常連で、無料で小弓の相談に乗ってくれる。ステンドグラスにとっては「鬼に金棒」のような存在でもあった。

山形がSFのニーズを持ち込んできたのは、初めてである。

「私の幼馴染《おさななじ》みで、小学校時代のクラスメートだが、大成功して、リスモン、イタッチョ、ネコディオン等、関連玩具のヒット商品を連発し、アクション、格闘、スポーツ、RPG、冒険、戦争など、画期的なゲームソフトを発案した。使用言語を多様化してグローバルなニーズに対応し、業勢を拡大している、最先端の玩具ソフト会社『ワープ』のオーナー社長になっている」

　個室で向かい合った山形は言った。

「ワープなら知っています。トップを誇るソフト会社でしょう。店のスタッフにも、ワープの世話になったという者がいます」

「実は、その社長からの依頼なんだが……」

「たしか社長さんは女性と聞いていましたが」

「そうだよ。信じられないとおもうがね。彼女、五十一歳にして処女なんだ」

「あら。すると、独身……でも、ワープの社長さんなら、お相手はいくらでもいるでしょう。まさかその社長さんのお座敷ではありませんよね」

　小弓は本当にそうおもっていた。おそらくワープ社長が関わっている男のSFであろうとおもっていた。

「ところが、そうなんだよ。彼女、かなりの美形だし、だれが見ても四十代、いや、三十代後半に見えぬこともない。彼女がね、幼馴染みの心やすだてに、自分は生涯、結婚する意思はない。どんなに愛し合った配偶者であっても、結婚はたがいの束縛になる。自分は自由に生きたい。でも、生涯、一度も男を知らぬまま老化していくのは悔しい。一度でいいから男を経験したい。それも特別上等の男を、と言うんだよ」

と山形は真顔で言った。

「驚いたわ。まさかとはおもいますけど。だったら、先生がお相手してあげればよろしいのに」

小弓は冗談ではなく言った。山形であれば極上の男といえよう。

五十の大台に乗ってもエネルギッシュであり、スキーや登山、ゴルフなどで鍛えた身体は引き締まっている。メタボの気配もない。

知的な風貌と、スタイリッシュな体形は、店の女性陣の人気を集めている。

「私は結婚している。それに小学校時代から親しくしているので、兄妹のように異性感がなくなっている。私では近親相姦《そうかん》になってしまうよ。そこで、ママを見込んで頼んでいる。ママなら、後腐れのない特上の男を知っているだろう」

「先生。私の男をまわせとおっしゃっているのではないでしょうね。私には男はいません。社長同様、束縛がいやなのです」

事実、その通りで、特接を自ら引き受けたことはあるが、自分の意思で男を買った経験はない。

「そういう意味ではないよ。ママなら、特上の男の知り合いがいるとおもったんだ」

「特上の男なら、むしろ先生の周りにいくらでもいらっしゃるんじゃないの」

「いないことはないが、いずれもビジネスの関係だ。頼めないよ。ママ、お願いだ。なんとかしてくれないか」

山形は小弓の前に頭を下げた。彼は本気で頼んでいる。

「先生。実は、先生が社長に惚れていたんでしょう。もしかすると、初恋の人かもしれないわ。殿方にとって、初恋の人は心の神棚に祀《まつ》った女神だと聞きましたわ。女神には畏れ多くて手を出せない……」

「図星だよ。初恋は恋に恋している。本来、恋という言葉は片想いを意味している。私の女神にふさわしい男を探してもらいたい。私の一生のお願いだよ」

山形は頭を床にこすりつけんばかりにした。

結局、小弓は山形の依頼を引き受けた。特上の男の当てがないわけでもなかった。

だが、SFのお座敷に男を派遣するのは、開店以来初めてである。小弓の頼みとあれば引き受けてくれるであろう。

咄嗟に、黒服の数人の顔が意識に浮かんだ。いずれも小弓の忠実な部下であり、ステンドグラスを支える陰の柱である。

大卒、若い年齢のわりに、起伏の多い前半生を経てステンドグラスに流れ着いた男たちである。

深海の吹きだまりのような店であるが、その生活環境が居心地よいらしく、居ついている。

彼らのどの一人をとっても、山形の持って来たお座敷に応えられるであろう。

まず、小弓の意識に上ったのは崔であった。

竹本が密かに漏らしてくれた崔の経歴は波瀾万丈である。座敷に限らず、どんなニーズにも応えられそうであるが、彼にはミイがついている。カップリングした者には頼めないお座敷である。

まだほやほやのラブラブ同士を引き裂くようなことはできない。

すると、黒服中の古参・西尾敏《にしおびん》に白羽の矢が立つ。

前身は一流ホテルのナイトマネジャーであるだけに、気配りが細かく、名前の通り頭の回転が速い。

従業員の人望も厚く、客にも信用されている。それに独身である。

夜の店で客が帰るとき、車の手配をするのは古参である。雨や雪や、嵐であっても、悪天候であればあるほど、配車は古参の〝専任〟である。

それは、客から少なくないチップが集まるからである。

だが、ステンドグラスでは、西尾の命によって、新参が配車を任せられている。新人に美味しい役を譲ってやるのである。そんな彼は、新人たちの尊敬を集めていた。

小弓は迷いに迷った末、西尾を個室に呼んだ。

「馬鹿にするな」

と、西尾から罵倒されるかもしれない。優秀な人材を失う虞《おそれ》もある。

だが、ＳＦはこれまで男が担当したことはないが、女性に限定しているわけではない。

「いやならいやと、はっきり言ってちょうだいね。決して強制はしないわ」

小弓は恐る恐る前置きをした。

「ママのおっしゃることなら、なんでもいたします」

西尾は少し緊張して答えた。ママが従業員を個室へ呼ぶのは、尋常の用件ではない。

「おもいきって話すわね。あなたにお座敷がかかってきたのよ」

「お座敷……？　私に……。つまり、特攻隊ですか」

西尾が驚いた表情をした。

「そうなの。概　略《ブリーフィング》するけど、怒らないでね」

小弓は山形のリクエストを伝えた。

もちろんお座敷の主の素性は秘匿している。ただ、処女のまま老化したくないという本人の意思は告げた。

ブリーフィングを聞き終わった西尾は、固唾《かたず》を呑んで返答を待っているママに。

「一つだけお尋ねします。どうして私を選んだのですか」

西尾は問うた。

「あなたなら、きっとこの難役を果たし終えるとおもったのよ。私の直感にすぎないけれど」

「しかし、私は女性経験は少ないですよ」

「それがいいのよ。そのほうが座敷主《クライアント》は喜ぶわ」

「女性経験が少ないと、どうしてわかったのですか」

「あなたは女性を決して視姦《しかん》しないわ。女を人間として見ているわ。女性遍歴の多い男は、女を商品のように値踏みするのよ。女の城にいて、あなたは決して女性を値踏みしないわ」

「恐れ入りました。そのお座敷、私が務めさせていただきます。

実は最初から引き受けるつもりでした。クライアントが処女のまま老化したくないとおっしゃった言葉が、心に触れたのです。そのお方は、男経験はただ一度だけで十分とおもっていらっしゃるのでしょう。ただ一度の水揚げ、光栄におもいます」

西尾は引き受けてくれた。細かい段取りは山形がつけてくれた。

お座敷は、主の希望もあって、熱海の老舗《しにせ》旅館に取った。

海に面し、山腹に隠れるように張りついている老舗旅館であり、源泉が湧いている。

宿の近くで、頼朝と政子が忍び逢《あ》っていたという伝説がある。

まさに忍び逢いに適した隠れ宿が、そこにあった。

庭樹に埋もれて、建物のごく一部しか見えない古式豊かな和風の玄関を入ると、憂き世の喧騒《けんそう》から遮断された異次元の空間が開けた。

屈曲する廊下を、奥へ進むほどに潮騒《しおさい》が近づいてくる。潮の香りに、かすかな香のにおいが仕掛けられているようである。

座敷の主は先着しており、

「お待ちでございます」

と仲居がささやいた。

通された部屋には、上等な和服をしっとりと着こなした品のよい女性が待っていた。

「お待ち申し上げておりました。わざわざご足労いただきまして、有り難うございます」

と彼女は三つ指をついて、慎ましやかに挨拶した。座敷主から、まさかこのように丁重な挨拶を受けようとは予想していなかった西尾は、少しうろたえた。

折から、障子の向こうに広がる海面が、空を染めた残照を反映して、あたかも座敷の女主の身体から後光が発しているように見えた。

「お、お待たせいたしまして、失礼申し上げました」

口ごもりながら、西尾は初対面の挨拶を返した。

自己紹介しようとして、ママから名乗る必要はないと言われていたのをおもいだして、言葉を喉元に抑えた。

西尾が名乗ると、素性を秘匿したい座敷主が困るかもしれないという配慮である。

「きわと申します。貴い平和の和と書きます。よろしく」

本名か変名か不明だが、座敷主のほうから名乗られた。

「西尾敏と申します。未熟者ですが、お招きいただきまして光栄に存じます」

西尾は慌てて自己紹介した。

未熟者以下は、あらかじめ用意しておいた台詞《せりふ》である。

「お疲れでしょう。温泉で寛いで来られませ。私もご一緒しますわ」

一瞬、混浴するつもりかと、西尾はどきりとした。

障子が赤く染まり、逆光の位置から移動した主の頬が、少し紅潮して見えた。

四十代初め、あるいは三十代後半か、成熟した女体から、抑えた艶がフェロモンとなって吹きつけてくるようである。

この女性が処女とは、とうてい信じられない。しかも、彼女のほうから、処女を提供したいと申し出《リクエストし》たのである。

西尾は夢を見ているのではないかとおもった。

逆光に浮かび上がるシルエット。熟しきった艶色を静かに抑える気品。光と影が交錯するトワイライトに包まれたミステリアスな美しさ……。

西尾はおもわず生唾を呑み込んだほどである。

「そちらのお部屋に浴衣がご用意してございます。渡り廊下の下の端に、走湯《はしりゆ》と称ばれる源泉があるそうです。ご一緒してよろしいかしら」

貴和と名乗った主は、遠慮がちながらいそいそと誘った。断る理由はない。

二人は浴衣に着替えて、源泉へつづく長い渡り廊下を下った。

ようやくたどり着いた源泉は、勾配の急な屋根と、高い天井を、檜《ひのき》の柱で組み上げ、浴舎越しに海が望める。

刻々と昏れなずんでいく水平線に連なる雲の峰が、西に沈む太陽の残映を受けて桃色に染まっている。海面にはすでに墨のように夕闇が降り積もっている。

「お出になるときは、湯桶《ゆおけ》で床を叩いてください。ご一緒に長い坂を上りましょう」

と、座敷主は男女に区分される浴室前のホールでささやいた。

男湯には先客はない。広く取った窓から海が一層迫ってくる。

まろやかな湯に身体を沈めて、これから始まる濃密な時間をおもうと、隣り合う女性用の湯船に浸っている貴和の艶やかな姿態を想像せざるを得ない。

（こんな特攻隊なら、何度突っ込んでもいいな）

隣りの気配をうかがいながら、西尾は、自分が卑しくなったように感じて、慌てて自戒した。

（これは不倫でも遊びでもない。ママから命じられた使命だ。しっかりしろ）

と彼は自らを叱咤した。

そろそろタイミングと計って、西尾は湯桶で床を叩いた。隣りから反応があった。二人は浴室前の区分ホールで合流した。浴衣越しに、彼女の肌から湯の香りが悩ましく迫った。

ふたたび肩を並べて長い廊下を上って行くと、西尾は彼女と混浴したような気分になっていた。

いつの間にか残照が消えて、見上げた空を星座が埋めている。星が見えない東京の空に比べて、こぼれ落ちそうな満天の星の量に驚いた。

「まあ、凄い星」

貴和も豪勢な星の陣形に驚いたようである。

東京に暮らす者は、空に星や月があることを忘れている。稀に視野に入っても、電飾に押されて息もたえだえの天体にすぎない。

ようやく部屋に帰り着くと、夕食の用意が調っていた。新鮮な海の幸を主体とした豪勢な膳立てを見た西尾は、胃が空虚であったことをおもいだした。

仲居は最初の給仕をしただけで、気を利かせたらしく、「お食事をおすましになりましたら、お呼びくださいませ」と言い残して去った。

新鮮な海の幸をはさんで、二人は差し向かいに座った。

「どうぞ」

貴和のほうから西尾のグラスにビールを満たしてくれた。特接の客は彼女であるのに、主客転倒した形である。だが、彼女はその転倒を楽しんでいるようである。

乾杯して、食事を共にしている間に、他人行儀が次第に除《と》れていった。初対面時の慎ましやかな抑制が、盃を交わしている間に解けて、親密度が増してきている。

処女の含羞が、成熟した艶姿によってますます蠱惑的になってきている。すでに了解が成っている男女の間に醸し出される濃厚な気脈である。

気脈を探り合いながら、二人の心は距離を縮めていた。

差し向かいの二人の距離を、板前が腕を振るった料理が程よい緩衝をしている。独りで食べるものは餌にすぎない。食事を共にする相手をまちがえると、単なる可食物になってしまう。

だが、今宵の料理を共に味わう相手は、たがいに抜群であった。食事は単に生命の機能を維持するためのものではなく、人間関係をまろやかにする潤滑剤《クッション》である。

二人の気脈が通じ合ったとき、貴和はおもいあまったように言った。

「私、怖いのです」

「怖い？　なにがですか」

西尾は箸を休めて問うた。

「私、初めてなのです。だから、怖いのです」

「実は……私もです」

西尾は、ほっと救われたように言った。彼自身も、その時間が近づくほどに緊張していた。

性体験はそれほど多くはなく、処女は初めてである。ましてや、相手は超ＶＩＰである。

「お願いしていいかしら」

彼女はおもいきったように言った。

「どうぞ。私にできることはなんでもいたします」

「予行（交）演習をしたいわ」

「よこうえんしゅう」

西尾は当初、その言葉の意味がわからなかった。

「私、いまならできるとおもうの。抱いてくださらない」

一瞬、貴和の言葉に驚いたが、その意味を速やかに理解した。

「いますぐ、ここで……よろしいのですか」

寝床は隣室にすでに用意されている。

「いますぐ。ここならば、可能なような気がするの……恥ずかしいけれど」

彼女は消えも入りたげに身体をよじった。

浴衣の裾が割れて、形のよい足が覗いた。

一瞬の間に二人の間に了解が成立した。食事半ばにして、影のない照明のもと、畳の上で二人は交わった。

なんの妨げもなく、極めてスムーズに二人は一体となった。

西尾が初めての侵入を完全に果たしたとき、貴和は、「あっ」と小さな声を発した。

二人は一体となったまま、畳の上にしばらく静止していた。食事中、無影灯のような照明

のもとで交わった羞恥がよみがえったらしく、

「どうやら、予行演習はうまくいったようね」

と貴和は折り重なったまま、西尾の耳にささやいた。

「このまま凝《じ》っとしていると、離れられなくなりそうです」

「予行演習中、離れられなくなったら大変だわ」

「本番は後に取っておきましょう」

西尾は無理な抑制に耐えながら、彼女と癒着したような躰を捥《も》ぎ離した。

合体するときは、なんの妨げも苦痛もおぼえなかったのが、分離するとき痛みが走ったように感じた。彼女も同様であったらしい。

予行演習の後、食卓に戻り、食事をつづけた。貴和は恥じらうように、演習前よりも言葉少なになっていたが、心身の距離はなくなっている。

一瞬の交わりであったが、彼女はすでに処女ではない。演習を無事に終えて、自信がついたようである。西尾も同じであった。

後半、料理の味がよくわかるようになっている。

仲居が膳部を片づけに来た。

「きれいにお召し上がりいただいて、嬉しゅうございます。板長も喜ぶでしょう」

仲居は空になっている食器を見て喜んだ。まさか食事中、予行演習をしたとはおもってもみないようである。

「それでは、ごゆっくりお寛ぎくださいませ」

膳部を片づけた仲居は去って行った。あとは寝所へ移動するばかりであった。

「時間のたつのが速すぎるわ。寝室へ入るのがもったいないくらい」

貴和は言った。

「もう一度、予行演習をいたしましょうか」

「まあ……」

貴和は頬を染めた。西尾の誘いがまんざらでもないようである。

「悪くないわね。でも、明るすぎるわ。やっぱり寝室へ行きましょう。私、待ちきれないわ」

貴和は演習のおかげで大胆になったようである。

寝室は間接照明によって程よい陰翳を残し、穏やかな照明が適度に分布している。障子が青く染まっているのは、夜の海の反映であろうか。

二人は寝床に入る前に抱き合い、たがいの浴衣を剝ぎ取り合い、裸身となって、おしどりの模様を縫い取りした寝具にもつれ込んだ。

予行演習をしたとはいえ、貴和は、処女とはおもえぬほど大胆で、奔放で、そして貪欲であった。

もつれ合いながら体位を変え、ビッグサイズの蒲団《ふとん》を転々として、畳の上に何度も転がり出た。

束縛を嫌い、男を敬遠していた貴和は、西尾に初めて躰を開かれ、自分が意識せぬまま、性の能力を死蔵していたことに気づいた。

これまで躰深く埋められていた官能の鉱脈が、西尾によって開封され、一挙に躍動し始めたように感じた。

貴和よりも十数歳は若い西尾だが、貴和の躰は息切れするほどに男を求めつづけた。西尾も店と男の面目にかけても、後へは退けない。

それに、SFとしてクライアントを接遇しながら、彼女以上に西尾は楽しんでいる。いまだかつて男の鍬《くわ》が入らない、熟れきった処女の肉体を自由に貪っている。

彼の女歴の中で、こんな凄い女体にありついたのは初めての経験である。

制限がない。彼女の体内に埋もれている官能の鉱脈も無限である。未踏の鉱脈を掘削放題、どこに初めての足跡を刻もうと、西尾の自由である。男冥利とは、このようなことをいうのであろう。

一方、貴和は初体験の喜悦に全身が沸騰し、自分の肉体に対する価値観に目覚めた。これまでビジネス一辺倒の価値観が、女体が生まれながらにしてもっている性的な価値観に目覚めたのである。

性なき女は女ではない。もちろん男でもない。中性にすぎない。こんな凄い性的能力に恵まれていながら、それに気づかず、中性として浪費した前半生が悔やまれる。

だが、いま、その浪費を西尾によって一挙に取り戻そうとしているのである。

その一夜、二人は小休止をはさみながら交わりつづけた。せっかくの出会いを、眠りで浪費したくない。

同時に体力が尽きても、小休止の後よみがえり、飽くことなく共食する。二人共に、それぞれの体力と精力に呆《あき》れながらも、一期一会の出会いを慈しむように、貪欲になっていた。

早暁、早起きの野鳥が目を覚ますころ、二人は睡魔にとらわれて昏睡した。

同時に目覚めると、朝食の時間が迫っていた。仲居が来る前に、たがいにパートナーの意を察知した二人は、豪勢な宴に終止符を打つように交わった。

ふたたび差し向かいの朝食を摂ると、出発《チェックアウト》の時間が迫っていた。

「またお会いしたいわ」

貴和が後ろ髪を引かれるように言った。

「私も、です。……でも……」

「でも、なんなの」

貴和が問うた。

「いまはいいけれど、私はきっと貴和さんのお荷物になります。しがない男ですが、ヒモにはなりたくありません」

西尾は痩せ我慢を張った。

SFメンバーは、原則としてリピートコールを受けない。

「せっかくベストのパートナーに出会ったのに、これが最初で最後なんて、寂しいわ」

「最初で最後だからベストなのです。いかに相性がよくても、男と女の間柄は劣化していきます。劣化して、男が女性に捨てられるのはみじめですからね」

「だったら、一年に一度か二度と、タイムギャップをおいたらいいでしょう」

「タイムギャップをおいても劣化していきます。むしろ、劣化の速度は速いでしょう」

「つまり、一期一会の出会いというわけね」

「私も貴和さんに会いたい。でも、私はプロです。この道のプロにろくな男はいません」

「ご自分でそれをおっしゃるあなたは、ろくでもない男ではないわ」

「そのお言葉を肝に銘じてお別れします。今度、人生のどこかで出会うことがあっても、おたがいに知らぬ人になっているでしょう。さようならです、もしこれが永遠の別れでなければ……」

「せめて、永遠の別れでなければ、またお会いするかもしれないわね」

「貴和さんと過ごした一夜は、私の人生の宝として、心の中に大切にしまっておきます」

「チェックアウトまで一時間あるわ。せめてあと一度、あなたをちょうだい」

「いけません。あと一度愛し合えば、あなたは出発を延長し、そして連泊するかもしれません。そうなれば、私も帰れなくなります。私は帰ります。

決して見送らないでください。あなたの視線を背中に感じたら、私は帰れなくなります。未練の尾をずるずる引きずっているよりも、貴和さんの想い出の中に永遠に生きたい。恰好つけすぎかもしれませんが、これが私の正体です」

「ごめんなさい。我が儘を言って。決して見送らないわ。でも、あなたも決して振り返らないで」

二人は最後のキスを交わして別れた。

西尾本人の報告と、座敷主の謝意を山形経由で伝えられた小弓は、自分の目に狂いがなかったことに自信をもった。

特接は一期一会が原則である。クライアントのリピートコールによく耐えてくれたとおもう。

その後、森里《もりさと》貴和が率いるワープ玩具ソフト会社チェーンは、驚異的に業績を伸ばした。彼女は、初めて男を知った一夜に、生気を吹き込まれたように、時代を先取りするセンスに一層の磨きをかけ、無尽蔵のパワーを発揮した。

山形茂樹は大いに感謝し、ステンドグラスの確固たる後《うし》ろ楯《だて》となってくれた。政・官・財界にとって、必要欠くべからざる秘密兵器であっても、合法と違法の境界線を伝うようなステンドグラスにとって、法律と数字の強固なバックアップがあることは、大いに心強い。

後日、森里貴和から紹介されたというＩＴ界の大物が、相次いで店に来るようになった。

森里の紹介客は、隠れ家のような店の雰囲気が気に入ったらしく、速やかに常連化していった。

小弓は、彼らが森里の密かな謝意を代理しているような気がした。

いまやステンドグラスはＩＴ界にも版図を広げつつあった。

穢れの除染

棟居は、ステンドグラスのオーナー渋谷小弓に面会する前に、多摩川河川敷に遺棄されていた車を近所の住人が運び込んだ所轄署に、車体の科学的検査を委嘱していた。

捜査の手段として科学的技法を適用すれば、目に見えない手がかりが見えてくるかもしれないとおもった。

幸いに、その所轄に、過去の事件で連携捜査をした刑事がいた。所轄署に顔見知りの捜査員がいると、警察のセクショナリズムの壁を容易に乗り越えられる。

車体《ボディ》や、車内に遺留されているかもしれない微物、指紋、髪の毛一本や、爪の破片《かけら》でもあれば、犯人につながるかもしれない。

棟居が渋谷小弓に面会して間もなく、所轄の五十嵐《いがらし》から連絡がきた。

「面白いものが現われましたよ」

開口一番、五十嵐は言った。

彼の管内で発生した事件をペアを組んで捜査し、たがいに気心を知っている。

「車内から女の髪の毛が数本、それも複数の女です。運転席の床に、陶器の破片らしいものが落ちていました。車体や車輪に、アカガシ、ムク、ブナ、ミズナラ、ハルニレ、トチノキ、ユキザサ、クヌギ、アカマツなど暖地性、寒地性の高木や、多年草の視認できない花粉の微粒子が検出されました。また、車輪にはカミキリ虫、ダニの死骸と、ウサギやリスの糞《ふん》が絡みついていました。

これらの動・植物が分布、混生している東京近くの地域は、奥多摩、特に高尾山周辺だそうです」

「高尾山周辺……つまり、遺棄車は高尾山の周辺から来たということですね」

おもわず棟居の声が弾んだ。

「そうです。失踪した車のオーナーは、高尾山周辺に隠されている可能性が大ですね」

五十嵐は、「隠されている」と緩和して言ったが、長岡時彦はすでにこの世のものではなく、高尾山周辺に埋められたのであろう。焦点が次第に絞られてきた。

五十嵐の報告を踏まえて、棟居は長岡義男に、高尾山周辺に時彦と関わりのありそうな場所はないかと問うた。

「あまり使用はしていないようですが、相模湖の近くの林の中に山荘があります」

「それだ」

棟居はおもわず声を発した。

車はその山荘へ行ったにちがいない。そして、山荘で事件が発生した。車中に残されていた頭髪の主の複数女性と山荘までドライブし、そして、彼女らとの間にトラブルが発生し、時彦は蒸発した。車は遠く離れた多摩川河川敷に遺棄されたのである。

山荘を調べれば、新たな発見があるかもしれない。棟居と五十嵐は気負い立った。二人はいつの間にか非公式のペアを組んでいた。


五十の大台に乗った野沢弘昌《のざわひろまさ》は、窓際に近づいたとおもった。

二流の大学を出て二十数年、氷河期と称ばれた就職難時代に拾い上げてもらったいまの会社に忠誠を誓い、特に出世もしなければ大過もなく、リストラにも遭わず、窓際にまでたどり着けたのはラッキーといってもよい。

だが、そのラッキーは二十数年間の屈辱の堆《つ》み重ねを踏まえている。

私立大学の新卒から、東京の一流ホテルに入社し、フロント係からスタートして、経理、アシスタントマネジャー、ナイトマネジャー、接客課長、営業企画部次長、そしていまはアレンジャーと称ばれるホテルの全セクション（料理人を除く）を総攬《そうらん》する一般会社の総務部のような部署に配属されている。

アレンジャーは野沢のホテル独特の呼称であり、手配や整理、調停を意味するアレンジから発している。

客の苦情にも対応するところから、社内では尻拭き《ワイパー》の蔑称もある。

野沢の「ホテルシャトー」は、典型的な同族経営のホテルであり、明治の半ばに帝国ホテルに次ぐ都市ホテルの草分けとして、名城達一郎《なしろたついちろう》が創業した名城《なしろ》ホテルから発している。

創業時、名城ホテルと称ばれていたのが、いつの間にか名城《めいじょう》ホテルが通り名となった。大正、昭和と、達一郎の子孫が累代経営をつづけ、戦後間もなく、名城をフランス語に変えて、ホテルシャトーとなった。

経営陣はすべて名城一族で固め、同族外の者は出世できない構造になっている。

戦前、戦時中は軍部と結び、高級将校の専用ホテルとして生き残り、戦後しばらくは進駐軍将校の専用ホテルとされた。

その後、高度成長時代に入り、巨大ホテルが相次いで開業し、「ホテル戦争」を勝ち残って、当時、コロッケ（御六家）の六大ホテルに並んだのである。

野沢はホテル戦争時代に入社して、移動の激しいホテル業界において、同一ホテルに固定していた。

大型ホテルが次々に誕生し、腕のあるホテルマンの引き抜き《スカウト》レースに鎬を削っている時期、彼は動かなかった。

入社したホテルに忠義立てしていたわけではない。ヘッドハンティングの声がかからなかっただけである。

ホテルでは客が絶対の存在である。特にVIPや、顧客に対しては、どんな理不尽な要求や苦情であっても、ご無理ごもっともと頭を下げる。

どの分野でも、「客は神様」であるが、ホテルの客は、神様というよりはご主人様である。神は信ずればよいが、ご主人様には忠誠を誓う。

信心と忠誠。信心には屈辱はないが、屈辱を踏まえなければ認められないのが忠誠である。同族経営ホテルの同族は、絶対君主であり、客以上の忠誠を誓わなければならない。

客はおおむね一日単位で交代していくが、同族は社員が退社するまで、忠誠の対象として崇め奉る義務がある。

そして、忠誠を誓う限り、厚い庇護を受ける。忠誠の代償としての庇護には、屈辱の味がある。そこに長くいればいるほど、屈辱の味に馴れ、恥を恥ともおもわなくなる。

野沢はご当代（現在の社長）名城秀介《しゅうすけ》とは同年である。大学も同期であり、彼の口利きでこのホテルに入社した。学友から〝主従〟になったのである。

当初、主人は彼を家来として扱ったが、次第に家来から奴隷に落とされていた。

奴隷のきっかけは、野沢の結婚であった。

秀介は名うてのプレイボーイで、大学在学中、二百人斬りをしたと豪語していた。

卒業して、直ちに累代の名門ホテルの営業企画部長の椅子をあたえられた。

ホテルは女子社員が多い。入社と同時に、社長継承第一位にある秀介は、美形の女子社員を当たるを幸い、なで斬りにした。

イケメン、スタイリッシュ、独身で、社長の椅子を約束されている秀介は、女子社員に人気があった。女子社員は彼に声をかけられるのを光栄におもっている。

秀介が同時〝運営〟している女性が、常に四人はいた。一過性のつまみ食いを入れると数えきれない。

当時の社長・秀家《ひでいえ》の推薦と媒酌によって、野沢は結婚した。

妻は、野沢とは十歳ちがいの、社内では評判の美貌で、男子社員からは羨ましがられた。

野沢自身も、社内随一の美女を社長の推薦で妻にして、舞い上がっていた。

しかも、結婚後間もなく、花形部署の接客課長の椅子をあたえられたのである。

接客課長はホテルマンの花形であり、その椅子までどんなに早くても十二、三年はかかる。

そして、能力も、功績もあるわけではない野沢が記録を塗り替える昇進をしたのは、秀介の引きだとばかりおもっていた。

だが、新婦は秀介の隠れたオフィスワイフであり、秀介の子を二度も中絶している事実を、秀介から捨てられた女子社員から知らされた。

つまり、秀介のお古を払い下げられた代償として、接客課長の椅子をあたえられたのである。

さらに驚いたことに、結婚後も妻は秀介と秘密に会っていたのである。それに対して一言の抗議もできなかった。

結婚後、子供が二人生まれたが、どちらも野沢に似ていない。だが、秀介にも似ていなかった。

それでも野沢は気づかぬふりをして、ホテルに勤務し、秀介に仕え、家庭を守ってきた。要するに、彼が屈辱に耐えてさえいれば、八方丸くおさまっている。

秀介は父親・秀家の急逝によって、三十五歳にして社長になった。秀介の社長就任と同時に、野沢は営業企画部次長に異動した。

営業企画は、各種集会や、冠婚葬祭、団体客等のセールスである。次長就任は、職階の上では栄転であるが、実権は部長と課長に握られており、担当する仕事は苦情処理である。

社長のお古《セコハン》を払い下げられた代償が、尻拭き役かと胸が煮えたぎるおもいであったが、考えてみれば、奴隷には恰好の役かもしれないと、改めておもった。

屈辱を常食として日々を過ごしている間に、次第に屈辱の味に馴れてきている。

そして、五十の大台に乗った。子供たちも独立し、妻とはとうに「お褥ご辞退」という間柄になっている。

女に不自由はしない秀介からも、とうにお褥ご辞退を宣告されているようであった。

そして、このころから野沢の心奥に、多年にわたり無意識にたくわえられてきた反意（謀反の意思）が、確固たる容量となって、その存在を主張するようになった。

（このまま秀介の奴隷で終わってたまるか）

という、休火山の底に死蔵されていたマグマがふつふつと煮えたぎってきている。

野沢は、深い地下にたくわえたマグマを、爆発させる時期を待つようになっていた。

どんな形の噴火になるか、まだ自分でもわかっていない。火山活動に伴う地殻変動のように、これまでの屈辱を常食とする無気力な心身の深いところに沈殿した物質が、目覚めて、胎動を始めている。

一度限りの人生を、社奴（会社の奴隷）として終わりたくないというおもいが、休火山の噴火を促すような謀反の原動力になりつつある。

折から業界は、数次にわたる戦国時代に入っていた。

帝国ホテルと並ぶ老舗のホテルシャトーは、躍進著しいニューオータニ、オークラに追い抜かれて、御三家からこぼれ落ち、焦っていた。

国賓の来日に際しては、御三家がもちまわりで迎賓館の接遇を担当する。経済的なメリットは少ないが、迎賓館担当はホテルのステータスに関わる。

アレンジャーとして料理人を除く全セクションを総攬する野沢は、社長に呼ばれて、

「このところ、迎賓館の接遇を御三家に取られっぱなしだ。近くA国の副大統領の来日が決定している。なんとしてもこの接遇は我が社が獲れ」

と厳命された。

老舗だけに、ホテルシャトーは、帝国ホテルと並んで、政・官界に太い人脈《パイプ》が通っている。だが、御三家脱落以後、人脈の高齢化により、迎賓館接遇受注レースに敗れている。A国副大統領の接遇は、なんとしてもシャトーが獲らなければならない。

迎賓館接遇ホテルの決定権をもつのは外務省儀典官とされ、入札制で担当ホテルを決めるという。

だが、これは表面《おもてめん》であり、大臣の裁量が鶴の一声となる。つまり、外務大臣とのつき合いの深い社が接遇権を手に入れる。

シャトーにとってラッキーなことに、内閣改造により就任した新大臣は、前会長と昵懇《じっこん》の

間柄であった。

新大臣にとっても、前会長は強い支援者であり、政治生命を維持する貴重な金脈であった。孫である秀介が前会長の意向を引き継いでいる。政治献金名義の賄賂の運び役が野沢である。

この度の新大臣への政治献金は、五千万円である。A国副大統領の迎賓館接遇権を獲れば、シャトーのステータスと知名度は一挙に上がる。五千万円でも安い買物である。


新大臣は旧大蔵省官僚出身の衆議院議員である。在職中に築いた業界への影響力や、張りめぐらした豊かな人脈を通して、権力の階段を上っていく。

「大臣だけではなく、現場（迎賓館）担当の役人にも手を打て。そうだ。ステンドグラスを使え。なるべくならば、大臣の鶴の一声は使いたくない。大臣が睨みを利かせている中で、担当の役人を落とせ。金と色の二刀流でいけ」

秀介は野沢に発破をかけた。


ホテル業界の雄シャトーから、儀典官のSFを依頼された小弓は、多年の経験から、このSFは難役であることを察知した。

お堅い官僚は、SFを提供されても簡単には動かないことを知っている。

それに役人が関わっているSFは、賄賂になりやすい。違法性のあるSFは避けなければならない。

シャトーには先々代の社長以後、長く贔屓されている。シャトーのリクエストに応えるためには、このSFを賄賂とは無関係にしなければならない。

つまるところ、店の特攻隊員は使えないのである。

野沢は運び役を命じられた五千万円を、大臣に届けるつもりはなかった。

定年になっても五千万の退職金は出ない。もちろん規定の退職金はもらうつもりであるが、これまでの定年退職者の退職金は、多年、忠節を尽くした社奴の代償としてはあまりにも少ない。規定の退職金では、野沢は満足できない。

秀介から迎賓館接遇役の決定権を握る儀典官のSFを命令されたことについて、思案を集めていた野沢は、天啓のように絶対的な妙案をおもいついた。

まさに神のお告げのような妙案は、胸にたくわえた鬱憤を、火山のように噴火させ、五千万円を屈辱の代償として我が物にできる。

そして、シャトーは接遇役を任命される。社奴の復讐によって、八方が丸くおさまるのである。

儀典官室長・世良《せら》友信《とものぶ》は外務省の古狸《ふるだぬき》として、迎賓館に関する圧倒的な決定権を握っている。大臣も彼には一目置くほどである。無類の女好きであることも知られている。

野沢は、ここに攻め口があるとおもった。

だが、女性を伴う饗応には、世良も十分注意している。饗応でなければ賄賂罪には問われない。男と女の自由恋愛である。野沢はこの点に目をつけた。

ステンドグラスのママも、自由恋愛であれば協力してくれるであろう。

小弓の心理を読んだかのごとく、野沢は途方もない提案を出した。

「SFが、へたをすると賄賂になることは重々承知しています。そこで私の妻を提供します。ママは政・官界に太いパイプがある。これを通して、素人の人妻が私設秘書の口を探しているので、一度会ってやってほしいと世良氏に持ちかけてくれないか。ママの店の女の子ではないし、人妻が家計を助けるためにバイト先を探しているだけです。私も助かる。ママには絶対に迷惑はかからない」

と口説かれた。

世良は店の半常連でもある。彼が、小弓や店の女の子たちを衣服越しに視姦していることに小弓は気づかぬふりをしていた。

小弓は野沢の提案に仰天しながらも、彼の妻であれば、世良が触手を動かすにちがいないとおもった。

野沢の妻に何度か会ったことがある。かなり以前であるが、シャトーの社長が彼女を連れて、店に二、三度来たことがある。

社長は悪びれもせず、彼女を野沢の妻だと紹介した。そのほうがかえって不倫を気づかれないとおもっていたらしい。

だが、敏感な小弓の嗅覚は、二人が情事の後に立ち寄ったと嗅ぎ取っていた。

そのとき小弓は、野沢の妻の熟成した艶に驚いた。気品はないが、男好きの色気が発酵しているようである。

あの野沢の妻が、私設秘書の求職を餌にして近づけば、世良は涎を垂らして飛びつくであろう。

「わかりました。世良室長に必ず伝えておきます」

「頼むよ。この恩は忘れない」

小弓の協力を得られて、野沢は、この擬似SFがすでに成功したも同然とおもったようである。

野沢の妻・郁子《いくこ》は、話があると久しぶりに声をかけてきた夫の突然の提案に仰天した。

いかに夫婦の愛が冷えきったとはいえ、夫自身の口から不倫を勧められるとはおもってもみなかった。

「驚くことはない。五千万円、なんの罪に問われることもなく手に入る。それも現金だ。二人で山分けにしてもよい。退職金など、背伸びをしても追いつかない額だよ」

「いくらあなたがよいと言っても、私、見知らぬ男と寝る気になんかなれないわよ」

「そうか。未公認の男はいやだが、社長ならいいというわけかね」

野沢の言葉に、郁子はぎょっとなったようである。

いまはお褥ご辞退しているが、秀介の声がかかれば飛んで行くにちがいない心を読まれたような気がしたのであろう。

「いいかね、よく聞くんだ。会社《ホテル》は私に五千万円持たせて、会社のステータスのために迎賓館を買ってこいと言っている。売り手の男を、おまえの躰を使えば必ず落とせる」

「でも、五千万円支払うんでしょう」

郁子は少し野沢の話に乗ってきた。

「金を払う必要はない。おまえさんの躰で十分だよ。つまり、五千万円の値打ちがあるということだ」

「だったら、会社が五千万円返せと言ってくるでしょう」

「そんなことは言わせない。五千万円を〝持参金〟にすると賄賂になると脅せば、会社はなにも言えなくなる」

「あなたを首にするわよ」

「首にできない。社長はおまえを盗み食いしていた。一回五千万円の値打ちのあるおまえを盗んだ慰謝料だよ。おまえ、おれと結婚した後、社長と何度寝た。一回五千万にその回数を掛ければ、天文学的な額になるだろう。五千万の慰謝料なら安いもんだ。それとも、おまえ、自分の躰をそんなに安くおもっているのかね」

野沢に問いつめられて、郁子はなにも言い返せなくなった。

夫のこんな凄い一面を見せられたのは初めてであった。夫婦の間に奇妙な合意が成立した。

計画は着々と進行した。

野沢の予言通り、世良は美人人妻の餌（私設秘書）に飛びついた。

特接《SF》の場所は、ホテルシャトーのデラックスルームに用意された。案内役は野沢である。

小弓の段取りがよく、世良はなんの疑いももたずにやって来た。表向きは私設秘書応募者の面接ということになっている。

面接会場をシャトーが用意してくれたのは、迎賓館接遇役に入札した者として当然という意識である。

その日午後六時、世良は花見気分で面接会場に来た。

すでに郁子は先着して、待っていた。世良は応募者が案内役の妻とは知らない。

初めて顔を合わせた瞬間、世良は全身に電流が走ったように感じた。

儀典官室長の私設秘書を希望しているのであるから、一応の美人ではあろうとおもっていた。だが、応募者は世良の期待をはるかに超えていた。

世良好みの、最も食べごろに熟した女性が、触れなば落ちん風情で待っていた。

彼女は立ち上がると、艶然と微笑み、

「お初にお目にかかります。水原郁子と申します。ご多忙の御身を煩わして、まことに恐縮でございます。まさか面接の機会をいただけるとはおもってもいませんでした」

と世良の前に深々と頭を下げた。その一瞬、案内役の野沢と目を合わせたことに、世良は気づかない。すでに世良は郁子の虜《とりこ》となっていた。

「あなたが水原郁子さんですか。この度は私設秘書に応募してくださってありがとうございます。あなたは私のイメージにぴったりの方です」

野沢の妻と悟られぬように旧姓を使ったが、世良は彼女に見とれるばかりで、名前などはどうでもよいようである。

「私を採用してくださるのですか」

郁子は余裕をもって問うた。

「もちろんです。まさにあなたのような方を探しておりました」

「嬉しい！」

郁子は世良に危うく抱きつきそうな芝居をした。際どいところで立ち止まり、

「許してください。大変ご無礼な振る舞い、申し訳ございません。つい、嬉しさのあまり、我を忘れてしまいました」

郁子は世良と身体を接するばかりに接近して、消えも入りたげな風情を演じた。

「失礼どころか、とても嬉しいですよ。初対面にもかかわらず、もうずいぶん前からの知己のように振る舞ってくださって。秘書は私の分身です」

世良は郁子の隔てない接近に感動しているようである。

「私は分身なのでしょうか」

郁子は声に少し不満を含めた。

「分身ではいけませんか」

「一心同体とおっしゃってくだされば、もっと嬉しいです」

「一心同体……会ったばかりの女性に、そんなことを言って、よろしいのかな」

「一心同体でなければ、よい秘書になれないとおもいます」

「初対面なので、遠慮して分身と言ったのです。あなたさえよろしければ、ぜひ一心同体になってください」

「本当に一心同体なのですね」

郁子は念を押した。

「本当に一心同体です」

「信じないわけではございませんが、証拠を見せていただけません？」

「証拠……？」

世良は、まさかというような表情をしたが、

「後でセクハラなどと言われないかな……」

「言うはずがありません」

「それではきみのほうから証拠を見せてほしい」

世良の言葉と共に、郁子は世良に肉薄し、唇を重ねた。二人はそのまま静止していたが、
世良の手が郁子の身体の微妙な部位にそろそろと近づいた。

世良の触手の動きを察知した郁子は、彼の指先の淫らな蠢動《しゅんどう》に協力的な体位を取った。

「きみの証拠を信じていいのかね」

重ねた唇を捥ぎ離すようにして、世良が問うた。

「信じてくださらなければ、証拠になりませんわ」

「とても嬉しい証拠だが、早すぎるような気もする……」

「一心同体ですもの。遅いほうがおかしいわ」

あとは問答無用となった。

デラックスなダブルベッドが視野の中に煽情的なスペースを占めている。二人はチークダンスをするようにベッドに近づき、折り重なって倒れた。

衣服を剝奪し合って、文字通りの一心同体になるまで時間はかからなかった。

翌日、儀典官室長から、A国副大統領迎賓館サービス係に、ホテルシャトー決定の通達がきた。

シャトーのアレンジャーに歓声があがった。

野沢は社長室に呼ばれた。上機嫌の秀介は、

「よくやってくれた。きみの功績は大きい。まさかきみがここまでやってくれるとはおもっていなかったよ。見直したぞ」

と野沢の働きを評価しながらも、まぐれ当たりのホームランと蔑むような表情を見せた。

「そうそう、政治献金は大臣に届けてくれたね。まだぼくのところには通知はないが……」

と秀介はおもいだしたように付け加えた。

「いいえ。あの五千万円は双方にとって贈・収賄罪の動かぬ証拠となりますので、私が処分しました」

「処分……？　そりゃ、どういう意味だね」

「私がいただきました」

「きみが……いただく……おい、気は確かか」

秀介は信じられないというような顔をした。

「確かです。これ以上の確かはありません」

「きさま、自分の言っていることの意味がわかっているのか。首にされた上にお縄になるぞ」

「首にもされませんし、お縄にもなりません。私には労組もついています。事情を明らかにすれば労組も黙ってはいません」

創業以来の同族経営のもと、アレンジャーの理不尽さに社員たちの不満が蓄積されている。

「それに、世良室長の特接《SF》に当たったのは私の家内です」

「な、なんだと」

「家内が世良と寝てくれたので、迎賓館担当《サービス》権を我が社が手に入れたのですよ。家内は社命、すなわち社長命令によって、心ならずも儀典官室長の特接を務めたと言っております」

「馬鹿なことを言うな。おれはきさまの女房に、そんな命令を下したおぼえはない」

「家内は写真を撮っております。家内は社員であったころ、あなたに何度もセックスを強要されたと言っています。そのときの写真も保管しています。あなたは私たちの結婚後も家内に関係を強要していますね。五千万円は慰謝料です。我々夫婦にしてみれば安すぎますがね」

「言わせておけば、きさま……」

秀介は、突然反旗を翻した奴隷に、逆に追いつめられていた。

「あなたは私を首にはできません。首にすれば、関係のあった女子社員を部下に払い下げて、結婚させた後も関係を強要していたこと、また私の妻を使って儀典官室長を籠絡した上に、大臣に賄賂を贈ろうとしていた事実などをマスメディアに公表します。

妻の証言、私に託された五千万円、儀典官室長の特接の後、我が社が迎賓館サービス権を手に入れた事実、またこれまでの大臣との癒着。証拠はたっぷりとあります。これらを公にすれば、サービス権は取り消し、室長は免官、大臣は政治生命を失うだけではなく、へたをすればお縄になります。社長、あなたも無事ではすみませんよ。

我が社と大臣の癒着、長期にわたる妻の凌辱など、私は徹底的に追及します。不服ではありますが、慰謝料として五千万差し出すのであれば、手を打ちましょう。あなたと会社にとっては安い慰謝料です。

なお、どうしても私の首を切りたければ、早期優遇退職ということにして、規定の退職金を二倍にして支払ってください。これは五千万円とは別口の優遇退職金です」

野沢が止めを刺すように言った言葉に、秀介は蒼白《そうはく》になったまま反駁《はんばく》できなかった。

トップマネジメントは沈黙していた。野沢の要求を拒めばシャトーの理不尽な同族経営が暴露され、蓄積された社員の不満が火山のように爆発するであろう。トップマネジメントの完敗であった。

野沢の家庭に変化が生じていた。完全に仲が冷えきっていた夫婦が、この度の私設ＳＦによって、たがいを見直すようになった。

特に妻は、無気力な社奴として見下していた夫の隠されていた一面に瞠目《どうもく》した。

野沢は夫として妻を見直した。こんな美しい女を妻にしていながら、ほとんど無視していた。だが、いかに夫の頼みとはいえ、社奴の叛乱《はんらん》に〝一肌〟脱いでくれたのである。

妻の躰を他の男にあたえて、改めて彼女の価値を知った。妻の協力がなければ、人生の現役を社奴として終わらなければならなかったであろう。

「有り難う。きみのおかげで、ぼくは人生をリセットできた。これからは会社のためではなく、自分のため、そして家族のために生きることにしたよ」

「私も長い間、あなたを蔑《ないがし》ろにしていたわ。これからはあなたのために生きるわ。その前に、私の穢れを除染してくださらない」

「穢れの除染……？」

「あなたに抱かれなければ除染できないわ」

野沢は妻の言葉の意味を考えてみた。

おもえば、ずいぶん長い間、妻の身体に触れていない。新しい録画を塗り重ねることによって、古い録画を消すことができる。


棟居は長岡義男の許可を得て、相模湖近くの林の中にある山荘を調べることにした。

義男によると、その山荘は、二十年ほど前に、時彦の父親が造ったものであるが、この数年はだれも使っていないという。

「管理人も置いていません。私も数年前までは、夏休みに何度か行ったことはありますが、この四〜五年は全く行ってません。まさか、あの山荘とはおもいもしませんでした。どうぞ、ご自由に調べてください。お邪魔でなければ、私も同行させていただきたい」

と義男は申し出た。

「相模湖は神奈川県警の所管になりますので、同行していただければ、なにかと助かります」

ましてや、犯罪ありと思料して、公に捜査が開始されたわけではない。所在不明者の行方に個人的に不審をもち、手弁当で嗅ぎまわっているのであるから、他県警の管轄地域を勝手に動きまわるわけにはいかない。

山荘の準所有人が同行してくれれば、いちいち所轄に報告することもなく、旅中、立ち寄ったという形にできる。

幸いに所轄の津久井署には、旧知の草刈《くさかり》刑事がいる。なにかあっても協力を求められる。

早速、義男の運転する車に五十嵐と共に同乗して、山荘へ向かった。山荘は相模湖の東端の自然公園キャンプ場から離れた山林中にあった。

一見すると無住のような山荘であるが、急傾斜の屋根がそのまま壁になり、小さな窓があいている。古ぼけてはいるが、かなりしっかりした建物である。

キャンプ場から離れた原生林の中、世を捨てた隠者の隠れ家のようである。

「ここなら、どんなどんちゃん騒ぎをしても、文句を言われることはありません。しかし、二日もいると飽きてしまいます」

と義男が言った。

　山荘の前には数台の車が駐められるスペースがある。玄関はロックされていなかった。屋内が荒らされた様子はない。少し離れてキャンプ場はあっても、ここまで来る人間はいないのであろう。

　一階にリビング、寝室、ダイニングキッチン、バス・トイレなどが集められていて、二階は書斎兼屋根裏になっている。しばらく無住であったため黴臭《かびくさ》いにおいがするが、一応、人間が住めるようになっている。

　一階の寝室を覗くと、ダブルベッドには寝乱れた痕跡があった。

「やっぱり最近、女を連れ込んでいますね」

　ベッドを見た義男が言った。

　こんな原生林の奥深くにある山荘に、時彦が一人で来るはずがないと、暗に言っている。

　棟居と五十嵐は、まずベッドを丹念に調べた。そして、寝乱れたシーツの皺の間に残されていた数本の細く長い毛を見つけた。女性の頭毛のようである。

　義男の言葉通り、時彦が女性を山荘に連れ込んだにちがいない。

「あれ。おかしいな」

　突然、義男が独り言のように言って、首をかしげた。

「なにがおかしいのですか」

五十嵐が問うた。

「この擬似暖炉の上に、信楽《しがらき》の壺が置いてあったはずです。友人に信楽の陶工がいましてね、もらった壺ですが、その赤く発色した暖かそうな色が、仕事に疲れ、ざらざらした心をやわらかく包んでくれるようで、その暖炉の上に飾っておいたのです。雨模様のときなど、独り山荘に来て、その壺を見ていると癒されるような気がしましてね。しかし、おかしいなあ。確かにそこに置いていたはずなんだが……」

棟居と五十嵐が顔を見合わせた。二人同時に同じことを着想した。

五十嵐が床を舐《な》めるようにして、なにかを探し始めた。棟居も同じ作業に加わった。

義男が、なにをしているのかと、不思議そうな目を向けた。

「あった」

五十嵐が声を発して、床からなにかをつまみ上げた。物陰に落ちていたなにかの小さな破片である。

「なにがあったんですか」

義男が五十嵐の手許《てもと》を覗き込んだ。

「陶器の破片のようです。暖炉の上に置かれていた壺の破片ではありませんか」

つづいて棟居が同じような破片をつまみ上げた。いずれも見落としそうな小さな破片であった。

「これです。まちがいありません。こんな小さな破片になってしまって。本体はどこへ行っちまったんだろう」

「壺を手に取り、振り上げ、叩きつける。その衝撃で壺は砕けた。犯人に背を向けた位置で、いきなり後頭部に壺を叩きつけられたら、頭蓋骨が粉砕されます」

「時彦が殺されたというのですか」

「推測の域を出ませんが、探せば、まだ壺の破片が見つかるかもしれません。破片に時彦氏の血液が付着していれば、壺が凶器に使われたことになります」

「時彦はどこへ行ったのでしょう」

「この山荘から、それほど遠くはない場所に運ばれたとおもいます」

「生きているということは考えられませんか」

「なんとも申し上げられません」

　さらに数個の破片が発見された。陶器の本体は加害者によって持ち去られたのであろう。

　周辺は密度の濃い原生林である。死体の隠し場所には事欠かない。山荘の近くと推測しても、藁《わら》の山に落ちた針を探すようなものである。

　ともあれ毛髪と壺の破片を発見、保存したのは収穫である。

女性の毛髪らしいところから、長岡義男の言葉通り、時彦は女性を山荘に連れ込み、凌辱し、油断していたところを、女性から壺を凶器にして反撃された。死体となった、あるいは意識を失った時彦を山林に移動して、隠匿したという推測が最も近そうである。

帰路、津久井署に立ち寄り、旧知の草刈刑事に挨拶をし、長岡時彦の失踪経緯を告げて、協力を求めた。

「棟居さん、そいつは大変だ。知らせてくれて有り難う。もしかすると、所管《うち》の山に死体《オロク》が隠されているかもしれませんね。死体が出てきたら、捜査本部事件だ。こちらこそ本庁の協力をお願いすることになりますよ」

草刈は言った。

陶器の破片と毛髪の鑑定は科捜研に嘱託した。

そして、毛髪は女性の頭毛。毛根から暴力的に引き抜かれたものと判断された。

また、陶器の破片に付着していた血液は人血。血液型はAB型と鑑定された。

さらに、義男の許可を得て、念のために持ち帰ったベッドシーツから、男の陰毛、および分泌《ぶんぴつ》型の精液が発見された。

棟居、五十嵐の報告に基づき、長岡時彦は犯罪被害容疑が濃厚な所在不明者と認定され、捜査の対象になった。

だが、死体が発見されるまでは、捜査本部の設置は見送られる。当面、棟居は、準捜査態勢を取った所轄署に協力して捜査することを認められた。

前後して、五十嵐から興味ある情報が提供された。

「例のベンツですが、改めて綿密に調べたところ、車体に損傷の痕跡が発見されました。非常に巧妙に修復されていましたので見逃していましたが、ラジエーターグリル、ボンネット、フロントガラス、前部バンパー、フェンダーなどが破損し、修理されています。車のオーナーからの届け出はありません。轢き逃げの疑いがありますね」

五十嵐の報告によって、事件は複雑な構成を現わし始めた。

問題車の所有名義人は失踪前、かなり放埒な生活環境にいた。その環境の中で轢き逃げをして、隠蔽した。おそらく車の修理業者の口を金で塞いだのであろう。

棟居は、時彦がベンツ購入後、失踪するまでの不申告重大交通事故（轢き逃げ）をリストアップすると同時に、都内、都下、近郊の自動車修理業者をしらみ潰しに当たることにした。

だが、当該車の破損痕跡と轢き逃げ、および時彦の失踪が関連しているとは限らない。

素晴らしい人生

「ママ、助けてくれないかな」

折尾昌利《おりおまさとし》が声をひそめて言った。

折尾は出前持ちと自称している。蕎麦《そば》やピザの出前ではない。彼が扱っているものは国際会議である。

政治、経済、学術、宗教、その他もろもろの国際間の議題に関する会議の請け負い、設定、運営等を掌《つかさど》る演出家《ディレクター》といってもよい。

各界、グローバルに顔が売れていて、数ヵ国語をネイティブ並みに話す。

開店以来の常連客であり、世界の名士を店に連れて来る。その折尾が、「助けてくれ」と言うからには、よほど難しいリクエストなのであろう。

彼の頼みとあれば、どんな難しい特接でも引き受けなければならない。

「オールマイティのオリさんにも、助けてもらいたいことがあるのですか」

と小弓は言った。

「ママでなければ助けられないことだよ」

「私にできることかしら……」

「ママならば、できるさ。だから、頼んでいる」

「お話を聞かせて」

「メデューサが来日する」

「メデューサ……？」

「いま世界的な売れっ子歌手メデューサだよ」

「ああ、あのメデューサ」

「鶴見《つるみ》という大学同期の盟友がいてね、芸能関係の呼び屋をやっている。彼がメデューサの日本公演を企画して、実現することになった。

ところが、メデューサのペニスボーイが同行できなくなった。メデューサは、ペニスボーイが同行しないと日本へ行かない、と駄々をこねだしたんだ」

「ペニスボーイって、なんですか」

「メデューサは無類の男好きでね、一日に二〜三回、セックスをしないと気がおかしくなるそうだ。セックス依存症というのかな。メデューサがもよおしたとき、いつでも対応できる男を侍らせている。それをペニスボーイと称んでいる。

　そのお気に入りのペニスボーイが、来日を前にして体調を崩してしまったんだ。十数億の金額がかかっているプロジェクトだ。すでに劇場《こや》も押さえて、前売りは完売、いまさらキャンセルなどはできない」

　小弓にようやくリクエストの輪郭がわかってきた。

「でも、お気に入りのなんとかボーイなんでしょう。代役ではお役に立てませんわよ」

「そうでもないんだ。イケメンで、身体がたくましい男であれば、急場を凌げるそうだよ。日本公演は東京以下、五大都市。その間を対応《アテンド》してくれれば、八方円満におさまる」

「オリさん……ちょっと待ってくださいな。私どもは女性のお店ですよ。なんとかボーイの調達は、お門ちがいですわ……」

「実はね、ワープの森里社長とはゲームソフトの国際会議を請け負って以来、昵懇の間柄なんだよ。そう言えばわかるだろう」

　折尾の言葉に、小弓は、はっとした。

　いまやグローバルにマーケットを拡大したワープ社の森里貴和社長に、店の黒服・西尾敏がアテンドして、大いに感謝された。

　その情報が、おそらく森里社長自身から折尾に伝えられたにちがいない。

だが、西尾がアテンドしたのは、ただ一回であり、ペニスボーイとしてではない。西尾はプライドが高い。森里社長の事情に同情して、一夜アテンドしたのである。世界的な歌手メデューサのペニスボーイとして、滞日中、メデューサが求める度にペニスボーイを務めることは、彼のプライドが許さないであろう。

崔裕石は結婚している。

「頼む。世界のメデューサに、その辺の兄《あん》ちゃんを使うわけにはいかないんだ」

折尾は小弓の前に平伏した。

芸能呼び屋が企画した巨大プロジェクトが、一人のペニスボーイによって崖っ縁に追いつめられている。解決を委託された折尾は、悲愴《ひそう》な顔をして訴えた。

小弓も困惑していた。二人の優秀な黒服は、いても使えない。どんなに大切な顧客から頼まれても、ない袖は振れない。

「ない袖」という言葉に、小弓は、はっとした。

ステンドグラス開店直後、小弓の袖にすがって生き延びた宮原真哉《みやはらしんや》という男がいた。凄腕《すごうで》の元ヤクザで、広域組織暴力団の構成員であり、腕を買われて対立暴力団の組長の命取り《タマトリ》を命じられた。

宮原は会長の愛人と秘密の関係をもっていて、タマトリの命令を断れなかった。

対立組長のタマトリを仕掛けようとしたとき、すでに敵は待ち伏せをしていた。会長は愛人を盗まれていることを知っていて、敵方に情報を漏らしていたのである。

宮原は、所属している組、対立組織、および警察の三方から追われる身となった。そして、三方の敵に追われて、ステンドグラスに飛び込んで来た。

自らの手を汚さず、敵方の手で彼を処刑しようという腹であった。

しばしかくまってくれ、と請われた小弓は、当惑した。ヤクザと関わりをもつのは、店の運営上、最も危険である。

だが、居合わせた西尾が、

「『窮鳥懐に入れば猟師も殺さず』という諺《ことわざ》があります。私に任せてください」と進言した。

したたかな半生を踏まえているらしい西尾の言葉には、自信がうかがえた。

小弓がステンドグラスの経営の上で最も忌み嫌っているのは、ヤクザとの関わりである。彼女にしてみれば、たとえ窮鳥とはいえ、暴力団に追われている宮原真哉を庇《かば》うことなど、論外であった。

西尾は、いまやステンドグラスを守る頼もしい騎士《ナイト》である。また、黒服も西尾の意見に賛成している。

西尾以下、黒服たちには俠気のある男が多い。だが、小弓にしてみれば、ステンドグラスがようやく軌道に乗ってきたところで、わざわざ火中の栗を拾う気になれない。

板挟みになって身動きが取れなくなったとき、意外な決着がついた。

宮原が所属していた組の会長が、旅中、脳梗塞に倒れて、急逝した。

最高幹部会の若頭が、同会の緊急会議において次代会長に指名された。そして、新会長はためらうことなく、最強の対立団体の組長を先代の葬儀委員長として迎えたのである。

業界は、あっと驚き、同時に絶妙な人選と賞賛した。勢力を二分するライバルの組長を葬儀委員長とすれば、両派は和解し、相互不可侵条約が結ばれて、共存共栄路線が確立する。

異議は両派最高幹部以下、業界のいずれからも出なかった。警察は、両派の共存共栄路線を歓迎した。

もはや、宮原を追う者はいなくなった。宮原の存在すら、きれいに忘れられてしまったようである。

もともと宮原は組から絶縁されている。ヤクザの懲罰で、最も重いのが絶縁であり、復縁はない。絶縁状は全国の親分衆に送達されるので、この業界では生きていけない。つまり、宮原はヤクザではなくなったのである。

こうして、宮原は黒服の一員として迎え入れられ、ステンドグラスを護衛する騎士の一人となった。

宮原は日頃、

「自分はママと店に命を救われた。渡世（業界）とはきっぱりと縁を切り、後半生は店とママに捧げる」

と、自らに誓っていた。

もはや窮鳥ではなく、ステンドグラスを支える柱の一本になっている。

小弓は、宮原が入店後つぶやいた言葉が耳に残っていて消えない。

「私らの世界では、一対一で受けた恥は、恥ではありません。恥とは、数人以上、衆目の中で辱められて、本当の恥となります。本当の恥は命を懸けてでも雪《そそ》ぎますが、一対一であれば、尻の穴でも舐めますよ」

と彼は言った。

小弓はそのときは、そんなものかと聞き流したが、時を経るにしたがって、宮原のさりげない言葉が重みを増してきている。

（浅野内匠頭《たくみのかみ》も一対一の場面で吉良上野介《きらこうずけのすけ》に辱められていたら、松の廊下の悲劇は起こさなかったかもしれない）

とおもった。

宮原の恥の定義は、彼の業界だけではなく、社会全般にもいえることではないのか。いずれにしても、男と女は恥の定義が異なる。そして、宮原であれば、折尾が持ち込んできた「ペニスボーイ」の座敷に応じられるかもしれない。

ペニスボーイの出番は、見世物でもない限り、必ず一対一の環境で求められるであろう。恥を恥ともしない場面で、「店とママのために後半生を捧げる」とまで言い切った宮原が、きっと難役を全うしてくれるにちがいないとおもった。

小弓が宮原に、折尾からのリクエストを伝えると、宮原は目を輝かして、

「その役目、ぜひとも私に務めさせてください。私はメデューサの大ファンです。そのようなお座敷でなくとも、男として、ファンとして冥利に尽きるリクエストです。世界一の宝くじに当たったのと同じですよ。ステンドグラスの社員として、またメデューサのファンとして、彼女の来日中、彼女が日本を離れたくないというほどに使命を全うします」

宮原は歓喜し、奮い立った。

折尾と芸能呼び屋のマネジャー鶴見が、事前に宮原に面接した。

鶴見は一目見て、宮原を気に入り、

「まさにメデューサのタイプだ。むしろ、レギュラーのペニスボーイよりも喜ぶにちがいない。メデューサはレギュラーペニスに少し飽きてきていたところだ。タイミングもちょうどよい。メデューサの来日に備えて外出は避け、暴飲暴食は慎み、体調をベストに調整して、

万全を期すように」

と言った。

さらに鶴見を喜ばせたことは、宮原がかなり英語を解することであった。大学の英文科を出て、渡世人《ヤクザ》になったという数奇な経歴が、意外な運命の展開によって役立つときがきたのである。

ペニスボーイの手当てに満足したメデューサの日本興行は確定した。

すでに完売していた前売りチケットはプレミアムがつくプラチナペーパーになった。

そして、スケジュール通り、メデューサの大名行列が東京へ上陸した。

〝お姫様〟メデューサを中央にして、マネジャー、プロデューサー、ステージマスター、演出監督《ディレクター》、コンダクター、スクリプター、カメラマン、彼女の健康状態を管理する主治医、巨額の金が動くプロジェクトを法的に守る弁護士、米国から追随して来た芸能記者、海外公演中、彼女の好物を調理する専用コック、ボディガードなど。また、メイク、衣装、スタイリスト、メカニック、照明、録音、運転手、美術など、日本側の専門担当を信用せず、本国から自前で連れて来る。

これに日本側の歓迎陣やメディアが加わって、先払いが、「下に、したーに」と呼ばわりながら、槍《やり》を押し立て、金紋先箱《きんもんさきばこ》、長柄傘、牽《ひ》き馬、殿様の駕籠《かご》を囲んで供侍《ともざむらい》、騎馬供、徒《か》士《ち》などを連ねた、まさに大名行列そのものである。

行列はパトカーに先導されて、夥《おびただ》しい数の車を連ね、都心の超高層ホテルに向かった。これを芸能マスコミが追跡する。要所要所の交差点は、緊急自動車並みに信号を無視して突っ走る。

沿道は、世界のメデューサを一目でも見たいと、野次馬が埋めている。さすがは世界第一の人気歌姫であった。


ホテル第一等の一泊百万円を超えるグランドロイヤルスィートには、折尾に言い含められた宮原真哉が待機していた。

「メデューサは飢えています。出発前にレギュラーのペニスボーイが倒れ、男日照りになっています。チェックインすると同時に、すべてに優先してあなたを求めます。第一回目の特接が、特に重要です。メデューサは男に飢えていて、ようやくありついたペニスボーイが気に入らなければ、舞台を平然と放棄する女です。

ワンステージに数億単位の金がかかっています。彼女の日本ステージの成否は、ひとえにあなた次第です。男と女のセックスではありません。巨大なプロジェクトであり、多数の人間の生活がかかっています。いいですか、メデューサを人間の女とおもってはいけません。

商品だとおもってください。

それも世界一高い商品です。彼女の身体の部分、例えば髪の毛一本、爪の破片、汚物に至るまで商品であることはもちろん、彼女の私生活、恋愛、セックス、交友関係、趣味、好物、ライフスタイル、愛用品、身に着けた下着など、彼女が関わるすべての物品や秘密や情報などが、商品として高値をつけられます。

いまや天下国家の大計や、大統領の情報よりも、メデューサの情報のニーズが高いのです」

「すると、私の情報にもニーズがあるのですか」

「ペニスボーイの存在は、噂が流れているだけで、メディアに確認はされていません。レギュラーのペニスボーイが体調不良で同行していないことも秘匿されています。しかし、それよりも、まずあなたがメデューサに気に入られることです。

女王様のプライバシーはすべて商品であり、マーケットで奪い合っています。まずは到着して記者会見となるでしょう。ですが、メデューサは会見前にあなたを求めます。メデューサの来日商品価値は、あなたによって決められます。頼みますよ」

芸能界の必殺仕掛け人といわれる鶴見が平身低頭した。

宮原は改めて自分の使命の重さを実感した。これは単なる特接ではない。男と女が構成する巨大なビジネス・プロジェクトである。

国家の大計や、独裁者の意思よりも強い使命の重みがのしかかってきた。

「我々は退散します。そろそろ女王が到着します。まずは記者会見の関門があります。おそらく日本のメディアはすべて集まるでしょう。なんとしても最初の記者会見に、女王の御気色麗しく送り出していただきたい」

鶴見と折尾は、宮原に最敬礼をして辞去した。

二人が立ち去った後、一泊百万円を超えるグランドロイヤルスィートは深海の底のように静まり返った。

おそらくこの部屋は多数の人垣によって、鉄の檻《おり》のように社会から遮断されているのであろう。

東京の核《コア》のような都心部、いや、全日本の中央の核心部にいながら、深海の底に閉じ込められているような静寂が、高い水圧となって迫る。巨額の金で購った圧力である。

それは会長の愛人を盗み、組織と対立団体、警察の三方から追われた圧力よりも高いように感じられた。

逃亡者への圧力は、自分の一命をもって解決できるが、いま受けている圧力は、多数の人間の生活と運命がかかっている。彼の一命ですむ圧力ではない。

しかも、彼がいま背負っている使命と責任をシェアしてくれる者はいない。すべて自分一人で背負い、解決しなければならないのである。

（怯《ひる》むな。たとえ相手が巨大な女王であっても、向かい合うときは一対一だ。裸になれば、ただの女と変わりない。世界のメデューサと交わる。それも先方からの求めに応じて対応する男冥利に尽きる〝仕事〟ではないか。これほどの女を我がほうから求めるとすれば、生涯賃金を何十回積み重ねても購えない高嶺《たかね》の花である。怯むどころか、世界中から、ただ一人の男として選ばれた事実を誇れ。そして、敵を圧倒しろ。それこそ男子の本懐ではないか）

宮原は自らを叱咤激励した。

鶴見と折尾からかけられた発破によって、むしろ退《びびっ》いていた宮原は、メデューサと向かい合ったとき、蛇に見込まれた蛙《かえる》のように身動きできなくなるのではないかと恐れた。

メデューサのような世界のマドンナではなくても、初回のストレスがかかり、男の機能が萎縮してしまうのではないかと怯えていた。

そんな場面に備えて、バイアグラ、レビトラ、シアリスなどの特効薬を用意してきている。

だが、それら特効薬による特接は偽物である。偽りの特接でメデューサを欺くわけにはいかない。

宮原は世界一の女を特接する男冥利に意識を集中した。そして、特効薬をトイレットに叩き込み、流《フラッシュ》した。

ストレスが解けて、心身が充実してきたように感じられた。

ほぼ前後して、チャイムが鳴った。ドアを開くと、二人のボディガードを侍らしたメデューサが立っていた。

メデューサは彼の顔を見るなり、満面に笑みをたたえて、

「お会いするのを愉しみにしていました《ソー・ナイス・トゥ・シー・ユー》」

と言った。

「私こそ、お会いできて光栄です《マイ・オナー・トゥ・シー・ユー》。私の人生で、こんなに素晴らしい日はありません《モスト・グローリアス・デイ・エバー・イン・マイ・ライフ》」

宮原は打てば響くように返した。

この二言三言の交換によって、二人は十年の知己のように打ち解けた。

すでに宮原に関する資料や情報は、メデューサに渡されており、彼女の意に適い、対面を愉しみにしていたようである。

「抱いて。キス・ミー」

ドアを閉め、ボディガード二人を室外に遮断すると、メデューサは両手を広げて宮原に抱きついてきた。

宮原は一瞬驚いたものの、がっしりと彼女を抱き支え、唇を重ねた。言葉はもはや無用と

なった。

二人は同時にたがいの意思を了解し合い、唇を合わせたまま抱き合った位置で、たがいの衣服を剥奪し合った。

シャワーを使う間も、数歩先にある寝室へ行く時間も惜しんで、衣服を剝ぎ取り合った二人は、毛足の長い厚いカーペットの上に倒れて、直ちに躰を結んだ。

同性間であれば築くのに十年もかかる友好と親密を、わずか数分の間に達成した二人は、飢えた獣のようにたがいを貪り合った。

躰を合わせながらも、二人にとってまだ前戯の段階にあった。メデューサが前戯を性急に切り上げ、本格的な官能の階段を昇り始めようとしたとき、宮原は冷静な声で、

「そこまで《ホールド・イット》。お愉しみはこれから《ザ・ベスト・イズ・イエット・トゥ・カム》」

と言いながら、強引に躰を捥ぎ離した。

「待って《ステイ》。待って《ステイ》よ」

追いかけようとするメデューサに、宮原は耳を貸さず、

「記者会見の後、二人だけの世界になります。プレスが外で犇いていては、二人の世界《カプセル》に雑音《ノイズ》が入ります。まずは記者会見をして、雑音を消してきてください」

宮原は、無理な分離に抗議するように痙攣《けいれん》する身体を抑えて、言った。

プレスと聞いて、ようやく我に返ったメデューサは、

「必ず待っていてね。もしいなくなったら、世界の果てまで追いかけて、殺すわよ」

と、艶然と笑いながら恫喝した。

「あなたこそ、プレスに惹かれて消えたなら《イフ・ゴーン・ウィズ・プレス》、プレス全員を殺します《オール・プレス・ウィル・ビー・デッドメン》」

当意即妙の宮原の応答に満足したらしいメデューサは、交わったばかりの濡れた身体に衣服をまとい、髪の形を整えて記者会見に臨んだ。

ホテル最大の宴会場「白鳳《はくほう》の間」は約四百人の報道陣によって埋め尽くされ、八台のテレビカメラがステージを睨み、メデューサが会見する壇上には三十本のマイクが林立している。

その前に、メデューサはこぼれんばかりの笑みをたたえて登場した。

これまでメデューサのこんなに機嫌のよい表情を見たことがない付人たちは、驚いた。まさに鶴見が言った御気色麗しい顔であった。

記者の質問にも、いちいち丁寧に答える。そんなことはこれまでになかった。

「初めての来日ですが、日本第一歩のご印象はいかがですか」

と問うた記者に対して、

「素晴らしい《マーベラス》です。お愉しみはこれから」

と答えて、記者たちを沸かせた。

日本第一歩の記者会見は大成功に終わった。各テレビ局は最初のステージの独占放映権を争った。

記者会見が上々の首尾に終わると、メデューサは厚いボディガード陣に護《まも》られ、最上階までノンストップのエレベーターに乗った。

最上階はグランドロイヤルスィートが独占しており、側近とボディガードの待機室が付属しているだけである。

「サンキュー。ここまででけっこうよ。ドアは自分で開けられます」

エレベーターから降りたメデューサは、側近とボディガードを追い払い、ロイヤルスィートに帰って来た。

チャイムを押すと同時に、間髪を容《い》れずドアが開かれ、宮原が待っていた。あまりに早い反応なので、メデューサには、宮原がドアの内側に立ちつづけて待っていたようにおもえた。

「嬉しいわ。世界の果てまで追いかけなくてもよさそうね」

とメデューサが言えば、

「私も記者たちを一人残さず殺さなくてすみました」

と二人だけの言葉を交わして、抱き合った。

「さっき中断したお愉しみをつづけて」

メデューサが訴えるように言うと、

「時間はたっぷりあります。通路はすでについています。まずはシャワーを浴びて、お食事を摂ってください」

と宮原は勧めた。

「そうね。お腹がすいているのをすっかり忘れていたわ。こういうのを日本語でなんと言ったかしら。たしか団子より花……」

「逆です。花より団子。でも、あなたを見ていると、やはり団子より花ですね」

「私も同じ。団子より花だわ」

「男は、花とは言いません」

「だったら、なんと言うの」

「バナナより団子です」

「オー、マイ」

二人はそこでまた唇を重ね、宮原はメデューサを浴室に恭しく案内した。

その夜の「これからのお愉しみ」は凄《すさ》まじいものであった。

記者会見前にお預けにされた「お愉しみ」の欲求不満に、成功裡に終わった会見の興奮が爆発した。

二人差し向かいの食事もそこそこに、彼らは寝室に急行し、共食する獣のように貪り合った。

宮原自身が、全世界の男たちの垂涎《すいぜん》の的であるメデューサの肉体に束の間迎え入れられながら、自らの意思とはいえ、無理に離脱した不満をたくわえていた。

いまこそ二人の不満《ストレス》が合体して溶融し、盛大な噴火をしていた。彼女が小刻みに達している間、宮原は同時達成《シンクロフラッシュ》のタイミングを計っていた。

「こんなの初めて《ネバー・エバー》」

とメデューサは宮原のたくましい矛先に蹂躙されながら、官能の坩堝《るつぼ》の中で悶《もだ》えていた。

「カモン」

耐えられなくなったメデューサが催促しても、

「まだまだ《ノット・イエット》」

と焦《じ》らしに焦らす。

「もう待てない。気が狂いそう《ウイル・ビー・ファッキング・クレージィ》」

メデューサが巻き込まれた官能の渦に照準を定めた宮原は、引き金を引いた。

狙い十分に的の中心を射抜き、合体したマグマが盛大な噴火を促した。

一夜の交合によって、二人は離れられなくなっていた。

来日初の公演は、日本武道館を舞台にして行われる。前売り券、および当日券はすでに売り切れであるにもかかわらず、武道館の前には、ドタキャンにありつこうとして長蛇の列がつづいている。その間を、ダフ屋が二倍、三倍のプレミアム券を売り歩いている。

「一緒に来て」

とメデューサにせがまれた宮原は、ボディガードと共に公演会場に同行した。

濃い眉、狭い眉間、鋭い眼光、鼻筋は通り、意志的な口許《くちもと》、引き締まった鋭角的な宮原の体形は、たくましいボディガードたちをむしろ圧倒している。

開演一時間前、開場と同時に一万四千を超える客席は埋まった。全席指定、一回の公演で約二億の金が落ちる。プレミアムを加えれば、予想もつかない額にはね上がる。

開演時間が近づいたとき、メデューサが突然、

「お願い」

と宮原に抱きついて来た。彼女が求めているものはすぐにわかった。

「時間がありません」

「一分でいいの。お守りよ」

専用楽屋には二人しかいない。一分でできるはずはないが、宮原は了解した。もともと宮

原がおしえた儀式《セレモニー》である。

彼女はすでに下半身を無防備にしていた。十分に潤っているメデューサの秘所に、宮原は衣服を少し移動《ずら》して合体した。

秘所に滞留したのは、まさに一分で、二人は分離した。

「ジャスト一分です。行ってらっしゃい」

宮原は命ずるように言った。

「お守り、ありがとう。イッテマイリマス」

メデューサは、最後のフレーズを日本語で言った。同時にドアがノックされた。会場の熱気が、この楽屋にまで押し寄せてくる。

これが慣例となって、メデューサは幕間《まくあい》の都度、お守りの交付を求めるようになった。

そして、お守りの効果は、公演後、ホテルの二人だけの密室で遺憾なく発揮されることになる。

宮原は舞台の袖まで彼女をエスコートして、彼のためにキープしてある関係者席へ向かった。

待ちに待った開演。満場の観客は固唾を呑み、一万四千を超える視線が舞台に集中した。

照明が絞られ、青い系統の色光が舞台を深海の底のように染めた。舞台に配置された最も暗い空間に、スポットライトを浴びてメデューサが颯爽《さっそう》と登場した。

観客は沸騰した。スポットライトに凝縮された光束の中心に、両手を高くあげたメデューサが立っていた。観客の歓声が、広大な武道館を震動させんばかりにあがった。

艶やかなコスチュームの下の肢体に、宮原が送った〃お守り〃が秘められていることを、満場の客も関係者も知らない。

照明が一転して、メデューサが舞台の照明をすべて吸い集めた。陰翳の奥にメデューサの衣装のスパンコールが、深海の人魚の鱗のように、銀色に煌めいた。一瞬、会場が水を打ったように静まり返った。

マイクを持ったメデューサは、日本語で語り始めた。

「ニッポンノミナサマ、コンニチハ。オアイデキテ、トテモウレシイデス。ミナサマニオアイスルヒヲ、タノシミニシテイマシタ。イチゴイチエトイウコトバガ、ニッポンニアルソウデスネ。マイニチ、アッテイルオトモダチヤ、ファミリーデモ、キョウ、タッタイマノデアイハ、イチドカギリ。オナジデアイハ、ニドトクリカエセナイ……。ワタシモ、イチゴイチエ、ニドトクリカエセナイヨウナベストノウタヲ、ミナサマノタメニ、ウタイマス」

たどたどしい日本語であったが、意味はよく通じた。宮原が短い時間におしえ込んだ舞台挨拶である。

深海の底のように静まり返って聞いていた観客は、メデューサの心がこもった挨拶に感動し、大歓声が湧いた。満場すでにスタンディングオベーションである。
あたかも彼女の心を表現するように、光の配分が強調された舞台の中央に立ち、メデューサが歌い始めた。

出逢《であ》うために生まれた
どこにいるかわからないあなたを
ずいぶん長い間探した
こんなにも近くにいると知ったら
長い夜を無駄にしなかった

行く当てもなく旅に出た
ただわけもなく遠くへ行きたくて
地平線のかなたに見たものは
朝焼けと固いパン　道を横切る黒い猫
あなたを探す旅と知ったとき

自分を探す意味がわかった

ためらうことはもうしない
人生の苦い澱《おり》といっしょに
グラスの底に残る酒を捨てた
人生は見果てぬ夢
人はみな旅人
ただ一人の異性《ひと》に出逢うために
どうしてそんなに遠くへ行かなければならないの

出逢ったときが別れなんて
そんな残酷な運命《さだめ》は信じない
一夜踊り明かした路上の朝靄《あさもや》に
あなたを追うことはもう止《や》めよう
離れていても　あなたはいつも私のそばにいる
踊り　歌いながら心は一つ

人生に繰り返しはない

一番逢いたい人が
一番近くにいるから
人はほとんど気がつかない
心が寄り添い　魂を分かち合う
束の間の陶酔を　永遠につづける
出逢った意味を問う必要はない
いまここにいるために
私たちの人生はある
別れた後のことは考えない
本当の私たちが　いまここにいるのだから
別れた後　信じるものがあるなら
それはいま　あなたと共にいた間だけ
人生の証《あかし》を刻む必要はない
いまが私たちの生きている証なのだから

人生は素晴らしい
人生は素晴らしい
いまを信じていれば
明日を信じなくてもいい
人生は素晴らしい

圧倒的な声量、広い音域《スリー・オクターブ》、人の細胞の一つ一つにまで浸み込んでくるような澄みきった声質、歌の心と一体化したような表現力。ビジュアルな容姿、彼女の歌には人生がある。人間性を凝縮したような音波が聴く者すべての魂を純化してしまう。

人種、国境、信教、年齢、性別、貧富、階級など、人間を区分、差別するものを、すべて歌の中で同化、溶融してしまう力がある。

メデューサは渾身の力を振り絞り、切々と歌い終えた。

会場に感動の渦が巻き起こり大歓声に包まれた。

メデューサは、この歌を日本語で歌い通したのである。観客のほとんどが頬を濡らしていた。スタンディングオベーションと共に。

一万四千を超える観客、同時放映の数千万の視聴者がメデューサの歌に酔い、言葉に感動し、この時間、一期一会の人生を共有していた。

メデューサの歌はまだつづいた。幕間の休憩時間に、感動に縛られて席を動けない客が多かった。

そして、日本での初演は圧倒的な成功をおさめ、観客の口コミとメディアによって、メデューサは全国を熱狂させた。

メデューサの全国五大都市をネットしての公演は、絶大な成果をおさめた。観客動員数、興行収入、いずれもこれまでの記録を塗り替えた。この期間を通して、宮原はメデューサに随行した。

日本公演の成功が近隣国に聞こえて、中国、韓国、東南アジア諸国から、公演のリクエストが後を絶たない。

日本公演のスケジュールをすべてこなして、メデューサがいったん帰国する日がきた。

「お願い。私と一緒に来て」

メデューサが目に涙をいっぱいに孕んで訴えた。

「人にはそれぞれの運命と生活がある。君の人生と私の人生はちがう。君と一時共有した時間を、私の人生の宝物として、一生忘れない。人生の一部を共有はしたが、後半生すべてを共有することはできない。運命は交わったが、後半生の路線を共に歩いて行くわけにはいかない。いまはいいけれど、必ず破綻がくる。君は君の道を行け。私は私の道を行く。それが我々の運命なんだよ」

　と宮原は説得した。

「いや、いやよ。どうして一度交わった運命を、これから共にできないのよ」

　メデューサの目の縁から溢れた涙が頰を伝い、床に落ちた。

「メデューサ、落ち着いてよく聞いてくれ、私は君のペニスボーイの代行人にすぎない。帰国すれば、レギュラーが元気になって君を待っているよ。ペニスボーイの代行人など、いくらでもいる」

「あなたはもうペニスボーイではない。私のいちばん大切な人よ。この度の日本公演の成功も、あなたのおかげよ。あなたがいなかったら、私は一曲も歌えなかったわ。これからも歌えない。あなたと私は一心同体なのよ。メデューサの歌はあなたとの共演なのよ」

「ちがう。君が一時、そうおもい込んでいるだけだ。私にはそんな才能はない」

「歌だけじゃないのよ。私はあなたを愛しているの。ミヤハラがいなければ、私の人生はないわ。私と結婚して。だったら、いいでしょう」

「君は勝手に結婚するわけにはいかない。世界の歌姫メデューサは、自分の気持ちだけで結婚するわけにはいかないんだよ。君には巨額な金がかけられている。君のプライバシーすら、君の自由にはならない」

「イフ・ソー。私、歌手をやめるわ。私はいつの間にかロボットにされている。プロダクションの商品として、一分一秒も自分の自由には使えない。睡眠も食事も、あなたとのセックスすら、プロダクションに管理されているわ。そんな生活はもううんざり。私は人間に返りたいの」

「君はわかっていない。スターは自分一人のものではない。大衆の、それも世界の大衆の夢がかかっているんだ。才能は私物ではない。一般大衆の夢の源泉なんだよ」

「私は人間に返りたいのよ。大衆の夢の泉でもなければ、玩具でもないわ。才能や夢はなくても生きていけるけれど、人間を捨てたら生きていけない」

「その逆だよ」

「どういうこと？」

「メデューサは人間を捨てても生きていけるけれど、才能を捨て、夢を失っては生きていけない。いいか。年収数十億単位、豪邸に住み、多数の使用人に囲まれ、スーパーカーを十数台持ち、世界の注目を集め、政治すら動かす君が、時間給数ドル、場末のアルバイト店員になり、オンボロアパートに間借りして、一人で生きていけるか。絶対に生きていけない」

メデューサは返す言葉を失った。

「君との別れは、私も死ぬほど辛い。しかし、君とは運命がちがう。ペニスボーイの代行を私は恥ずかしいとはおもわない。むしろ、君と出会うチャンスをあたえてくれた天に感謝している。

しかし、君がどんなに私を愛してくれても、私は君について行けない。仮に結婚しても、世界のメデューサを独占できない。いや、してはならない。人にはそれぞれの運命と同時に使命がある。スケールはちがうが、メデューサにはメデューサの、私には私の使命がある。そして、君の使命は、世界の人間に夢をあたえ、人生の重荷を忘れさせ、その疲れを癒してやることだ。私にはそんな芸当はできないが、私にあたえられた仕事を果たしていかなければならない。

メデューサ。君は若い。これからも無数の出会いがある。私以上に君が愛する人間、そして私よりもはるかにスケールの大きな男性が、君の前に現われるはずだ。私も君を愛している。短い期間だったが、私のすべてを君に傾けて愛した。しかし、私の個人的な愛のために、メデューサという世界の才能を囲い込むことはできないのだ。どうかわかってほしい。本来の私の務めは、メデューサの日本公演を成功させるための一石にすぎない。それも小さな石だよ」

「小さな石だなんて言わないで。あなたは私にとって大きな石、お守り石《パワーストーン》よ。あなたに出会わなかったら、私はきっとダメになっていたわ。あなたの言う通り、私は夢を捨てられない女ね。夢の源泉、大衆の玩具、それが濁りかけ、壊れかけたとき、すべてを投げ捨てて、〝私〟という小さな人間に逃げようとしていたのよ。それをあなたは止めてくれただけではなく、生涯のお守りを私の心と躰に射《う》ち込んでくださったわ。本当にありがとう。あなたを私は生涯忘れない。最後のお別れに、もう一度だけ抱いてくれない？」

「そろそろお迎えが来ます」

「まだ十分あるわ。それだけあれば、最後の護符をいただけるわ」

と涙を拭き取ったメデューサは、ベッドの上に完成された女体を艶やかに、大胆に開いた。

メデューサはいま、宮原をペニスボーイではなく、最も愛する男として迎え入れる体位を取っている。

メデューサの特接は無事に終わった。折尾と鶴見が連れ立って謝意を表しに来た。

「どうなることかとはらはらしていたが、公演は大成功に終わり、メデューサは上機嫌で帰国したよ。これでぼくも面目を施せた」

「ステンドグラスは凄い人材を抱えていますね。これまでメデューサをあれほどに満足させた男はいません。メデューサは彼に求婚したそうですが、懇々とお説教されて、おもい止まったそうです。メデューサの求婚を蹴飛ばしたとは、大した人物です。このような人を男の中の男というのでしょうか。

ただ一つ気がかりなのは、帰国したメデューサが、日本の特接スタッフを忘れられず、レギュラーのペニスボーイに不満をおぼえるかもしれないということです」

と折尾につづいて鶴見が言った。

「それでしたら、心配ご無用ですわ。宮原は、レギュラーのペニスボーイを上まわることのないよう手加減をした、と申しておりました」

「特接に手加減があるのかね」

「手加減ではなく、足加減ですか」

一座がどっと沸いた。

「どちらにしてもいい加減ではありませんわよ」

小弓の言葉がしめた。

特接シンデレラ

特接にはそれぞれ個性が伴うが、超個性と称ぶべきか、驚くべき依頼が飛び込んできた。

依頼主《クライアント》・小橋幹一郎《こばしかんいちろう》はデパート業界の重鎮で「橋屋」のオーナー。本年八十歳。業界で〝デパートの神様〟と称ばれている。

橋屋は江戸文化の爛熟《らんじゅく》期、文化年間創業の暖簾《のれん》を誇る名門百貨店である。

この間、幕末の動乱、明治維新、日清・日露戦争、太平洋戦争、戦後の混乱、バブルの崩壊など、幾多の起伏を経て、厳しいサバイバルレースを業界の雄として生き残ってきた。

それも、暖簾に頼らず、累代の後継者に人材を得た。小橋幹一郎に至り、自らデパートの未来戦略を構築すると同時に、マクロの視野から未来を開く人材の育成に当たった。

兵を養う橋屋のポリシーと共に、人材の宝庫といわれるようになり、業界の厳しい生き残り戦争の中に、橋屋が創立二百年を迎えたのを契機に、会長席を後進に譲った。

だが、依然として、橋屋の「大神」の威勢を残している。

百貨店の神には一つの道楽があった。それは結婚の仲人である。目に留まった若者たちの縁談をまとめ、自ら媒酌することである。

百貨店は女子社員が多い。社内結婚の仲介をはじめ、外部からも優れた若者を女子社員に紹介する。

このようにして媒酌したカップルが、小橋の百貨店を支える未来戦力となる。

そのデパートの神様・小橋が真剣な面持ちで、小弓と個室で向かい合った。

「無理を承知で頼むが、橋屋の屋台骨にも関わる問題なので、ぜひともママの力を借りたい」

小橋は言った。

いつもは悠々自適、横丁のご隠居として余生を楽しんでいる小橋にしては、切羽詰まった顔色である。

「いつもご贔屓いただいていますので、私の力の及ぶことであれば、喜んでお力添えさせていただきますわ」

小弓は答えた。

個室で依頼されることは、例外なく難題、難役である。そして、どんなに難しい課題を突きつけられても、物理的に不可能なこと以外は断れない。

小弓は小橋に気づかれぬように心を構え直した。

「きみの店の沙織《さおり》さんだがね」

小橋が切り出した。

「沙織が、どうかいたしましたか」

沙織はＳＦであると同時に、レギュラーも務めている。店長の関屋《せきや》が二年前に、その素質を見抜いてスカウトしてきた。

切れ長の目が涼しく、女の謎を含んでいるような彫の深い面立ちが、男の心をそそる。

大学卒のインテリであるが、作家志望で、女子学生の定石のようなＯＬ就職をせず、卒業と同時に、女が主役になれる夜の仕事を目指したという。夜のほうが、特に男をよく観察できるからだと言った。

入店後、短期間で客の人気を集めた。

沙織は小弓に、在学中、先輩に誘われて、同学の女子学生だけで秘密に構成している水魚会というクラブに入っていたと漏らした。

水魚の交わりにちなんだクラブ名であるが、実態は女子大生の売春集団《サークル》である。

並みのアルバイトでは時給八百円前後だが、クラブでは同じ時間で十倍〜三十倍稼げる。太い客《VIP》と交際すれば、一夜一本（百万）穫《と》れる。

「私、水魚会でさまざまな男の人、それも若葉マークではない、社会にそれぞれの地歩を築いている男の人に出会って、作家になろうとおもいたちました。人間を書く経験、それも女の躰を使い、社会にしっかりと腰を据えている男の人たちを観察して、どうしても書きたいとおもったのです。

それができるのは作家だけ。そして、作家になりたくて最初から夜の仕事に入ろうとおもっていました。作家になるための道場として、夜のお店ほど理想的なところはありません。水魚会で出会ったある作家は、男女にかかわらず、人間を見るのは夜の店がよいと言っていましたが、でも、それは嘘だとおもいます」

「どうして」

小弓は問うた。

「男の人は夜の店に憩いに来ます。擬似恋愛でもいいから、恋人を探しに来ます。でも、女にとって夜の店は戦場です。恋人や友達をつくるために夜の店に来たわけではありません。作家さんは、遊びを兼ねて、そういう夜の戦士《ウォリアー》である女たちを観察に来たのかもしれませんが、ほとんどの男は憩いに来ます。

そして、その副産物として冗談を言ったり、昼間は会いにくい人に夜会いに来たりします。遊びが一、ビジネスチャンスが二だとおもいます。でも、女はその順序が逆になります。順序がお客と同じになったときは、女の負けです」

と沙織は漏らした。まさに小弓と同じ考え方である。

「最近、私が仲に立ってまとめた縁談がある。仮にA家の息子とB家の娘と言っておこう。いずれも名家であり、橋屋と浅からぬ関わりをもっている。この両家の縁談が成立すれば、橋屋にとっても大きなメリットになる。

ところが、B家の令嬢に言い交わした恋人がいて、挙式間際になって、手に手を取って駆け落ちしてしまったんだよ。だが、すでに式、および披露宴の会場も押さえ、姻戚一同はもちろんのこと、招待予定者のすべてに招待状を発送してしまった。ただの招待者ではない。身内や親族を除いて、いずれも社会の一方に位置を占めた、橋屋にとっても重要な人たちばかりだ。すでに出席の通知がおおかた集まっている。キャンセルすれば、A、B両家の名折れとなり、橋屋にも影響してくる。単なる結婚ではない。両家の名前、信用、事業にも関わり、仲人をした私の責任も重大だ。

この際、背に腹はかえられない。両家と私の三者が寄り合い、とにかく挙式と披露宴は行い、その後で離婚という形にしようということに意見が一致した。

そこで、ママの力を借りたいのだが、店の沙織さんに新婦の代役を務めてもらいたいのだ」

小弓は小橋の途方もないリクエストに驚いた。

「会長さん、花嫁の代役なんて聞いたことがありません。ご親族やご来賓に一目でわかってしまいます」

と言った小弓の前に、小橋は一枚の写真を差し出した。沙織の顔写真である。

なぜ、小橋が彼女の顔写真を持っているのかと不審の目を向けた小弓に、

「よく似ているだろう。この写真の主が駆け落ちした新婦だよ。ママが見てもまちがえるほど瓜《うり》二つだ。親族一同には事情を告げて、承諾を得ている。もちろん新郎も承知の上だ。沙織さんに代役を務めてもらえば、来賓は絶対に気がつかない。挙式と披露宴を乗り切った後、離婚という形にすれば、よくあることであり、両家にも疵《きず》はつかない。橋屋も安泰だ。ママ、沙織さんを貸してくれ。彼女が花嫁役を務めてくれれば、八方円満におさまる。この通りだ」

小橋は小弓に最敬礼をした。

「会長さん、どうか頭《おつむ》をあげてください。沙織にそんな大役ができるかどうか心配ですけれど、彼女に頼んでみます」

「ありがとう。ママが口をきいてくれれば、沙織さんはきっとやってくれるよ」

「挙式と披露宴後、すぐに離婚発表というわけにはいかないでしょう。新婚旅行へいらっし

やるのですか」

小弓は問うた。本来は挙式後が特接になる。

「ヨーロッパ旅行を計画していたが、国内の鄙《ひな》びた温泉に三〜四日滞在することに変更した」

「沙織は同伴させますか」

「新郎の意向次第だが、たぶん同行を求めるだろう。もし求めなければ、挙式と披露宴の代役だけでよい」

小弓は沙織に最小限の事情を告げて、諾否を打診すると、

「結婚式と披露宴の新婦代役なんて、こちらからお金を出しても、させてもらいたいほどです。喜んでお受けします」

と沙織は積極的に承諾した。

挙式の日がきた。

都心にある第一等のホテルにあるチャペルで、ホテルお抱えの牧師の主導により、新婦に扮《ふん》した沙織が純白のウェディングドレスをまとい、介添人に先導されて、左手にブーケ、右腕を花嫁の父親に預け、バージンロードを伝う。聖壇の前で待っていた新郎によって、覆っていたベールを開かれた。

新郎はあらかじめ事情を知らされていたが、正式に新婦（代役）に対面するのは、これが初めてである。

そして、本物の婚約者その人のような代役に、少なからず驚いたような表情を抑えて、聖歌隊の賛美歌のもと、祈禱《きとう》、誓約、指輪交換と滞りなく式次を進行した。

見守る主だった親族たちは、挙式前に駆け落ちしたという新婦に瓜二つの沙織を見て、際どいところで〝本物〟が帰って来たとおもったようである。

式は順調に進行した。新郎新婦、および一族揃っての記念撮影も終わり、すでに五百人近い来賓が待っているホテル内の宴会場に場所を移して、披露宴が始まる。

結婚行進曲と共に、静々と入場して来た新郎新婦を来賓は全く疑わず、盛大な拍手をもって迎えた。

司会者の進行に合わせて、媒酌の労を取った小橋幹一郎が、新郎新婦の経歴や人柄、両家の家庭の環境や家柄、社会的な地位などをさりげなく紹介する。

そして、主賓の祝辞、乾杯、ケーキ入刀などを経て、和気藹々たる雰囲気のもと、賑《にぎ》やかに盛り上がっていく。

間もなくお色直し。新郎は紋付き袴《はかま》。目も文《あや》な友禅染めの大振り袖姿で再登場した新婦からは、艶やかなオーラが発しているように見えて、来賓から潮騒のような嘆声があがった。

お色直しから戻り、キャンドルライトサービスが終わって着席すると、カップルの友人たちのスピーチが始まる。学生時代のエピソードが披露されたり、隠し芸が飛び出したりして、宴たけなわになった。

新婦の大学時代の友人たちに囲まれたときは、ひやりとしたが、沙織はすべて当意即妙に答え、なんと学友（駆け落ちした新婦の）のコーラスにも加わった。

多少ちぐはぐなところがあっても、

「今日は私、少しあがっているの」

の一言で、学友たちはなんの疑いもはさまない。

学友たちを躱して、沙織は自信がついた。

（作家になれなければ、私は役者にも向いているのかもしれない）

友人たちのスピーチを聞きながら、沙織は、ふとおもった。

式次第すべて滞りなく進行し、やがて終宴《おひらき》の刻限が迫った。

新郎の父親が両家を代表して礼辞を述べ、会場出口に新郎新婦を中心に媒酌人夫妻と両家両親が並び来賓を見送る。

来賓たちは手に手に結婚記念品を提げて、新郎新婦、両家両親の礼を受けながら、至極満足した面持ちで帰路についた。

新婦の友人たちも招かれていたが、だれ一人として代役であることに気づいた者はいない。それほど真に迫った代役であった。

両家両親はもとより、新郎も満足しているようである。

沙織は難役を無事に果たし終えて、ほっとした。極度の緊張を長時間強いられて、ほっとすると同時に、忘れていた疲労に圧倒された。

親族を除いて五百人近い来賓を欺き通すのは、心身共に激しく消耗する。もし、偽花嫁であることが露見すれば、新郎以下、両家、媒酌人などの立場がなくなってしまう。

大役を果たしてほっとしたのも束の間、新郎と、その父親から、今夜、ホテルで新郎と共に初夜を過ごし、明日から数日、新婚旅行に同行してもらいたいと真剣に頼まれた。

挙式、および披露宴を見事に務めた沙織が気に入ったらしい。今度のリクエストは代役ではなく、沙織本来の特接である。初夜や新婚旅行を共にするということは、特接の内容と同じである。

だが、新郎が予想外のことを言い出した。

「あなたは代役を務めた意識のようですが、私は非常にあなたが気に入りました。このまま代役ではなく、本当に私と結婚していただけませんか。両親も賛成しています」

結婚と特接の内容は同じであるが、本質的に大いに異なる。

特接は一回限りを原則としているが、結婚となると一生の問題である。離婚率の高い時代であっても、ある程度の期間を共に継続して生活することを求められる。

「あなたは離婚までの数日の時間潰しと考えておられるようだが、離婚はしません」

「離婚はしない？」

沙織は面食らった。新婦の代役は、式と披露宴が終われば用済みのはずである。

「披露宴の間、あなたと並んでメインテーブルに座っていて、あなたは代役ではなく私の妻であると確信したのです。前の婚約者と瓜二つですが、女性として、そして私の妻として、はるかに優れています。私と結婚してください。いや、すでに挙式し、神の御前で夫婦の誓いを立てています。あなたはすでに私の妻であり、家族の一人になっています」

新郎は訴えるように言った。

かたわらに控えている父親も大きくうなずいた。

「私のような女をそのようにおもってくださり、嬉しく、有り難く存じます。でも、あまりに急なことで、なんとお答え申し上げてよいかわかりません」

「当然です。ですから今夜、私と共に過ごし、そして数日の新婚旅行にご一緒してください。その間にゆっくりと考えてください。私の意識では、あなたはすでに私の妻です」

意外な発展に沙織は迷ったが、これも作家修業として素晴らしいチャンスではないかとおもい直した。

　こんな特接があってもいいのではないか。特接は、要するにその場限りの売り物にすぎない。だが、このお座敷は、その場限りではない。彼女の人生を買おうとしているのである。

　このような座敷主はめったにいない。沙織は有り難いとおもった。

「それでは新婚旅行にご一緒してくださるのですね」

　新郎が念を押した。それは今宵の初夜も共有《シェア》することを含んでいる。

　挙式と披露宴はめでたく終宴《おひらき》となり、来賓、および親戚一同も満足して帰った。新郎の両親も、沙織の同意に安心したらしく、帰って行った。

　B家には、まだこの意外な展開を知らせていない。B家は、離婚を前提にした初夜であり、新婚旅行であると認識している。

　だが、A家と沙織の関係の発展は、B家にとってすでに関わりないことであった。

　当夜、沙織は、新郎・羽田《はねだ》利明《としあき》と初夜を共に過ごした。初めての同衾《どうきん》であったが、なんとなく二人には既視感《デジャビュ》があった。

　利明は婚約者とすでに性交渉があったようであるが、沙織の既視感は、これまで担当した特接の余韻があるのかもしれない。もちろん利明とは今日が初対面である。

　躰を合わせた瞬間、二人は水も漏らさぬような緻密な一体感をおぼえた。

沙織はおもわず声を発した。はしたないとおもったが、官能のうねりに翻弄されて自制できない。両者とも初めての相手でありながら、この緻密な一体感に驚いている。

沙織は、特接ではなく、運命を感じた。利明も同じ感慨のようである。

男女はどんな組み合わせでも適合《アジャスト》はできても、必ずしも吻合《フィット》はしないといわれるが、まさに精密機械が組み合わせられたようにぴたりと吻合した。両者ともこれほど緻密な一体感は初めての経験であったようである。

ゆったりとスペースを取ったダブルベッドの上を転々としながら、二人は初夜の壁を易々《やすやす》と乗り越え、十年来、馴染み合ったカップルのように親しくなっていた。

同性であれば十年かかる時間と距離を、一夜のうちに縮めた二人は、すでに夫婦の感覚で、たがいを見つめ合っていた。

新婚旅行を終えた二人は、ためらうことなく婚姻届を出した。一方では、Ｂ家に対して離婚の申し出をした。Ｂ家にも異議はない。

Ｂ家の娘が挙式間際に別の男と駆け落ちをしてしまったので、非はＢ家にある。

だが、花嫁に逃げられた新郎が、その場を取り繕うための花嫁の代役と正式に結婚したと聞いて、いささか驚いたようである。

そして、結婚祝いと称して、B家が経営している南青山の一等地にあるレンタルマンションの一室を、新居としてプレゼントしてくれた。娘の不始末のせめてもの償いであった。A家、すなわち羽田家は、江戸期から累代の呉服商の老舗で、時代の流れに応じて、婦人向け、ヤングカジュアル衣料の大手となっている。

作家を夢見て夜の世界に飛び込んだステンドグラスの特攻隊員が、玉の輿《こし》に乗ったのである。沙織は必ず、この経験を作品に結晶させるはずである。

沙織から報告を受けた小弓は、驚きながらも嬉しかった。一夜の特接のはずが、生涯にわたる運命共同体として実を結んだのである。

しかも、代役とはいえ、豪勢な挙式と、五百人近い来賓を招《よ》ぶ披露宴を開いた。そして、代役は代役ではなくなった。ステンドグラスの女性の中でもトップの成果である。

当然、新郎も婚家も沙織の素性を知っている。だが、新郎も当主である父親も式宴を通しての沙織の立ち居振る舞いや、的確な言葉遣い、そして衆目を集めた気品ある容姿に、日本一の花嫁と惚れ込んでいる。

こんな素晴らしいシンデレラはいない。ステンドグラスの誇りでもある。小弓は、自分自身がシンデレラになったように嬉しかった。

このシンデレラ物語には後日譚《ごじつたん》がある。

挙式直前に駆け落ちしたB家の娘は、駆け落ち先で男にふられて、実家へ帰って来た。

そして、すでに婚約者が別の女性と結婚した事実を知って、私が悪かったと泣きを入れて来たが、すでに婚約者と沙織は入籍もすませており、相手にされなかった。

しかも、駆け落ちパートナーはステンドグラスの常連・長岡義男の失踪した甥・時彦の学友であったという。

学生時代から時彦と組み、怪しげなパーティーやコンパを開いていた悪友と聞いた。

二人は在学中、どちらが多数の女性をものにするか、競っていたという。

卒業後、大物政治家の父親の人脈で、大手芸能プロダクションに入社したが、勤務態度が悪く、入社後間もなく馘首《かくしゅ》されたという。「悪い勤務態度」はおおよそ推測できる。

そのどら息子がどこでB家の娘と知り合ったか不明であるが、在学中、長岡時彦と共に名うてのプレイボーイであったそうである。

その話を伝え聞いた小弓は、特接一つ一つの運命を感じた。

一夜の特接であっても、生涯に関わる場合もあれば、家も婚約者も捨てて走った恋が、たちまち破綻してしまうこともある。

後日、小橋が来店して謝意を表し、

「私がもっと若ければ、プロポーズしたいような新婦だった。窮余の一策の代役だとおもったが、代役が本物になるとはおもわなかった。私の仲人の記録では出色のカップルだったよ。きっといい家庭を築くにちがいない」

と言った。

「奥さま作家、ママ作家になるかもしれませんわよ」

小弓は言った。

「彼女が作家になったら、嫁ぎ先の家業と、橋屋のよい広告塔になってくれるにちがいない」

小橋が応じた。

神奈川県警津久井署が主体になって、管内の山林に埋められた可能性が高い長岡時彦の行方を捜索したが、成果はなかった。

管轄の山林地帯は広大であり、捜索は難航した。だが、棟居と津久井署の草刈、調布署の五十嵐の三人は、時彦の死体が、この山域のどこかに埋められていることを疑わなかった。時彦の車に付着していた植物や動物の糞や、花粉や、昆虫の死骸などが暗黙のうちにそれを裏づけている。

捜索は遅々として進まなかった。

その時期、棟居の耳に面白い情報が聞こえてきた。

以前から知り合いの私立探偵・岡野《おかの》種男《たねお》が、

「ステンドグラスの特攻隊が、挙式間際に花嫁が恋人と駆け落ちしたために代役を務めたところ、新郎と婚家に気に入られて結婚した。その後、婚約者が駆け落ち相手に捨てられて実家に帰って来たが、娘を捨てた駆け落ちパートナーが、なんとあんたがいま躍起になって探している長岡時彦の大学時代の悪友だったそうだ。父親は与党の大物・屋代敬造《やしろけいぞう》だよ」

と言ってきた。

なにげなく聞いていた棟居は、長岡時彦の悪友と聞いて、身体を乗り出した。聞き捨てならない情報である。

「長岡時彦に劣らぬ悪だそうだよ。学生時代もずいぶん女を泣かせたらしい。他の男の婚約者と駆け落ちしたのも、面白半分だったようだよ。最初から捨てるつもりで駆け落ちしたらしい」

「とすると、そのどら息子は、初めから女性の結婚式をめちゃくちゃにするつもりで連れ出したんじゃないのかな」

「その疑いは十分にあるね。そういうことをプレイだとおもっている野郎だよ」

「一度会ってみるか」

棟居はどら息子と時彦の間になんらかの軋轢《あつれき》、女性をめぐってのトラブルが生じて、時彦を殺害、山林中に埋めたのではないかとおもった。その可能性は十分に考えられる。

だが、相手は与党大物の息子であり、現在、父親の私設秘書となっている。へたに動くと、父親が乗り出して来て、もみ消されないとも限らない。

「どら息子に会いたいなら、よい手蔓《てづる》があるよ」

岡野が言った。

「手蔓……どんな手蔓だ」

「時彦に長岡義男という叔父がいる。その叔父の口利きでいったん就職している」

「長岡義男……まさか、コバルトブルーの姉妹チェーン「サンライズ」の重役の長岡ではないのか」

「なんだ、知っているのか」

「うん。義男氏に頼まれて、時彦の行方を探している。屋代のどら息子が時彦の行方を知っているかもしれぬ」

「あり得るな。どら息子同士だ。波長が合ったかもしれん。女をはさんで波長が乱れて、一方のどら息子が消えた。義男氏を通せば、どら息子も気軽に会うかもしれない」

長岡義男とはすでに面識がある。相模湖畔の山荘の実況見分にも、彼が同行してくれた。

岡野情報を踏まえて、棟居は早速、長岡義男に屋代敬一《けいいち》への対面《インタビユー》仲介を頼んだ。屋代敬一が時彦の消息について知っている可能性があると棟居に言われた義男は、積極的に協力してくれた。

サンライズは屋代敬造の主たる資金源である。その重鎮の義男の仲介により、敬一はインタビューの求めには否応《いやおう》なく応じた。

敬一は面接場所を都心のホテルの小会議室に指定した。父親の事務所や、その関係先で刑事と会うのを避けたらしい。つまり、人目につく場所を敬遠したということである。

約束の時間に、面接場所のホテルに敬一は一人で来た。一見、ノーマルな、サラリーマン風であるが、衣服は上等であり、時計、タイピン、ネクタイ、靴など、身に着けているものはすべてブランド物らしい。

棟居は一見して、親の七光を受けてスポイルされた言葉通りのどら息子と見た。私設秘書でありながら、棟居を木っ端役人と見下げている。

だが、棟居が名乗った警視庁捜査一課の肩書におぼえた不安を、七光で懸命に抑えているようである。

「本日はご多忙のところ、お邪魔をいたしまして申し訳ございません」

棟居は、まずは低姿勢に出た。

「警察から面会を求められるようなことはなにもしていませんので、少し驚きました。なにせ父がうるさいものですから、へたに立ち小便もできません。私にできることであれば、なんでもご協力いたします」

敬一は一応、殊勝な姿勢を示したが、それとなく親の威光をちらつかせている。

「それでは早速おうかがいしますが、長岡時彦氏をご存じですね」

棟居は本題に入った。

「ああ、長岡は同期、同学の友人ですよ。在学中、一緒に遊びまくった仲です。なんでも最近、蒸発したと聞いていますが、所在がわかったのですか」

敬一は逆に問うてきた。

「実は、その件でおうかがいしたのです。最後の姿を周辺の人に見られてから三日後、時彦氏の車が多摩川の河川敷で無傷のまま発見されました。しかし、時彦氏本人の消息は杳《よう》として絶えたままです。

そこで、同期、同学で同じサークルであった屋代さんなら、時彦氏の所在、あるいは失踪後の情報について、なにかご存じではないかとおもってお邪魔した次第です」

「時彦とは卒業後、何度か会いましたが、最近は全く疎遠になっています。失踪したことは風の便りに聞きましたが、やつのことだから、女でも連れて、長期海外漫遊にでも出かけたのではないかとおもっていました。

警察が捜しているということは、なにか危《ヤバ》いことにでも関わっているのですか」

敬一は少し驚いたような表情をした。べつに顔色を作っているのではなさそうである。

「時彦氏の失踪について、なにかお心当たりはありませんか」

「このところ、連絡も取り合っていないので、心当たりは全くありませんね」

嘘をついているような作為の顔色ではない。棟居の経験から、敬一は時彦の失踪に関わっていないと感じた。

だが、念のために、

「参考としてお聞きしますが、×月××日から三日間、どちらにおられましたか」

と問うた。敬一は顔色を改めて、

「まさか私を疑っているんじゃないでしょうね」

と問い返した。

「あくまでも参考です。失踪前、多少なりとも時彦氏と関わりのあったすべての方にうかがっています。さしつかえなければ、ご協力いただけませんか」

もし答えなければ、後ろ暗いことがあるからではないかと、暗に恫喝している。

「父に随行して、シンガポールで開かれた国際経済会議に行ってました。経済会議の後は、各国それぞれの要人との会談になり、懇親会を含めて六日間、滞在しました。肉親の証言は証拠力がないと聞きましたが、同行した秘書仲間や、会議の運営委員たちと行動を共にしていますので、確認してください」

敬一の返答には自信が感じられた。

敬一と別れた後、棟居は彼の言葉の裏を取った。

そして、時彦の失踪日と重なる六日間、敬一がシンガポールにいた事実が確認された。不動のアリバイである。屋代敬一は容疑線上から消えた。

にもかかわらず、棟居の胸中は依然としてくすぶっている。敬一には確かにアリバイがあったが、彼の指示を受けた共犯者が、時彦を消した可能性も考えられる。大学時代の悪友関係は、卒業後もつづいていたかもしれない。

共犯者、あるいは道具（殺し屋）の使用の可能性はあっても、さらに大きな危険を背負うことになる。

事情聴取に対応する態度も、演技しているようには見えなかった。

だが、この胸のくすぶりは、どこから発生するのか。棟居は、なにか見落としていることがあるような気がしてならなかった。

疑惑の山荘で発見、採取した男の陰毛、非分泌型の精液は、時彦のものと鑑定されたが、同じベッドから発見、採取された女性の頭髪の主は不明である。

時彦の失踪には女性が関わっている。その女性に関する主たる情報は全くない。

だが、棟居の意識には、ステンドグラスという店名がこびりついている。

同店は女性の巣である。棟居は山荘から採取された女性の頭髪の主はステンドグラスにいるのではないかと考えてみた。

時彦は失踪前、ステンドグラスに行っていない。

(そうだ)

棟居はそこまで思案を進めて、

(時彦は頭髪の主の女性と、店外で会っていたかもしれない)

店に行かなくても、その店の女性と関わりをもつことはできる。

棟居の思案はそこまでで止まった。

恐怖の源

「ママに折入って頼みがある」

草場善明《よしあき》が、いつもとはちがう口調《トーン》で話しかけた。

草場はステンドグラスの常連であると同時に、スタッフの健康管理を引き受けている婦人科の名医である。彼の存在は、ステンドグラスの信用に大きく貢献している。

婦人科が専門であるが、循環器系にも詳しく、要人たちの主治医を兼ねている。

その草場から、折入っての頼みは初めてである。

「先生の頼みとあっては、できることはなんでもしますわ」

小弓は答えた。

草場が、「折入って」と言うからには、かなりの難役にちがいない。

「ママでないと頼めない。実はね。女の子を一人使ってもらいたいんだ」

「あら、先生のご推薦であれば、喜んでお預かりいたしますわ」

小弓は、草場の紹介であれば、きっと店の戦力になるにちがいないとおもった。

「器量は抜群だがね。問題を抱えている」

草場は言いづらそうであった。

「問題って、なんですの」

「記憶障害がある」

「記憶障害……」

「つまり、脳になんらかの衝撃を受けて、それ以前の記憶を失っている。名前も、住所も、家族関係、友人、どんな仕事をしていたかなど、過去を忘れている」

「健忘症という病名は聞いたことがありますが、なにがきっかけで、そんな障害を受けたのですか」

「いろいろ考えられるが、頭を強く打ったとか、精神的なショック、薬品の中毒、深酒、ヘビースモークなどでも発症する」

「治らないのですか」

「専門医の分野になるが、治る場合もあれば、治らない場合もある。極度な恐怖体験による記憶障害などは、恐怖の原因をおもいだすと同時に、記憶を取り戻すケースもあるそうだよ。私が身柄を預かってから以後は、普通人と変わりない。時折、衝撃当時のことをおもいだすらしく、うなされる。よほど恐ろしいおもいをしたんだろう。

逆行性健忘であれば、衝撃以前の古い記憶からよみがえり、衝撃当時の恐怖体験をおもいだす。最近、回復の兆しが見えてきたので、ステンドグラスで預かってもらえれば、再起できるかもしれないとおもってね」

と、草場は小弓の顔色を探った。

草場は彼女を、記憶を取り戻すまで早苗《さなえ》と呼ぶことにした。苗代《なわしろ》から田へ移し植えるころの稲の若苗にちなんで名づけた。

失った苗代（過去）の中で、早苗がなにをしていたかわからない。過去を失った女を、安全第一の特接には出せない。だが、常勤《レギュラー》ならば務まるかもしれない。客も常連であり、特接の客のように一回性ではない。つまり臨機応変の融通がきく。

「先生のご紹介ですから、お預かりしますわ」

小弓は言った。

「ありがとう。店で働かせてもらえれば、刺激も多い。脳に刺激をあたえて、記憶を取り戻すかもしれない」

と草場は喜んだ。

草場が連れて来た早苗は二十代半ば、地味ではあるが、抑制した謙虚な艶を含んでいる。

できるだけ自分を目立たそうとする女性が多い中で、狩人の男たちの目から隠れるようにしている謙虚さが、かえって女の謎を問いかけているようで、男の心をそそる。

一見する限り、過去を失っているとはおもえない。言葉遣いもしっかりしており、当意即妙の機知《ウイット》に富んでいる。

小弓は早苗を一目見て、戦力になるとおもった。特接には使えないが、レギュラーとして客の人気を集めるであろう。

レギュラーであれば、どんな危険を過去に隠していても、小弓のフィルターにかけられるので、客に直接迷惑をかけることは防げる。

小弓が見立てた通り、早苗は速やかに常連の人気者となった。

草場は、どのようなきっかけから彼女を保護したのか語らず、小弓もあえて問わなかった。早苗は草場から記憶喪失以後の新しい人生をあたえられたと、彼に感謝している。店の雰囲気も、早苗の波長に合ったようである。

小弓以外は、早苗が記憶障害を受けていることに気がつかない。その場の空気を読むことにも敏感であり、客の要望にも的確に対応する。新人としての節度をわきまえ、決して出しゃばらない。黒服や同僚との折り合いもよかった。

草場も時どき様子を見に店に来た。草場が予想した通り、早苗はステンドグラスに来てからめきめきと回復していくようである。店での刺激が回復に役立っているらしい。草場が保護した当時の早苗は、よれよれの雑巾のようになっていた。草場に出会わなかったなら、彼女は限りもない記憶障害の深海に沈んで行ったであろう。

草場自身と、その人脈の及ぶ限り早苗の治療に尽くした成果が多少現われて、社会人としての復帰のために、ステンドグラスに託した。

だが、草場は彼女の回復に一抹の不安を抱いていた。

彼女が完全に回復したとき、記憶喪失の原因である精神の衝撃をおもいだすであろう。あまりに凄まじい衝撃に耐えられず、その時点以前の記憶を失ったのであれば、記憶回復と同時に、その衝撃原因と再び向かい合うことになる。

せっかく忘れている彼女の前半生を破壊した衝撃に再対面させることは、残酷ではないか。むしろ、衝撃原因を忘れたままの後半生を守ってやるべきではないのか、と草場はおもうようになった。

「忘れた半生は無視して、むしろ、その後の新しい人生を築いたほうがいいだろう」

と草場が勧めると、

「確かにおもいださないほうが幸せかもしれません。でも、自分の前半生になにがあったのか、忘れたままでいるのは、私の半身を失ったまま生きているような気がします。そして、それは本当に生きていることではありません。たとえどんなに悲しい出来事であっても、私の前半生を取り返したいとおもいます」

と早苗は答えた。

「おもいだして、不幸になってもいいのかね」

「幸福とか不幸の問題ではなく、私の人生の全部を取り返したいとおもいます。たとえ不幸になっても、あるいはおもいださなければよかったと後悔しても、すべてを知りたいのです」

「人間には、自分の人生のすべてを知る権利がある。きみにその意思があるなら、過去と対決しても、決して負けないだろう」

と草場は、当初の意識とは反対に、早苗を励ます形になった。

きっと早苗は自分の過去を取り戻すにちがいない。そして、どんな衝撃的な過去であっても、耐えられるであろう。

草場は早苗の果敢な挑戦を応援するようになっていた。

早苗がステンドグラスに来てから三ヵ月ほど経過した。彼女はすでに先輩のさやかや、直美や、春美などの、客の人気を集めるトップクラスと競り合うほどになっていた。

草場が彼女を保護したきっかけは、所用があって六本木の街を歩いていたときである。

交差点の近くで、突然、若い女性に声をかけられた。週末の夜で、人が出盛っていた。最先端の衣装に身を固めた若い男女が、人なみを織りなして流動している。その人なみからはずれたように、心細げに街角に立っていた女性が、

「いま何時ですか」

と草場に問うた。腕時計を見て、現在の時間を告げようとした草場は、彼女が腕時計をはめているのに気がついた。

（もしかしたら、ストリートガールかもしれない）

とおもった草場は、そのまま無視して通り過ぎようとした。そのとき彼女は、

「電池が切れて、時計が動かなくなってしまったんです」

と、すがりつくように言った。その女性が早苗であった。

改めて視線を向け直した草場は、彼女が、週末、最先端のファッションタウン、原宿・表参道に、地方から本の知識だけで固めたファッションの、実地研修《スクーリング》に来た若者たちとは異なるのを察知した。

周囲のスーツケースを提げて飛んでいる若者たちに比べて、彼女は決して身についているとはいえない平凡《ダサイ》な衣服をまとい、周囲からお上りさんといわれぬばかりに、人なみを織りなす最先端のコスプレ的若者の行列の中に立ちすくんでいる。

だが、ファッション・ストリートの中で、凡衣に包まれた断トツの素質が、むしろ本領を発揮して輝いている。

　このまま放置しておけば、街をうろつく飢えた狼たちの餌食になってしまうであろう。

「きみ。これからどこへ行くつもりなんだね」

　草場はおもいきって尋ねた。

「行く先の当てはありません。田舎でこの街の名前を聞いていたので来ただけです」

「こんなところにぼんやり立っていると危ないよ。私は医者だが、顔色があまりよくないね」

　草場は指摘した。

　街の電飾に染められているが、衆目を集める素質が、疲れているのを見抜いた。

「行く先の当てがない。東京へ遊びに来たのかね」

「いいえ。東京へ行けばなんとかなるとおもって出て来ました……」

「なんとかなる……。すると、なんの当てもなく上京したのか」

「はい」

　女性は素直にうなずいた。

「私はこういう者だが、きみ、名前はなんというの。家の人はきみの上京を許したのかね」

草場は名刺を差し出して、名を問うた。

「私、名前を忘れてしまったのです」

「名前を忘れた？」

草場は一瞬、きょとんとなった。親切心から声をかけたのが、オヤジの軟派とおもわれて、からかわれたのではないか。

「はい。名前だけではなく、住所も、私自身、以前なにをしていたのか、すべて忘れてしまったのです」

と答えて、彼女は悲嘆にくれた表情を見せた。専門外ではあったが、医師の草場は、彼女がなんらかの衝撃的な契機によって記憶障害を受けていると察した。

そして、所轄署に連れて行き、事情を告げて、当座、彼の家で保護することにした。


入店して三ヵ月ほど後、早苗は常連客が連れて来た初見の客に、全身が引きつるような恐怖をおぼえた。

常連客は加倉井《かくらい》という映画会社の重役であり、早苗とはすでに何度か顔を合わせている。

加倉井がその男を伴って店に入って来たとき、女性たちの一部が少しざわめいたような気がした。もしかすると、彼女たちはその男の素性を知っているのかもしれない。

客を前にして、彼女らに男の素性を聞くわけにはいかなかった。

その客は、二十代後半、引き締まった身体に彫りの深いマスクは陰翳を刻み、いかにも女性にもてそうな深みを感じさせる。現に、店に居合わせた女性たちの熱っぽい視線を集めている。

だが、早苗は彼が発散する思索的なムードの奥に、自分と相いれない元素が潜んでいるような気がした。

初対面のはずでありながら、不吉な既視感《デジャビュ》、それも早苗と異質の元素から発しているのかもしれない。

(以前、どこかで会っている)

と直感したが、いつ、どこで出会ったか、おもいだせない。

おもいだせない時と場所は、彼女にとって幸福な時空でないことは確かであった。その時空は不吉な濃い霧に包まれている。

霧を見つめていると、ますます濃く、厚くなってくるようである。凝視するのが怖くなってくる。

早苗は、はっとした。

(もしかすると、霧の奥にあるものが、自分の記憶を奪ったのではないのだろうか？　もし

そうであれば、逃げてはいけない。自分はこの男と向かい合うべきである）

と早苗は自分に言い聞かせた。

そのとき、加倉井が同行した男を、

「こちらが目下売り出し中の神明優介《しんめいゆうすけ》だよ」

とママに紹介した。

「まあ、神明優介さん、大スターにお運びいただいて恐縮ですわ」

ママがいかにも知ったような顔をして、挨拶をした。居合わせた女性軍が、またどよめいた。

神明は如才なく笑顔をつくって、よろしく、と挨拶を返しながら、視線を早苗に固定した。

神明が早苗に興味を示したのを素早く見て取った小弓は、

「早苗ちゃん、よろしくお願いね」

とささやいた。

「さすが、神明優介、目が早いね。こちらは同じく売り出し中の早苗ちゃんだ」

加倉井が言葉を添えた。

早苗はママの命によって、神明の席につけられた。他の女性たちの羨望の気配が感じられた。

神明は、早苗が座ると同時に、体温が通うほどに距離を縮めて、

「きみは以前、ぼくと会ったことがあるの」

と先《のっけ》に問うた。

「直接お目にかかるのは初めてですわ」

「そうかな。初対面ではないような顔をしていたよ」

「それは、ご高名な神明様ですもの。テレビや雑誌などでよくお顔を拝見していますわ」

「やっぱり、そうだったのか。前に会っていたら、もっとよかったのにな」

神明は、すでに旧知の仲のように馴れ馴れしい口調で言った。

「おいおい、もうステンドグラスの売れっ子を口説いているのかい」

と加倉井が冷やかした。

「初対面にはちがいないのですが、なにか感じ合うものがありましてね」

神明がにんまりと笑った。

「殺し文句だね。その手で何人の女性を口説いた……？」

「さあ……数えきれないくらいと言いたいところですが、今夜が初めてですよ」

神明が調子よく合わせた。

どうやら彼は、早苗が気に入ったらしい。だが、早苗は、神明と密着せんばかりに座った

席が、針の筵《むしろ》のように感じられた。それを兎《うさぎ》の毛で突いたほども悟られてはならない。

加倉井と共に三十分ほど店にいた神明は、帰りしな、

「今度は同伴しよう。きみの都合のよい日をおしえてくれ」

と早苗の耳許でささやいて、名刺を渡した。

神明が帰った後、緊張が解けて、早苗は全身に冷や汗をかいていた。

神明に会ったのは今夜が初めてである。その映像も名前も、見たり聞いたりしたことはないが、神明優介――以前どこかで必ず会っている。そして、彼に初めて会ったとき、記憶が失われたのである。早苗から奪った記憶を、神明は保持しているかもしれない。

次回同伴の約束を残していったが、彼と二人だけで食事を共にすることをおもうと、総毛立った。神明には、理屈ではなく、生理的な嫌悪感が走る。

彼が帰った後、ひとしきり店の女の子たちの話題となったが、いずれも彼に憧れているようである。

「早苗ちゃん、神明さんに同伴を誘われたんじゃない。羨ましいわぁ」

「私、一度でもいいから、同伴……いえ、お茶だけでもいいわ。彼に誘われたら、なんでもしちゃう」

「私は声をかけられるだけでもいいわ。あの声を聞いただけで躰が熱くなっちゃうわ」

「よろしければ、お譲りしてもいいわよ」

早苗の大胆な言葉に、女の子たちはしばし沈黙した。

神明優介に対する既視感は、早苗の失われた記憶を抉《えぐ》るように疼《うず》かせた。既視感の源を掘り起こそうとすると頭痛がして、全身に慄えが生ずる。こんな既視感は初めての経験であると同時に、早苗に、それが記憶喪失の原因にちがいないという確信をもたせた。

神明優介が、早苗の失われた過去に関わっているにちがいない。失われた過去であるがゆえに、デジャビュがまとわりつくのであろうが、神明のほうにはデジャビュはないらしい。ただ、早苗に女として関心をもったようである。

早苗は神明優介の経歴を調べてみた。

公にされている限りの情報は、長野県長野市出身、現地の高校を卒業後、東京の私大に進学し、数ヵ月して中退、以後、数年間、俳優としてデビューするまでの経歴は不明である。人の噂では、新宿、銀座界隈《かいわい》の夜の店を転々としていたらしいが、確認はされていない。

神明優介は現在二十九歳。デビューは遅いほうであるが、彼が出演したテレビドラマや映画は視聴率を記録的に上げ、ヒットし、たちまち芸能界の寵児《ちょうじ》となった。本名は上山実《かみやまみのる》。

早苗は現在二十四歳ということになっている。

その根拠は、記憶を失って家出したとき、手に持っていた本が、出版後十年経過していたこと。そして、草場以下、複数の医師が、早苗の現行年齢を二十三歳〜二十五歳と推定している。

手に持っていたものは、その本と、わずかな化粧品や身の回りの品、現金約十五万円を入れたバッグだけである。身許証明になるようなものは一切所持していなかった。

彼女は過去を失ったまま上京して、六本木で草場に出会ったのである。

上京時、新宿駅に着いたことはおぼえているが、郷里の町は記憶にない。郷里そのものが恐怖の源になっていたのかもしれない。

彼女が新しい記憶をたくわえ始めたのは、十年前ごろからである。つまり、十年前に記憶を奪うような事件、あるいは異変が発生したと考えられる。

草場に出会って保護されるまで長野県や山梨県の地方都市を転々としていたことは、薄い靄《もや》がかかったように憶えている。早苗という仮名は草場がつけてくれた。

早苗は神明優介に出会ったことによって、それまで茫漠《ぼうばく》として広がっていた霧が、十年前に濃縮してきたように感じた。凝縮された霧の中央に神明がいることになる。

記憶障害の原因となった事件あるいは異変以後の記憶にも、衝撃や恐怖の余韻によって影響を受ける稀なケースである。

　早苗はおもいきって、神明との出会い、およびその既視感や、凝縮した霧のことなどを草場に伝えることにした。

「それは君の記憶が回復しつつあるしるしだよ。そして、回復のきっかけが神明優介にある。神明が君の失われた記憶を回復するキイを握っているのかもしれない。

　君の霧の塊と、神明のキャリアの不明な時期が一致しているのも気になる。この間に発生した事件を洗いざらい調べてみたいな」

　草場は、早苗の恐怖を隠した霧のかなたに光明を見たような顔をした。

「君の記憶の喪失期間に発生した事件のすべてをリストアップしてみよう。リストアップされた事件の中に神明が関わっていれば、彼が君の記憶を奪った関係人物の一人ということになる。警視庁に棟居というやる気のある刑事がいる。彼は、話せば、必ず協力してくれる」

　草場は勧めて、

「ただし、神明から誘われても、まだ同伴には応じないほうがよい」

「なぜですか」

「神明が君を憶えているかもしれない。君の記憶喪失が、神明の都合の悪いことに関わっているとすれば、彼は必ず君の口止めを謀《はか》るだろう。そのために君に同伴を誘った可能性もある」

「怖いわ」

「私がついているから、恐れることはないが、用心はしたほうがよい。神明はいま売り出し中だ。ここでケチがついたら、せっかく乗った上昇気流から転落する。彼を疑っていることを気づかれないようにしなさい」

草場のアドバイスは、早苗には自らの再生の第一歩のように聞こえた。

証明された奥行き

ほぼ同じ時期に、福永由美子にお座敷がかかった。

依頼主は、以前「殿」を紹介してくれた協信建設の平川陽一である。平川は前回の「殿」の特接に感謝し、由美子をふたたび指名してきた。

「今度のお座敷はちょっと風変わりでね、あなたでなければ務まらない」

平川はママを通して頼んできた。

由美子は「風変わり」ということが気になった。

風変わりが変質者や異常者であれば、ママがフィルターにかけて断ってくれる。ママのフィルターを通過したということは、風変わりではあっても、危険ではないことを示している。

「お座敷の主は、これまで自分を女性とおもってきた。ところが、実際は男であり、男性性器を持っていた。本人も周辺の者も、それに気がつかなかった。女性として育てられ、本人も女性の意識で成長するに従い、身体が男性化してくる両性体質者だった。

性同一性障害と称ばれているが、女性として成長してきた本人は、次第に自分を男として、性別の変更を求めるようになってきた。性の転換であり、女性の男性化のほうが易しいといわれている。

そして、性転換手術を行った。だが、手術をしたというだけで、事実、男に性転換したかどうか確認していない。その確認をあなたに頼みたいという次第だ」

と平川は辞を低くして頼んだ。

平川が依頼者《クライアント》として特接を求めてきたのであるから、座敷主はかなりの大物、あるいは大物の係累にちがいない。

当初、由美子はためらった。これまで女性として生きてきた人間が、突如、男性に変身した機能を「本物の女性」（実験材料）に対して試してみたいという。そんな実験に供されるのは真っ平御免という意識と同時に、男性としての初船出を、我が身を提供して祝ってやりたいという意欲もあった。

一種の筆下ろしであるが、もっと重いような気がした。

もしこの船出に失敗すれば、彼はふたたび女に戻るであろう。両性体質者であった彼女は、男性性器を得て、第二の人生の第一歩を由美子に印《しる》そうとしている。

筆下ろしは男としての第一歩であり、第二の人生のスタートラインである。由美子の対応の仕方によって、彼の第二の人生航路の方位が定まるとおもうと、責任をおぼえた。

　これまでの特接で、座敷主の第二の人生の船出に関わったことはなかった。どんなことをしても成功させてやりたい。これは単なる特接ではない。「超特接」と称ぶべきであろう。

　一般の性行為においては、まず、男性側に性欲、硬直《エレクト》、交合、射精、そしてオルガスムスの五条件が揃わなければ達成されない。

　まず、これまで女性として生きてきた本人が、女性を相手に性欲をおぼえるか。これが第一の難関である。性欲が起きなければ、エレクト以下、四条件はドミノ倒しとなってしまう。

　仮に第一を突破しても、第二条件を越えなければ、三以下が不能となる。

　とにもかくにも性交が果たせれば、射精とオルガスムスは満足感の有無であって、一応の使命は果たしたといえよう。

　引き受けるからには、五条件すべてを満たして座敷主に満足した船出をさせたい。

　それは相手方の諸条件であり、由美子にしてみれば、まずは相手に感情移入し（その気になら）なければならない。果たして初対面である男性化の船出の座敷主に、その気になれるか。それが問題である。

「お引き受けします」

　由美子は決心した。一人の人間の運命を左右する特接の使命は、まさに特攻隊の気分であった。

用意された特接会場は、都心のホテルシャトーのデラックススィートルームであった。

部屋の前に立ったとき、百戦錬磨のはずである由美子の胸の鼓動が激しくなった。極度の緊張で胸苦しいほどである。

何度かためらった後、チャイムボタンを押した。

待ちかねていたようにドアが開いた。そこには二十代前半と見える若者が、にこやかな笑みを浮かべて立っていた。

長身、眉が濃く、気品があり、知的なマスクである。引き締まった細身であるがシルエットはやわらかい。背広を着せても似合いそうである。

初対面、一瞬の観察であったが、この人ならば「その気」になれそうである。

室内には高雅な香の香りがたゆたっている。由美子を迎えるために、あらかじめ室内に香を炷《た》いたのか、あるいは彼の身体に炷きしめたのか。いずれにしても心憎い配慮であった。

彼は、応接コーナーの、総革張りのシングルソファーを勧めてくれた。

広く取った窓の外には東京の街衢が海のように広がり、そのかなたに富士山の青い影が立っている。地平線は少し昏れなずんでいるが、太陽の位置にはまだ余裕がある。

「素晴らしい景色」

由美子は窓辺にたたずんで、おもわず嘆声を漏らした。

「窓の外を見ているあなたのほうが、私にとっては素晴らしい場面《シーン》です」

即座に部屋主が追従した。

「まあ、嬉しいお言葉」

「お食事は……？」

「はい、少し」

聞かれて、由美子は空腹をおぼえた。これまで緊張で、満足な食事を摂っていなかった。空腹をおぼえたのは、座敷主の気品ある知的なマスクと、シャープなシルエットでありながらソフトで穏やかなムードが、由美子をやわらかく包み込むように感じたからである。

女性が男性化したとは、とうていおもえない。由美子の理想的なタイプに、スィートの密室で一対一で向かい合っている。

「ダイニングに個室を用意してあります。ご案内しましょう。あっ、申し遅れましたが、私は根岸純《ねぎしじゅん》と申します」

「私こそ申し遅れました。福永由美子と申します」

「あなたのお名前は平川さんからすでに承っております」

根岸は、はにかんだように笑った。青年の骨格をしていながら、少年のような表情を見せた。由美子はますます好感をもった。根岸純も、由美子のしとやかな和服の着こなしに包み隠したミステリアスな艶が、気に入ったようである。

夕食はルームサービスかとおもっていたのが、ダイニングの個室を用意していると聞いて、恐縮した。

メインダイニングは六十二階の最高階《トップフロア》にある。たった一階上《ワンフロア》であるが、スィートルームの客専用搬器《ケージ》で昇る。

メインダイニングの前では、シェフ以下、スタッフが勢揃いして二人を迎えた。ダイニングからの展望はさらに広い。メン・ダイ中の特等席が用意されており、二人のためにシェフが腕を振るったスペシャルコースが運ばれて来る。

まずは、ドン・ペリニヨンで乾杯する。ダイニングキャプテンがコースを一品ずつ説明してくれるが、由美子の記憶には残らない。彼女は調理師の資格をもっているが、ここに並べられる料理は、味奥《みおう》よりは味芸を追求しているようである。

庶民の味とは全く異なる芸術料理が恭しくつづく。これを赤ワイン、ペトリューズがさらに彩った。味芸がセックスの前戯になっている。憎らしいほどの配慮であった。

この間、窓外は遠く黄昏《たそがれ》を呼び、積もり始めた夕闇の底に電飾が煌めいた。

ようやくデザートコースが終わると、しばらく未練げにたゆたっていた残照が、満天の星に譲った。その満天に鏤められた星も、巨大な街から発光するイルミネーションに消されている。

ラストを苦いコーヒーでしめて、食事を終えた二人は、ふたたびシェフ以下、スタッフに見送られてケージに乗った。最敬礼して見送るスタッフ一同に、鷹揚《おうよう》に会釈を返した純は、ケージのボタンを押して、はっとしたように言った。

「いけない。ボタンを押しまちがえた。地下の駐車場までノンストップです」

スィート階用搬器は、地下の駐車場から最高層六十二階までノンストップで、分速三百メートル、四十秒弱で駆け昇る。途中、乗客の意思で止まる階は、一階のフロントフロア、六十一階のスィート階だけである。

「ノンストップなら、せいぜい一～二分で戻れますわ」

由美子の言葉通り、一分弱で駐車場に降りたケージは、直ちに折り返した。

その瞬間、純が由美子を抱き締めた。

「もう待てません。あなたが欲しい」

純は言った。

「でも、すぐ着きますわよ」

「一分あれば十分です。可能か、不可能か、いま試したい」

純は言って、由美子の和服の裾を割った。由美子は彼の意思を反射的に了解した。ケージ内には一脚の腰掛けが用意されている。その腰掛けに片足をかけ、純を導入しやすいように下半身を開いた。

脱ぐために仕立てられたような和服は、性行為に即座に対応できる。一瞬の時間も無駄にすることなく、二人はケージ内独特の体位で結ばれた。

まばたきするばかりの合体から分離するためには、強い意志が求められる。レイプや強要と異なり、双方の合意による交合と分離は、二体が痙攣するばかりの無理に耐えて、その後の行為の追完に濃密な期待を託した。

ドアが開くと同時に、二人は手をつなぎ、すでに十年の知己のような親しみを分け合っていた。

由美子は驚いていた。まさか純が、こんな大胆な挙に出るとは予想もしていなかった。大胆であればあるほど、わずか数秒の交接が長く濃密に感じられた。

純は立派な男であることを、すでに証明した。その証明方法に仰天したが、第二の人生のスタートラインとしては最も的確で、有効であった。

だが、ケージの中での交合は、まさに序幕《プレリユード》にすぎなかった。

その夜を通して、窓が明るくなっても、純は由美子の飽食をやめなかった。

わずかな間合《インターバル》に、純は、

「私は、これまで自分が男である事実に気がつかなかった。両親も、産婆（助産師）も気がつかなかったようです。私自身が、自分が女であることを疑わなかった。だが、物心つくころから、自分が女であることに嫌悪感をもつようになったのです。

そのくせ、当時の同性に興味をもつようになりました。同性であれば、女の身体に興味はないはずなのに、成長と共に、周囲の女性の胸の膨らみ、腰のくびれ、また私を女性と信じているがゆえに、無防備な秘所などが気になって仕方がなくなりました。

反面、男に憧れながら、男の身体にはなんの興味ももてませんでした。

しかし、その間に、私は隠れた男としての不満を蓄積していたのです。その不満が、あなたと出会って、いま、出口を求めて爆発しているのです。それを受け止めてくださって感謝しています」

と言った。

「私も嬉しいです。純様が、半生、たくわえておられた殿方の精を、新しい人生のスタートラインですべて私に賜り、女として、これに勝る喜びはありません」

「あなたに出会えて本当によかった。あなた以外の人であったなら、第二のスタートを拒まれたかもしれません。どんなにお礼を言っても、言い切れない気持ちです」

「たくわえた殿方の精を、私の中に一滴も残さずお授けくださいませ」

そして、二人はふたたび共食の体位を取った。

いつの間にか朝となり、室内に朝陽《あさひ》が射し込んできても、二人は少ない一期一会の出会いの時間を惜しむようにして交わりつづけた。

二人の体力が尽きる前に、空虚になった胃が目覚めた。

「食事をしましょう。腹がへってはなんとやら……」

純が、二人の性欲の前に立ちふさがった食欲を伝えた。

由美子も即座に同意した。欲望の対象が、性から食に転じた。

早速、ルームサービスを注文した純は、

「提案があります」

と言った。これ以上の提案に、なにがあるのか？

由美子が問い返す前に、

「衣服を着けずに食事をしませんか」

と純が言った。

「恥ずかしいわ」

「でも、あなたはベッドの上で、もっと恥ずかしいはずの体位を私に見せてくださった」

「ベッドと食卓は別ですわ」

「それではベッドの上で食事をしませんか」

「ベッドの上？」

「私も初めての経験です。そうそう、あなたとジョイントしながら食べたくなりました」

「そ、そんな……ベッドを汚してしまいます」

「どうせ一夜ごとに洗濯《リネン》に送ります」

ケージ内での交合や、ベッドの上でのジョイント朝食など、これまでおもってもみなかった体位である。それだけに純の女性時代の屈折がよくわかる。

純の女性時代、雌伏していた男の性の忍耐がわかるような気がする。

二人はルームサービスの朝食を、ベッドの上で結び合ったまま共にした。そのためにさまざまな体位が発明された。

「一石二鳥ですね」

純が言った。

「私には一石三鳥ですわ」

「三鳥？　三鳥目は、なんですか」

「セックスと、朝食と、そして……蓄積です」

「蓄積？」

「私は、これまで自分の中に蓄積することを忘れていました。小さな不満でも喜びでも、また恥でも、蓄積すれば大きな力になることを、純様からおしえられました。これから私も純様のように、日常からこぼれ落ちたものを蓄積していこうとおもいます」

「純様はやめてください。由美子さんの心身にも、きっと蓄積されているものがあるはずです。そもそも私が蓄積を始めたきっかけは、レイプ被害です」

「レイプ？　純様がレイプされた……」

「まだ自分を女と信じていたころ、クラスメートから誘われ、大学生グループ主催のパーティーに参加して、睡眠薬入りのビールを飲まされ、三人の主催学生に輪姦《りんかん》されたのです。三人に輪姦されたとき、私は激しい屈辱と共に、自虐的《マゾヒスティック》な快感をおぼえました。女性の人格を無視した凌辱に対して、快感をおぼえたこと自体が、私の屈辱をさらに深く抉ったのです。三人組に輪姦された後、私は自分が女の躰をもっていることを嫌悪しました。そして、その嫌悪を、性転換するための発条《バネ》とするために蓄積していったのです。

　その後、友人の家を訪ねた帰途、偶然、目の前で轢き逃げを目撃して、犯人がレイプ三人組の一人であることに気づきました。動転していたので車のナンバーを見過ごし、関わり合いになるのを恐れて現場から立ち去ったのですが、いまでも犯人の男の顔は瞼《まぶた》に焼きついています。もう一度会えばわかりますが、素性は知りません。レイプされ、轢き逃げを目の当たりにして逃げてから、自分が女であることがますますいやになりました。穢れた女が他人事《ひとごと》におもえたことも、蓄積の重要な部分になっているとおもいます」

躰と言葉を交えながら、朝食を摂っている。セックスと食と言葉が、各刺激の境界の閾値《いきち》を高めている。

ベッドの上の食事が終わると同時に、二人の躰は分離した。両人共に体力の限界にきていた。

二人はそのまま昏睡して、目が覚めたときは窓の陽射《ひざ》しが午後のものになっていた。体力を回復した二人は、そこで終止符の軽い交わりをして、ようやくベッドから離れた。共にたがいの顔がまぶしい。

「またお会いしたいです」

別れしなに純が言った。

「お呼びくだされば、飛んでまいります。でも、純様には、私は不要です。これから新しい出会いが無数にあります。もう私などの出る幕はありませんわ」

由美子は昨日の宵から今日の午後にかけての凄まじいばかりの特接《SF》をおもった。

プロの女を自任しているが、こんなSF経験はいずれも初めてである。前半生女性、後半生男性の転換に貢献して、由美子自身が性の奥行きの深さを身体に刻み込んだ。

純と由美子は最後に手を握り合い、軽く唇を合わせて別れた。

由美子はSFを重ねる都度、別れを切なくおもうようになった。人生にはさまざまな出会いがあるが、SFほどインパクトの強い出会いはない。

別れが切なく、再会を約し合って別れても、これまでセカンドコールはない。一期一会の出会いはSFの宿命である。

たがいに忘れたわけではないとおもう。座敷主の心証は、特接者が想像するしかないが、きっと彼らの心の奥に刻み込まれているであろう。

特接者はプロであり、いくつものお座敷をこなしていても、決してその主を忘れない。忘れるように努めても、忘れられない。

なぜなら、SFを職業として選んだ彼女らは、一期一会のお座敷を重ねるごとに、その主を愛してしまうのである。愛さなければパーフェクトなSFはできない。

昔の遊廓に、「後朝《きぬぎぬ》の別れ」という言葉が残っている。もともとは平安時代以降の和歌集などにみられる言葉であるが、衣を重ねて一夜を共にした男女が、翌朝、それぞれの衣を着て別れることを意味している。一夜の契りにすぎない男女の朝の別れの切なさを、見事に表わしている。

昔の客は遊廓に通えば馴染みの遊女に会えるが、今日のSFは、巨大なビジネスや、外交や、政治や、宗教や、多数の人間の生活や、運命などが関わっている。

SFで結び合うのは二人だけであるが、その背後に集団、組織の都合や、勝手な動きを許さぬ複雑な事情が絡む。後朝の別れに余情を残しているわけにはいかないのである。

後朝の別れは、SFでは「ネバー・アゲイン」である。稀に例外はあるにしても、セカンドコールはほとんど個人的である。そして、それは極めて少ない。

なぜなら、個人的なセカンドコールの際は、座敷主がほとんど初回《ファーストコール》時の権力や経済力を失っているからである。

だが、純の場合はちがう。彼の素性は不明であるが、特接に使用したホテルの部屋から見ても、背後に大物の気配が感じられる。根岸純という名乗りも本名かどうかわからない。

彼は男に性転換し、その機能が抜群であることを、由美子の躰を借りて証明した。もはや、SFに頼ることなく、彼の身辺に女が群がるであろう。

根岸純のSF約一ヵ月後、彼から電話が入った。

SFの客には、本来、私的《プライベート》な電話番号はおしえないことになっているが、別れ際、純にせがまれておしえた。それだけ彼を信用していたわけである。

純の声を聞いて、由美子の心は弾んだ。プロは特定の客に個人的な感情を抱くべきではないと自戒しながらも、それほど純は彼女の心に余韻を引いていたのである。

「お久しぶりです。お元気ですか」

純の声も弾んでいる。

「はい。元気です。純様もお声を聞いただけでお元気とわかりますわ」

「有り難う。あなたのおかげで自信をもって男をやってますよ。あの日以後、決して少なくはない女性と出会いましたが、由美子さんに勝る女性はいませんね」

「お上手なこと。私など、冷蔵庫の隅に入れ忘れられている沢庵《たくあん》の尻尾《しっぽ》みたいなものよ」

「冷蔵庫の沢庵どころか、あなたは私にとっては心の金庫のダイヤモンドのような存在です」

「過褒《かほう》ですわ……」

「いくらお褒めしても足りないくらいです。あなたは私の人生の恩人です。

そうそう、今日、電話したのは、ほかでもない。私をレイプして轢き逃げした犯人に出会いました。あなたと初めて出会ったとき話題になった犯人です。私はこの犯人に奇妙なコンプレックスをもっています。レイプされたとき、女であった私は快感をおぼえると同時に、女であることに嫌悪を感じました。そのことはすでに話しましたね。

そして、轢き逃げを目撃しながら、一一〇番に通報しただけで、現場から逃げたことを、私が背負った債務のようにおもいました。いつか犯人を見つけて、告発したいというおもいが、性転換と共にますます重くのしかかってくるようでした。

そんな時期、犯人に出会ったのです。といって、顔を合わせたわけではありません。犯人は有名人になっており、テレビで出会いました。犯人は目下売り出し中の俳優、神明優介です」

「神明優介なら、私も知っています。初出演の映画が大ヒットして、テレビでも引っ張りだこになっている新人でしょう」

「そうです。轢いた後、車から降りて被害者を観察し、周囲に車も目撃者もいないとおもったらしく、車に戻りそのまま逃走してしまいました。通行人も一人いましたが、関わり合いになるのを恐れたのか、立ち去ってしまいました。物陰に隠れて目撃していた私は、犯人の顔をよく憶えています。

しかし、いまとなっては証拠がありません。告発しても、彼を犯人と断定するのは無理でしょう。その事実をあなたに伝えたかった。伝えることによって、私の心の重荷が少し軽くなるような気がしたのです。本当に自分本位ですが」

「私に話して、心の重荷が少しでも軽くなるようであれば、なんでも話してください。轢き逃げ犯人は私も絶対許せません……」

と言葉途中で、由美子ははっとした。夫が轢き逃げされたとき、自分に電話してきた女性がいたことをおもいだした。

交通事故は毎日のように発生している。車社会の今日、日本全土で交通事故による死者は、毎年一万人を超えるという。

ましてや、人間の海の東京では、二人に一人の命が交通事故によって失われている。一日に何十人も死ねばマスメディアのニュースになるが、車の犠牲者は日常であり、ニュースバリューがなく、ほとんど報道されない。

轢殺《れきさつ》されても、歳月が事件を風化させており、純が目撃した轢き逃げ犯が、夫の命を奪った加害者と同一人物である確率は極めて低い。

だが、由美子は因縁を感じた。純が自ら目撃した轢き逃げに共犯者のようなコンプレックスをおぼえたのは、夫の霊が訴えたのではあるまいか。

由美子は、いまでも車輪に蹂躙され、空気を失ったフットボールのように潰されていた夫の頭部をおもいだす。即死同然に亡くなったと、実況見分をしていた捜査官がつぶやいていた。

いまでも、あの場面は由美子の瞼裏《まなうら》に刻みつけられている。

「純様が目撃した轢き逃げの発生日と場所を憶えていますか」

由美子はおもいきって問うた。

「忘れるはずがありません……」

根岸純が答えた時と場所は、夫が轢き逃げされた現場と日時にぴたりと符合した。

由美子はしばし茫然として、声を失った。

「もしもし……もしもし、聞こえますか」

電話口で黙り込んでしまった由美子に異変を悟ったらしく、純が声をかけてきた。

「……私の夫が轢き逃げされた日時と場所です。純様が目撃した轢き逃げ被害者は、私の夫です」

今度は純が仰天したらしく、電話口で黙り込んだ。


純は由美子との因縁に驚き、神明優介の告発に積極的になった。

「彼は私の前半生を穢しました。神明の背後にいる二人のレイプ共犯者も、この機会に引きずり出してやります。法に委ねる前に、私が被った屈辱を、数倍にして返してやりたい」

と純は息巻いた。

SFの意外な副産物である。純は二人が被害者として共同戦線を張れば、見落としている証拠も発見できるかもしれないと強気である。

　確かに一人よりは二人のほうが、犯人と向かい合う戦力が強くなる。由美子は夫を轢殺した、憎むべき犯人に法の裁きを受けさせ、純は前身を穢した償いとして、三人の加害者を得意の絶頂から引きずり落として、衆目のさらし者にするつもりでいる。

　由美子から事情を聴いた小弓は、草場を介して伝えられた早苗と神明の敵性関係をおもいだして草場を紹介した。

三人だけの交信《サイン》

早苗に、神明優介から同伴のリクエストがきた。草場に相談すると、

「同伴は断れと言ったが、逃げてばかりいては過去を取り戻せないな。再度の同伴リクエストだ。チャンスかもしれない」

と勧めた。

早苗にとって草場の言葉は絶対であった。

「過去を取り戻したかったら、喪失の源へ踏み込みなさい。私が陰ながら護衛しているから心配することはない。おもいきって踏み込んでみなさい。きみのデジャビュを信じて、過去と対決しなさい」

と草場は強気になった。

確かに逃げてばかりいては、人生を取り戻せない。早苗は自分の直感を信じた。

神明は早苗の過去に関わっている。本人自身がその事実に気づいていないらしい。あるい

は秘匿しているのかもしれない。

　神明が同伴に指定した店は、西麻布の一隅にある小さなビストロである。その存在を必死に隠している謙虚な店で、客はすべて常連のようである。

「この店のシェフは、朝起きると同時に、その日のメニューを閃《ひらめ》きによって決定する。お客には一定のルールがあるんだ」

　神明は得意げに言った。早苗が同伴の誘いに素直に応じてくれたので、機嫌がよさそうである。

「つまり、決して吹聴《ふいちょう》しない。店の知名度が高くなると、客数が増える」

「だったら、よろしいのではありませんの」

「客が増えすぎると、インスピレーションがわかなくなるんだそうだ。常連も、自分の隠れ店が踏み荒らされてしまうのを恐れて、秘匿している。うまいものは自分たちだけで味わう特権を維持したいんだよ」

　道理でメニューがない。客には料理を選ぶ権利がない。選ぶ献立もなく、ただ、シェフのその日限りの作品（料理）を待っているだけである。

　言われてみて、いずれも常連らしい客は、それぞれ指定席とおぼしき位置を占めて、ひたすら味の狩人になっているようである。

それぞれのキャンドルライトが照らすテーブルはカプセルの中の小宇宙であり、ほとんどの客が女性を伴っている。

ここは、まさに隠れ家にふさわしい別世界であった。常連以外の客はめったに入って来ない。拒否はしていないが、一般客がふらりと入り込めない空気があるようである。

このカプセルに仕切られた隠れ家には、陰供《かげども》は入れない。おそらく草場は店の外でエスコートしているのであろう。

やがて調進された料理は、確かに常連客が店名を秘匿するほど深みのある味であったが、神明とテーブルを分ける緊張が味覚を制約している。

神明は他のテーブルからの視線を感じたらしく、機嫌がますますよくなった。他人の注目の度合が、売り出し中の芸能人の人気指数ともなる。隠れ店で注目の的となることは、神明の知名度の高さを示すものである。

早苗は同伴中、記憶再生のなんらかの鍵をあたえられるのではないかと、触角《アンテナ》を働かせていたが、引っ掛かるものはなかった。

神明は料理とワイングラスを重ねて、間もなくクランクインする映画の役どころについて、自慢げにしゃべり始めた。

ワインが程よくまわり、ボルテージが上がってきた彼は、出演予定の映画は大ヒットするぞ、と気炎を上げた。

早苗にとってはなんの興味もない話題であるが、その中に自分の失われた記憶を取り戻す鍵があるのではないかと、全身を耳にして聞いていた。

だが、神明は自慢話をするばかりで、一向にキイらしきものを漏らさ《リークし》ない。

「きみは役者の素質がある。どうだ、ぼくの映画に出演してみる気はないか」

神明は誘惑の触手を伸ばしてきた。自分が推薦すれば、いい役がもらえるぞ、とほのめかしている。彼はこの手で多数の出たがり女性を落としてきたのであろう。

「とんでもない。私などがたとえ端役でも出演したら、せっかくの名画を壊してしまいますわ」

早苗は本気で辞退した。

「ほとんどの女性は映画に出たがるよ。自分から出たいという女に限って、ろくな演技はできない。きみのような人こそ、映画が求めているんだ」

誘惑の触手が強くなった。

「ぼくが監督に一言いえば、きみは必ず女優になれるよ。ぼくが応援する。きみのような才能ある女性が、渋谷の隅の小さな店で客の相手をしているのはもったいない。きみの身柄をぼくに預けないか」

神明の表情が熱心になっている。ここで同伴の行き先をホテルへ変えるつもりであろう。

これまでは、一も二もなく女性がホテルまで従《つ》いて来ている。今回も絶対に従いて来るという自信が覗いている。

「ごめんなさい。私、女優さんは嫌いなのです」

早苗は宣言するように言った。

「女優が嫌い……？」

神明はきょとんとした顔になった。これまで彼が声をかけた女性に、女優を嫌う者はいなかったようである。

ちょうど早苗にとってタイミングよく、店長が近づいて来て、

「あちらのお客様が、先生の大ファンでして、出演された映画、テレビ、舞台はすべて拝見しているそうです。二度とないこの機会に、サインをいただけないかというリクエストでございますが、いかがいたしましょうか」

と恭しく取り次いだ。

神明がファンを大切にしていることを店長は知っているようである。

「どうぞ。ファンのためならエンヤコラさだ……」

神明は、早苗から女優は嫌いと言われた気まずさを隠すように答えた。

神明の承諾を伝えられたファンの客は、小腰をかがめるようにして神明に近づき、

「お食事中お邪魔して、まことに申し訳ございませんが、こんな機会でもなければいただけないとおもって、おもいきって店長に頼んでみた次第です。家宝にして子孫に伝えます」

ファンの客は手帖《てちょう》を開いて差し出した。色紙や、手頃な紙を持ち合わせていなかったらしい。

「手帖でよろしいのですか」

神明は改めて問うた。

「もちろんです。手帖そのものが家宝になります」

ファンは言った。

神明は悪い気はしなかったらしく、サインと共に、彼の処世訓らしい「役者の証明」という言葉を書き添えた。

「ありがとうございます。これもご縁だとおもいます。実は私、以前に神明先生にお会いしたことがございます」

とファンは言葉を付け加えた。

「はて、どこでお会いしましたかな？」

デビュー後、多数のファンに囲まれている神明が、一人のファンとの出会いを憶えていな

くとも不思議はない。

「以前と申しましても十年ほど前のことで、長野県の山形村《やまがた》でお見かけしたことがございます。その後、数年して、先生が華々しくデビューされ、陰ながら祝杯をあげました」

「私は長野県の山なんとか村には行ったことはありません」

これまでファンの前でにこやかに振る舞っていた神明が、急に険しい顔になって、ファンの言葉を否定した。

「確かに先生だとおもいましたが、私の記憶ちがいかもしれませんね」

ファンは自分の言葉が神明の機嫌を損ねたと悟ったらしく、慌てて言い直した。

「行こう。きみもそろそろ時間だろう」

神明は顔を強張《こわば》らせたまま立ち上がった。ホテルへ行く気分を失ったようである。早苗はファンに救われた形であった。店長がおろおろしながら出口まで見送った。

神明は店まで同伴したが、形ばかり腰を下ろしてすぐに、出て行った。

早苗の記憶を埋めている霧が激しく動いている。ファンがなにげなく言った山形村での出会いに、神明が強い反応を示したのは、その地に、彼にとっておもいだしたくない記憶や、都合の悪い過去が隠されているのかもしれない。

そして、長野県山形村に関するデジャビュに似た薄い記憶が、早苗の過去を包む霧の奥に動き始めたような気がする。

ファンの言葉に対する神明の反応が、早苗の記憶を閉じ込めた過去の扉を開く鍵になるかもしれない。

早苗は、神明との同伴の一部始終を草場に伝えた。

「でかしたぞ。神明は長野県の山形村に抑圧された感情《コンプレックス》をもっている。早速、十年前の山形村になにがあったか、調べてみよう」

草場の声が弾んだ。


福永由美子を経由して、根岸純は驚くべき捜査力を発揮した。

純の友人に岡野種男という私立探偵がいる。公安出身という噂があり、確認はされていないが、彼の捜査力と情報収集力には定評がある。現に警視庁ともつながりがある。

打てば響くように、翌日、岡野から中間報告がきた。

「十年前の八月末、長野県山形村の農園経営者家族三人が惨殺された事件があったよ。被害者の名前は、主人篠宮明《しのみやあきら》、妻道子《みちこ》、長女真美《まみ》、リンゴを主体に、アスパラガスや西瓜《すいか》、また花の温室栽培もしており、地域では代表的な農園だった。

捜査本部が設置されて、当初は敷鑑《しきかん》、被害者と犯人の関係に重点をおいて捜査を始めた。

現場にあるはずの金品が失われていたが、両親と娘を縛り上げ、娘を凌辱した後、三人を殺害した手口が残虐であるところから、動機は怨恨と見て捜査の網を広げた。だが、犯人につながる手がかりが全くなく、流しの犯行、つまり、行きずりの犯人が金品目的で押し込んでの犯行ということになり、結局、迷宮《おみや》入りになった。

当時、十八歳の長女は大学進学を目指して受験勉強中であり、次女の弘美《ひろみ》は十三歳、中学二年生だった。

その弘美が、犯行当夜から姿が見えなくなっているので、犯人が連れ去ったとみられている。犯人はいまだ検挙されていない」

以上が、岡野の報告であった。

「その弘美さんの行方を探してもらえませんか」

純が再度、追加調査を依頼した。

「彼女、生きているとおもっているのかい」

岡野が問い返した。

「可能性はあるとおもいます。それから農園経営者一家殺害事件が発生した当時、神明優介がどこにいたか、確認してもらえませんか」

「十年前のことだから難しいとおもうが、やるだけやってみよう」

と岡野は言った。

共同戦線に連なる早苗と草場から伝えられた情報によると、西麻布のビストロで神明にサインをもらった客は、十年前に事件が発生した長野県山形村で神明を見たと言っている。その日にちが確認できれば、神明と事件の関係距離は一挙に狭まる。

神明のファンに対する反応からも、彼は山形村との関係を秘匿したがっている。つまり、都合の悪い事情が山形村に隠されているということである。

一夜の颶風《ぐふう》のような悪魔によって、農園経営者一家夫妻と長女が命を奪われたが、次女の姿が現場から消えていた。悪魔によってさらわれたのか、あるいは悪魔の手から逃れて、逃走したのか。

近隣の住人も、犯行当夜以後、弘美の姿を見た者はいなかった。

弘美は早苗の今日の推定年齢に符合する。

数日後、岡野種男から第二次の報告がきた。

岡野の報告は、さらに具体的になった。

「早苗さんの写真を現地の住人に見せたところ、『当時の篠宮弘美とは様子がちがっているが、顔かたちがよく似ている』という複数の証言を得た。

本人と住人を面通し（対面）させれば確認されるだろう。

早苗さんの家の姓、両親と姉の名前、地名などを告げて反応があれば、まずまちがいなく篠宮弘美その人だね」

と岡野は自信たっぷりに言った。

「ありがとう。短期間でよくここまで調べてくれた。本人の閉塞された記憶が一挙によみがえるかもしれない」

その場にいて純と一緒に報告を聞いた草場は、興奮を抑えて岡野に感謝した。

「長野県警松本署に宮坂《みやさか》という刑事がいる。やる気のある刑事だよ。当時、彼がこの事件の捜査を担当した。捜査本部は解散したが、彼は決してあきらめていない。岡野から紹介されたと言って連絡すれば、きっと当時の詳しい情報を提供してくれる」

と岡野は付け加えた。

純と草場は勇躍して、まず岡野の情報を早苗に伝えた。

「篠宮弘美……それが私の名前……両親は篠宮明と道子、姉は真美……霧がいまにも晴れそうでいて、べったりと張りついているわ。でも……」

「でも……なんだね」

草場が追求すると、

「とても懐かしいのです。幼いころに嗅いだ家族が囲んだ夕餉《ゆうげ》のにおいのように……」

「山形村という地名から、なにかおもいだせませんか」

純が聞いた。

「山形村はなぜか霧に包まれているような薄い記憶があります」

「それです。そこで篠宮一家は『篠宮ファーム』と名づけたリンゴ園や、アスパラガスや、西瓜などを栽培する農場を経営していました」

「篠宮ファーム……」

早苗の表情が慌《あわただ》しく動いた。

「なにかおもいだしたかい」

草場が早苗の顔を覗いた。

「ファームという言葉に遠い記憶があります」

「それだよ。篠宮ファームがきみの実家なんだ。行ってみよう。現地へ。山形村を見れば、へばりついている霧が一挙に晴れるかもしれない」

「怖いわ」

早苗は身を縮めるようにして震えた。懐かしいにおいが、恐怖の源に急変した。彼女はそこで、よほど恐ろしい目に遭ったにちがいない。

恐怖と郷愁が合体して、彼女の記憶の再生を阻んでいる。ここまで記憶を遡行しながら、恐怖に阻止されれば、霧は一層濃く、厚くなり、過去を永久に閉じ込めてしまうであろう。

「おもいきって過去と対決しよう。ここで引き下がれば、永遠にきみは過去を失ったままになる」

「私もエスコートします」

純が言った。純も彼の過去を穢した神明以下三人組を、このまま放置できないのであろう。早苗と共同戦線を張って、彼の前身の仇《かたき》三人組を膺懲《ようちょう》したい。

三人組は福永由美子の夫を轢き逃げした容疑者である。

仇は三人、我がほうも三人、草場を入れて四人力を合わせれば、仇を討てる確率が高くなる。

「もちろん、私も同行する。もう一人、強い援軍がいるよ。当時、捜査を担当した刑事が詳しい事情を知っている」

草場の言葉に、三人は奮い立った。

早苗を囲んで、神明優介以下三名との対決が刻々と迫っているとき、加倉井から意外な特接《SF》のリクエストがきた。

彼の映画会社が配給する「酷く静かに殺せ《キレ’ム・ナイス・アンド・スロー》」という日米共同製作による超大作映画がある。アメリカ側の主演俳優はトニー・ヘスナー、日本側の主演俳優は神明優介である。トニー・ヘスナーは稀代《きだい》の好色家であり、長期にわたる海外撮影で、現地の女性と必ずトラブルを起こす。ベッドシーンでは、相手の女優を本当に犯してしまうことも珍しくない。

この度の映画では、ヘスナーが凄腕の殺し屋を演じ、神明がこれを阻止する日本の刑事を演ずる。

ロケーションは金沢、高山、上高地と穂高、東京などにまたがり、長期間となる。この間、ヘスナーの色欲を封ずるために、SFのリクエストがきたのである。

小弓は直ちに歌手メデューサのペニスボーイを想起した。メデューサがトニー・ヘスナーに替わったのである。

金髪のバタ臭い女性に飽きているトニー・ヘスナーは、純日本的な女性を求めていた。

加倉井はリクエストをする前に、トニーをステンドグラスに連れて来た。

当初は小弓も、レギュラーの女性陣も、加倉井の同行客が、ハリウッドの有名スターであることに気がつかなかった。

トニーの席に着いたのが早苗である。

トニーはスクリーンの中のオーラを消して、極めてモデストに、たどたどしい日本語を操りながら早苗と言葉を交わした。そして早苗のブロークン・イングリッシュと愉しげに会話した。

加倉井もトニーの正体を明かさない。

当夜、しとやかな和服姿で出勤していた早苗を、トニーはとても気に入ったようであった。一時間弱、早苗を侍らして愉しげにしていたトニーに、加倉井が耳打ちをして連れ出した。早苗以下、女性陣はだれも彼がトニー・ヘスナーであることに気がつかなかった。

翌日、加倉井が一人で店に現われ、小弓と個室で向かい合った。

「トニーは、ことのほか早苗が気に入ったよ。早苗以外の女性はいらない。早苗をぜひ寄越《よこ》してくれと、強い要望だ。ママ、頼む」

加倉井は小弓の前に、平身低頭せんばかりにして頼んだ。

「前にもお話しいたしました通り、早苗は記憶を失っております。つまり、経歴が不明なのです。SFは安全が第一です。どんなにお気に召しましても、経歴不明の女性をSFに差し出すわけにはまいりません」

「それは承知の上だよ。トニーは、日本ロケーションが終われば帰国してしまう。経歴など無用だ。今回、彼が主演する映画には社運がかかっているんだ。頼むよ。たっての願いだ」

「そうおっしゃられても……」

小弓は途方にくれた。

「来日中の撮影期間だけのことだよ。とにかく早苗本人に聞いてもらえないか。なんなら私が直接、彼女の意向を聞いてみる」

小弓は追いつめられた。

加倉井にはこれまでずいぶん世話になっている。人気スターや、芸能関係の要人たちを多数紹介してくれた上に、芸能界から派生する多方面の要人たちを連れて来てくれた。加倉井の機嫌を損ねてはならない。

早苗は最近、著しく回復の兆候を見せている。草場も、あと一歩で失われた過去を取り戻すかもしれないと言っている。だが、その一歩が厳しい。

草場は医師としての守秘義務を守り、知り得た患者の情報については黙秘している。

早苗と、加倉井が連れて来た神明優介との間には、相互に精神的な抑圧《コンプレックス》がある。

神明は初対面で早苗が気に入り、同伴したが、その日は水割り一杯で帰った。

同伴はしたものの、二人の間に気まずいことがあったのだろう。

そんな時期に加倉井が来て、早苗の特接をリクエストしたのである。

コーナーに追いつめられた小弓は、一応、早苗に事情を告げて、彼女の意向を確かめてみることにした。

早苗が断れば、加倉井の支援を失っても、このSFリクエストはなかったことにするつもりである。

だが、早苗は、

「私でよろしければ、そのお座敷、お引き受けいたします」

と答えた。早苗はむしろ乗り気である。

本人が引き受けると意思表示したからには、小弓は承諾せざるを得ないとおもった。

これはSFのご誓文に反することである。だが、なんといってもクライアントと本人の意思が尊重される。

それに、小弓は早苗を引き受けてから、彼女を信頼していた。早苗の人柄からして、失われた過去にSFを損なうような危険はないと判断した。早苗自身が過去を取り戻そうとして必死に努力をしている。

早苗の意思を伝えると、加倉井は小躍りせんばかりに喜んだ。

「有り難う。恩に着るよ。これでトニーは本領を発揮してくれる。映画は大ヒット疑いなしだ。ハリウッドのピカイチ、トニー・ヘスナーに向かい合うのは、日本映画の救世主といわれている神明優介だからな。こんな豪勢なキャストはめったにないぞ」

加倉井の言葉によって、小弓に新しい視野が開けた。トニー・ヘスナー対神明優介。早苗は二人のいずれにも関わっている。もしかすると、彼女は、神明との関わりを踏まえて、トニーのSFを承諾したのではないのだろうか。彼のお座敷を借りて、神明になにかを企《たくら》んでいる……？

小弓は推測した。神明は早苗の過去を知っている。しかし、正面から問うても神明はおしえてくれそうもない。

そこで一計を案じて、トニーの力を借り、神明に圧力をかけようとしているのかもしれない。トニーの圧力が神明に対して有効なのか。

日本映画の救世主ともてはやされる神明であるが、トニーと比べると貫禄《かんろく》がちがう。日本の神明であるのに対して、世界のトニー・ヘスナーである。キャリアも、ギャラも、トニーは神明の十倍である。

つまり、トニーを味方につければ、神明の存在など吹き飛んでしまう。早苗の真の目的は、彼を味方につけて、神明になんらかの打撃を加えることではないのか。

早苗は神明に対して怨恨を抱いているのかもしれない。だが、記憶を喪失しているのであるから、仮に神明が彼女の恨みの源であるとしても、確認はできないはずである。

そこまで思案を追っていた小弓は、早苗の神明に対するコンプレックスの原点は自分の記憶障害に関わっていると疑い、これを確認するためにトニーのSFを承諾したと考えた。

神明は早苗の記憶を奪った容疑者とされている。だが、早苗が彼を疑うきっかけとなったのはなにか。早苗の記憶が回復しつつある証拠であろう。


特接座敷、そしてトニー・ヘスナーの日本滞在中の宿所として都内きっての老舗ホテルのゲストルーム・インペリアルスィートが用意されていた。

記者会見をすませたトニーは、一目散にホテルに帰り、まずは大和撫子《やまとなでしこ》に見参と張り切っている。

トニーにとっては、アメリカに次ぐ世界最大市場の日本ロケーションと、映画のプロモーションよりも、初めてまみえる日本女性のSFが本命の的のようである。

「女性は自分の燃料だ。燃料が切れては心身共に動けなくなる。日本の女性にまみえるのは初めての経験であるが、大和撫子の評判はかねてより聞いている。自分にとって、きっと最も美味しい人生の燃料となるだろう」

と、トニーは来日前から豪語していたそうである。

彼にとって、日本は依然として、「フジヤマ、ゲイシャ」の国でしかないらしい。トニーの特接座敷の警備はアメリカ大統領並みである。

早苗は特接衣装として、友禅の振り袖を選んだ。まだ十分に振り袖に相応する年齢である。華やかな振り袖は、処女の早苗にとって強敵にまみえる完全武装といえよう。

「トニーは女に馴れているにちがいないわ。女を知り尽くしている男にとっては、男を知らない女のほうが価値があるのよ。トニーにすべてを預けなさい。彼はきっと驚喜するわ」

と小弓は言った。

小弓が見抜いた通り、早苗は処女である。世界の大スター、トニー・ヘスナーが、彼女の初めての男であるなら、不足はない。

小弓が早苗の振り袖の着付けをした。

和服は着付けによって生命をあたえられる。着る人の身体と動作に阿吽の呼吸のようにぴたりと合い、個性に合わせて衣紋《えもん》を抜き、帯を締める。目も文な友禅模様の振り袖が、美学の精のように立ち上がる。

小弓は自らの手による着付けでありながら、別人のように艶麗な衣装を着こなして輝きを増していく早苗に、驚嘆していた。これ以上美しくなると、着付けが追いつけなくなりそうな怯みさえおぼえた。

「美しいわ。私、もうついて行けない」

小弓は言った。これ以上《スーパー》の着付けは、むしろ抑制にある。華やかな艶色を抑制によって隠し、殿方は想像力をそそられる。

小弓の渾身の着付けによる早苗の振り袖姿は、オーラの源となって周囲を華やかに染めた。

「行ってらっしゃい。あなたには強い味方がついているわ」

と小弓は言って、早苗を送り出した。

強い味方とは、早苗から発する抑制された婉然《えんぜん》たるオーラである。このオーラに対抗し得る男はあるまいと、小弓は多年の経験から悟った。

迎えに来たトニーの付人たちも、早苗を見て瞠目した。グローバルな女優や、美女たちを見馴《みな》れているはずの付人が、早苗に目を見張り、そしてまぶしげに目を細めている。一種の貫禄負けである。

「フジヤマ、ゲイシャ」という認識の域を出なかった女性が、美学の精に昇華している。

付人たちは、次の瞬間、早苗に扈従《こじゅう》する家来のように恭しくエスコートの姿勢を取った。この世のものならぬ艶麗の結晶をエスコート中、兎の毛で突くほどのことであってもミステイクを犯せば、首がいくつあっても足りないとおもったようである。

迎えのロールスロイスを三台の護衛車が囲んだ。さらに驚いたことに、パトカーが先導している。まさに国賓並みの扱いである。

到着したホテルには、厳しい警戒網が張られている。

ホテルはマスメディアが取り巻いている。彼らに早苗がSFに派遣されたことを悟られてはならない。

一般車はオフリミットになっている特設駐車場に入ったロールスロイスから、インペリアルスイートに直結している専用搬器《ケージ》に乗り移り、最上階のインペリアル専用フロアに早苗は導かれた。

この間、マスメディアは早苗に一歩たりとも近づけない。写真も撮影できない距離に隔絶されている。

専用フロアで親衛隊に引き継がれた早苗は、金箔を散らした荘重なドアの前に恭しく案内された。一見しただけではわからないが、彼らはいずれも武装しているような気配が感じられる。

ドアの前に立った親衛隊員は、チャイムを押さず、ノックした。独特のコールサインが決められているようである。

トニーのエピソードはよく目にしている。ベッドシーンの撮影で、相手役の女性を本当に犯してしまい、女優の真に迫った表情に監督が喜んだという。

それ以後、トニーの相手役を務める女優は、彼に犯されることを名誉と心得る者ばかりが選ばれたと聞いた。

早苗は入室と同時に、トニーに犯される場面を覚悟していた。

待ちかねていたようにドアが開かれた。ドアの内側に、紛れもない世界のスター、トニー・ヘスナーが立っていた。

あらかじめ加倉井から彼についての予備知識をあたえられている。彼とは知らず、店のワン・オブ・ゼムとして一度トニーの席に侍ったが、一対一で初めて実物に接した早苗は、驚いた。

ベッドシーンの撮影で、共演者の女優を本当に犯してしまうほどの女好きと聞いていたので、すぐにでもベッドに引きずり込むような、ラフでプライベートな姿をしているであろうと予想していたが、なんと宮廷のセレモニーに臨むようなタキシードに身を固めている。

「お目にかかれて嬉しいです。首を長くしてお待ち申し上げていました」

と、トニーはいまおぼえたばかりのようなたどたどしい日本語で挨拶をすると、騎士がプリンセスの手を恭しく取るようにして、室内へ迎え入れた。親衛隊はドアの外に置き去りにされる。

さらに驚いたことに、窓を広く取った応接室にダイニングテーブルが設えられ、銀の燭台《しょくだい》のもと、夕食の用意が調えられている。

ルームサービスであろうが、二人、水いらずの差し向かいで食事を愉しめるように、一品一品吟味された料理と、年代物のワインボトルが、それぞれの位置に配されている。

予備知識のトニーと実物は全く別人のようであった。

トニーは早苗の振り袖姿に目を見張り、そして感動したらしい。

早苗もSFに派遣された娼婦に対して、最高の貴婦人並みの歓迎を示したトニーに、感謝の念と共に速やかに感情移入した。

「どうぞ、お席に着いてください。私はあなたに会うために、はるばるアメリカからまいりました」

驚いたことに、トニーはたどたどしいながらも、十分に理解できる日本語で話しかけた。今夜の座敷のために、日本側の付人から学んだ一夜漬けの日本語であろうが、そこに彼の真情が感じられた。

「お会いできて、私もとても嬉しいです《プレジャー・イズ・マイン、ソー・ナイス・トゥ・シー・ユー》」

早苗は英会話学校で学んだうろおぼえの英語で返した。

早苗は夢でも見ているような気がした。世界のスター、トニー・ヘスナーを目の前に独占している事実が信じられない。

向かい合った二人は、ドン・ペリニヨン・ピンクで乾杯した。

「素晴らしい。美の神と向かい合っているようです。あなたが振り袖を着ているのではなく、振り袖があなたに着られています。日本には、天女が羽衣を漁師に取られて、天に帰れなくなったという伝説があると聞いたことがありますが、あなたは振り袖を脱いで天に昇るような気がします。松の枝にかけられた振り袖が、天に昇るためには、あなたに着てもらわなければなりません。普通は、人が美しい着物を選ぶのですが、あなたの場合は振り袖があなたを選んでいます。素晴らしい《マグニフィセント》」

とトニーはわかりやすい英語で言うと、陶酔した目を早苗に固定した。

振り袖の中身を視姦しているのではなく、燭台の照明に映える綸子《りんず》の光沢、季節を少し先駆けした帯との気品ある取り合わせ、華やかな格調の高さに、トニーは感動し、満足している。

豪勢な差し向かいの食事は、すでにSFの前戯となっている。

女としての最強の武装が、トニーをもてなす最大の歓迎となっている。和服に象徴される貞操が、その内部に孕む女の謎をそそり、気品のある煽情となって男心に迫る。

完璧に完成された女身は、男の想像が及ぶ極致である。

トニーは、やがて我が物となる振り袖の奥に秘められた早苗の裸身を、最も美味しいものを最後にとっておくマゾヒスティックな快感として愉しんでいるようである。

百花繚乱《ひゃっかりょうらん》を思わせる早苗の振り袖を、たった独りで踏み荒らし、その奥に隠されている蜜の泉を吸うのは男冥利に尽きると同時に、もったいない。

トニーは早苗と差し向かいの前戯の食事を愉しみながら、煮つまってくる濃厚な時間の共有を、一寸逃れに引き延ばそうとしている。そこに自虐的な悦楽がある。

しかし、時間は刻々と消費されていく。二人共にデザートを省い《スキップし》て、ごく苦いコーヒーによって豪勢な食事に終止符を打った。

だが、まだベッドへ直行しない。広く取った窓の外には、東京の夜を彩る電飾が、一層鮮やかに存在を主張し、その密度を濃くしている。

「東京の夜《トーキョウ・オールアウト》が満開だ。そして、この部屋は君一人で満開だ」

とトニーは窓際のソファーに位置を移して言った。

「早苗さんもこちらへいらっしゃい」

彼は隣りのソファーを指さすようにした。早苗がそこに腰を下ろそうとすると、

「いや、そこではない。こちらへ」

とトニーは言って、自分の膝の上を指さした。つまり、彼の膝を椅子にせよという意味である。

一拍ためらったが、早苗はトニーの膝の上に座った。

「いいにおいです」

トニーは背後から早苗をやわらかく抱き締めて、深呼吸した。そして、彼女を抱いた両腕に、静かに力を加えていく。たがいの体温が通い合い、男の呼吸が早苗の首筋にかかった。

二人はしばし、一脚のソファーに重なり合った体位を維持した。

振り袖は普通の着物よりも帯が高向きに締められているので、身八つ口《みやくち》（和服の身頃の脇の開き）から手を入れにくいが、男の手は早苗が察知する前に胸にまわされ、乳房を探り当てていた。

はっとしたが、決して不愉快ではない感触である。不愉快どころか、トニーの手先から送られる気功が、体内の気と血の巡りを促し、官能的な快感をおぼえた。

しばらく彼女の胸に留まっていたトニーの右手は、いつの間にか引き抜かれ、彼女の裾を割っていた。

すでに男の指先は彼女の秘所に届き、早くも気功を施している。

早苗は潤っている自分を意識した。トニーの巧妙な指先は、彼女の躰に対して完全なイニシアティブを握っている。

初めて経験する官能と羞恥にはさまれて身動きできないはずの躰が、無意識に律動している。

「そろそろ体位《ポジション》を変えましょう」

トニーが早苗の耳許にささやいた。絶妙なタイミングである。

もはやシャワーを使う余裕はない。早苗の身体が初めての官能に飢えている。

暗黙の了解のうちに、二人は衣服を脱がぬまま、別室に用意されたベッドに抱き合ってもつれ込んだ。

華やかな百花繚乱の中央に押し開かれた大輪の花のような振り袖の裾は、これまで抑制を愉しんできたトニーを飢えた野獣に変身させた。そして、その変身を、早苗は大輪の食虫花となってくわえ込み、呑み込んだ。

二人は同体となり、完全にフィットした。トニーは早苗が処女であることを知って、さらに感動したようである。

「振り袖を汚してごめんなさい。弁償します」

トニーは詫びながらも、侵襲をやめない。早苗も拒まない。破瓜《はか》の苦痛は全く感じなかった。むしろ、トニーの侵襲が重なり、深まるほどに官能が高まっていく。

(もしかすると、自分は生まれつき淫乱なのかもしれない)

と自らに問いながらも、むしろ、その事実に女としての誇りをおぼえた。

第二次の交合はバスルームの中で行った。早苗はママから教えられて自分で着付けができる。トニーは彼女の均整の取れた身体を、

「パーフェクト、パーフェクト」

と叫びながら飽食した。

映画出演のために鍛え上げたトニーの身体に、早苗は一歩も譲らず対応している。むしろ、彼女の芸術的なプロポーションに、撮影ごとに体形を変えているトニーのほうが圧倒されている。

いまだかつておぼえたことのない女体に対するコンプレックスこそ、トニーが希求し、探し求めていたものであった。

初回でトニーはすでに早苗から離れられなくなっていた。

滞日中、早苗を手の届く範囲《リーチ》に置くように求めた。以前、ステンドグラスの黒服が務めたペニスボーイの女性版である。

だが、いずれにしてもSFは一回限りである。一回限りは、言葉通りの単数ではなく、座敷主が連泊中を通しての集合的な単位《ユニット》として数える場合もある。

これまでの宮原のペニスボーイや、福永由美子が担当した殿様の特接が、ユニットとしての一単位であった。

日本ロケーションは、天候や、出演俳優たちの都合や健康によって、予定以上長期に及ぶことが多い。この間、早苗はトニーに随行した。

いまや早苗なしのトニーはあり得なくなっている。ヘスナーの存在感は、撮影隊の核《コア》である。その権威は監督を上まわる。

だが、二人だけになったときは、トニーは女王に侍る騎士《ナイト》となった。

女王の言葉をすべて奉戴し、彼女の前にひざまずき、忠誠を誓う。

監督、プロデューサー、加倉井等も、早苗のヘスナーに対する影響力を察知して、彼以上に彼女を大切にした。周囲も、撮影中の最高権力者はヘスナーではなく、早苗であることを薄々悟っている。

早苗は決して、自分の〝女〟を使って手に入れた強大な権力を、あからさまに振りまわすことなく、陰の女王として密やかに、そしてじりじりと神明優介の排除作戦に取りかかった。

「あなたのお相手役の神明優介は、私に気があるみたい。あなたの死角で私にウィンクするのよ」

とトニーにささやいただけで、彼は顔色を改めた。

「なにかいやらしいことを仕掛けませんでしたか」

トニーは、聞き捨てならぬといった表情で問い返した。

「直接手を出したことはないけれど、いやらしい目つきで衣服越しに私の躰を探っているわ。あなたの手前、手を出せないでいるけれど、目で私を犯しているのよ」

「指一本でもあなたにタッチするようなことがあったら、速やかに私に言いなさい」

トニーは言った。

すでに神明は、トニーの意識に、共演者ではなく、恋のライバルとして刻み込まれている。

撮影がクライマックスに差しかかる手前で、早苗は神明に必殺の一撃を射ち込んだ。

その日のロケーションは、都下にある古家に隠棲《いんせい》している、日米両財界に隠然たる勢力を張っている右筋の大御所を、対立組織から依頼された殺し屋のヘスナーが襲う。その情報を耳にした刑事役の神明が待ち伏せしているという設定である。

そのロケーションに、早苗は胸に一物を含んでトニーに随行した。

映画のクライマックスにかかる手に汗握る攻防が、ワンシーン、ワンカットごとに盛り上がってくる。

一日では撮影が終わらない。トニーと早苗は都心のホテルに帰るが、監督以下、撮影部隊の大多数は近隣の民家や、古家の庭にテントを張って、わずかな睡眠を取る。

古家の裏庭で、早苗は神明優介とばったりと出会った。偶然のように見せかけたが、神明が煙草を吸いに裏庭に出るのを知っていて、待ち伏せしていたのである。

「神明さん、久しぶり」

早苗は満面に笑みをたたえて、神明に近づいた。

「やあ、毎日顔を合わせていながら、なかなか話す機会がない」

神明も相好《そうごう》を崩した。

「大勢の目があるもの。天下の人気スターに、へたに声はかけられないわ」

「そういう君は、世界の大スターを家来のようにしているじゃないか」

「そう見える？」

「見えるとも。トニー・ヘスナーが羨ましいよ」

「私、トニーよりも神明さんを家来にしたいわ」

「してくれ。いますぐに」

神明は両手を広げた。

早苗はためらわず、神明の腕の中に飛び込み、自ら唇を合わせた。

「だれかに見られるといけないわ。また、後でゆっくり」

早苗は捥ぎ離すように抱擁を解くと、神明を裏庭に置き去りにした。

その夜、ホテルのスィートに帰ると、

「神明優介がとうとう化けの皮を現わしたわ。今日、古家の裏庭で偶然出会った私から、無理やりに唇を奪ったの。それだけではなく、私の身体を撫《な》でさすりながら、トニー・ヘスナーと何回したと問い詰めるのよ。人の声が近づかなければ、私は犯されていたかもしれない」

と告げた。

みるみるトニーの顔色が変わった。女に飽食しているはずの彼が、早苗の訴えを正直に取り上げ、最も大切な宝物を穢されたかのように激怒している。

SFの娼婦が唇を奪われたくらいで、座敷主がこれほど怒るとは、早苗も予想していなかった。早苗にしてみれば、釣り竿《ざお》に伝える第一の魚信のようなものである。

だが、トニーにとっては魚信ではなく、激震に感じ取れたらしい。

翌日、映画会社と撮影部隊、および映画製作委員会など、関係者を激震が襲った。

トニーが突如、

「神明優介が共演者では、撮影をつづけられない。彼の役を他の俳優と取り替えてもらいたい」

と要求を出したのである。

関係各方面は仰天した。

クランクインしてから日本ロケーションのやや半分を終え、ようやく峠にさしかかったところで、トニーからの強硬な申し入れであった。

巨大な資金を投下した映画の製作進行中、圧倒的な権力をもつ大スターからかけられたストップ命令に、撮影現場は動転した。波紋は配給・興行関係にまで広がっていく。巨額の製作費の出資者も、ヘスナーを中心とした企画、製作であるからこそ出資している。いまとなって彼を交代させるわけにはいかない。いまやトニー・ヘスナーの映画なのである。だが彼に対応する神明優介も、すでに何シーンも出演しており、いまとなっての交代は難しい。監督、プロデューサー以下、関係者は総力を挙げてヘスナーを説得したが、彼は断乎として姿勢を変えない。

「神明を代えない限り、自分がおりる」

と言い張っている。

もとより彼におりる意思はない。日本で売り出し中の若手スターであっても、トニー・ヘスナーとは役者が何枚もちがうことを知っている。

神明の交代を要求する理由を問うても、

「彼とは呼吸《いき》が合わない。大ヒットまちがいなしの作品であっても、神明相手ではやる気が出ない。彼をおろすか、私がおりるか、二つに一つである」

と主張して譲らなかった。

監督もついに匙《さじ》を投げて、神明交代の決断を下した。神明をおろしても、映画には致命的ではない。だが、ヘスナーはこの作品にとって欠くべからざる存在である。

困惑した監督は、台本を変えた。

「神明はここでトニーに殺されることにする。そして、彼の弟分が神明の仇を討つという設定にしよう。神明の仇討ち役がトニーと凄惨な一騎討ちをして、結局、返り討ちに遭った後、トニーのちょっとした油断から相討ちになるという設定であれば、トニーも文句は言うまい」

撮影現場では台本通りに進行するとは限らない。天候、出演者の健康、予算超過、人間関係、予測不能の災害など、環境の変化と共に、監督の時宜に適った対応によって変化していく。

トニーの〝降板騒動〟は監督の指示により、神明が呆気《あっけ》なく死んで解決した。皮肉なことに、理由不明の主演級俳優の交代をマスメディアが取り上げ、映画の強力な前宣伝となった。

当初、愕然《がくぜん》として混乱した映画製作、配給、興行関係者は、監督の英断を賞賛し、喜んだ。トニーの我が儘が、逆に作品の前評判を高め、マスメディアが争って前宣伝をしてくれたのである。

みじめなのは神明優介である。巨大な製作費をかけた国際的超大作の主演級に抜擢されたのも糠《ぬか》喜びに終わった。事実上、トニー・ヘスナーに首にされた神明は、スターから蟻《あり》に転落とした俳優として、「アリウッド」と蔑称された。

日本でのロケーションは無事に終わり、トニー・ヘスナーは帰国して行った。

最後の夜、トニーは早苗に、一緒にアメリカへ来るようにと懇請したが、

「私のお役目は終わりました。短い期間ですが、あなたと会えたことは、私の生涯の宝です。一緒にアメリカに行ったら、私の宝はなくなってしまいます。日本にいるからこそ、想い出の中で世界一のスター、あなたを独占できるのです。アメリカに同伴したら、私はあなたのワン・オブ・ゼムになってしまいます」

と早苗は謝絶した。

「そんなことには絶対になりません。約束します。あなたは私のワン・オブ・ワンです」

とトニーは真剣に口説いた。

「いいえ。あなたはあなた一人の人間ではありません。世界のあなたです。もし私があなたを独占すれば、世界のファンから恨まれます。恨まれるだけではなく、憎しみの的となります。そして、あなた自身もスターとして無数のファンに対応しなければなりません。それがあなたの使命です。私は自分の宝物を大切にすると同時に、あなたの使命を妨げたくはありません。

あなたは私のことを速やかに忘れます。忘れなければいけないのです。そして、私は生涯、

あなたのことを忘れないでしょう。さようなら。もう二度とお会いすることはないでしょう」

トニーも早苗の固い意志を悟った。どんなに言葉を尽くしても、彼女の意志は崩せない。

「わかりました。私もあなたを忘れません。無数のファンに対応すべき使命があっても、あなたは絶対です。なぜなら、それも私の使命の一つであるからです。

全世界のファンを相手にする大きな使命と、私一人の小さな使命があってもいいでしょう。私に会いたくなったら、日本で撮影した私の映画を観てください。あなたを侮辱した男を私は許しません。銀幕の中のどこかで、彼を懲《こ》らしめるあなただけにわかる信号《サイン》を送ります」

「必ず観るわ」

二人は固く抱き合った。

早苗は、おそらくこれがトニーとの最後の交わりになると自認しながら、明日は成田に見送りに行かないと決意した。

見送れば、トニーに従いて行ってしまうかもしれない。トニー・ヘスナーを独占から世界のファンに返してやらなければならない。

辛い決意ではあるが、それがＳＦとしてトニー・ヘスナーを接遇したプロの女の使命であると、早苗はおもった。

余生の亡命

　トニー・ヘスナーの帰国後間もなく、彼の主演による日米合作超大作「酷く静かに《キレ,ム・ナイス・アンド・》殺せ《スロー》」が公開された。

　公開に先立つ試写会に招待された早苗と草場は、試写会場となった日比谷にある劇場へ一緒に行った。少し前まで独占していたトニー・ヘスナーが、超ワイドスクリーン狭しとばかりに動きまわっている。

　クランクアップ後、ラッシュプリントをスタッフが確認しながらつなぎ合わせ、何度も編集を重ねて完成した最初のプリント０号を観る特典をあたえられても、早苗が興味をもっているのは、トニーが彼女だけにわかる信号を送るという場面である。

　プリントのいつ、どこに現われるのか、一寸の気も抜けない。

　さすがトニー・ヘスナー主演の日米合作超大作だけあって、スケールの大きな人間ドラマが展開されるが、早苗はストーリーの中に入り込めず、ただひたすらトニーが送ると約束したサインに意識を集めていた。

ようやくトニーと神明が対決する場面がまわってきた。

ターゲットの怪老人は、古家の最も奥まった寝室に眠っており、ボディガード数名が古家を囲む長屋に配置されている。不寝番は一人、他のボディガードは白河夜船である。

神明優介は、怪老人を狙ってトニー・ヘスナーが来日した情報をCIAから得て、待ち伏せしている。トニーはすでに神明の待ち伏せを察知している。

不寝番は呆気なくトニーによって無能力にされた。他のボディガードはトニーの侵入に気づかず、太平楽に眠りこけている。

トニーと神明、双方共に気配を消した息づまる対決シーンが、針の落ちる音すら聞こえるような深夜の静寂の底に、火花を発するばかりにみなぎっていく。

息苦しいばかりの緊張が呆気なく破られた。闇の底を走った影を目掛けて火箭《かせん》が迸《はし》った。ほとんど同時に、その射源に向かって別の火箭が定規で引いたように迸った。両者の間に迷い込んだ野良猫が勝敗を分けたのである。

一拍遅れての後射は、すでに照準が狂っている。寝耳に水の銃声に仰天したボディガードが駆けつけて来たときは、屋内に怪老人、不寝番、猫の死体が横たわり、神明はすでに虫の息であった。

ボディガードが唖然として立ちすくむ闇の奥から、

「手当てをしても助からぬ。ゆっくりと静かに死んでゆけ」

とトニー・ヘスナーの声が聞こえてくる。

ボディガードの射撃が集まった闇の奥には、すでに彼はいなかった。

その瞬間である。早苗は同じ言葉を遠い過去に聞いたことをおもいだした。

押入れに隠れて覗いていた彼女の前で、父と母を殺し、姉を犯して殺した犯人が、同じ言葉を、死体と化した彼女の三人の家族に投げ捨てて行った。

深夜、彼女の家に侵入した犯人が、金品を漁っているとき、両親と姉が目を覚ました。犯人は問答無用で両親と姉を縛り上げ殺害。恐怖に震えながら押入れに隠れていた彼女に気がつかなかった。

家族三人を殺害した犯人が、あたかも押入れに隠れた彼女に言い聞かせるように残して行った捨て台詞である。

そして、あまりの恐怖に彼女の記憶は閉じ込められ、厚い瘡蓋《かさぶた》に包まれてしまった。

その瘡蓋が十年後、トニー・ヘスナーがスクリーンの中で日本語でささやいたアドリブの捨て台詞と一致し、神明の声に同調した。それが早苗の記憶を封印した厚いドアを開く鍵となったのである。

早苗の本名は篠宮弘美。殺害された両親の明と道子の次女であり、真美の妹である。

そして、犯人はいま売り出し中のスター、神明優介である。

早苗、すなわち篠宮弘美がステンドグラスで初めて彼に出会ったとき、「自分と相いれない元素が潜んでいるような気がした」のは、彼女の喪失した記憶の中に残った本能的な恐怖であろう。

トニー・ヘスナーがスクリーンの中から彼女一人のために送ると言ったサインが、弘美の凍結した記憶を一挙に溶かしてくれたのである。

（トニー……有り難う）

弘美は、すでに海を隔てた祖国に帰り、きらびやかな社交界と無数のファンに厚く囲まれているトニー・ヘスナーに、心の中で礼を言った。

もはや直接言葉を交わすことも叶《かな》わぬ別世界の住人であるトニー・ヘスナーとの想い出は、早苗の生涯の宝物であると同時に、欠落していた彼女の人生の部分を取り戻し、両親と姉の仇をおしえてくれたのである。

早苗は早速、草場に報告した。

草場から、岡野、棟居を経由して、松本署の宮坂に、早苗の記憶回復に伴う山形村の未解決・農園経営者一家殺害事件に関わる重大容疑者の浮上が伝えられた。

宮坂は緊張した。この事件は、彼の人生の債務として心に重くのしかかっていた。

しかも、容疑者はいまをときめく人気俳優・神明優介である。

だが、一家惨殺の被害から逃れた家族の単独生存者の回復した記憶だけでは、証拠不十分である。

犯行現場からは、犯人のものとみられる指紋隆線、毛髪、血液、皮膚片、また被害者の体内に貯留していた精液等が採取、保存されている。神明優介のものと一致すれば、有無を言わさぬ証拠となる。

神明優介の経歴が調べられた。神明優介の本名は上山実、長野県長野市に出生、地元の高校を卒業して、一時、暴走族に参加した後、上京。進学したものの数ヵ月にして中退。その後オーディションにパスして、めきめき頭角を現わすまでの生活史は不明である。

殺人事件の時効はない。松本署では、宮坂主導のもとに、警視庁の協力を得て、神明優介こと上山実の事情聴取が決定された。

折しも、神明優介は日米合作の超大作映画の主演、ハリウッド俳優、トニー・ヘスナーに嫌われて、事実上、中途退場してから、めっきりと出演依頼《コール》が減り、鬱々と日を送っていた。

上山実の事情聴取の前提として、宮坂は、彼のマンション、およびプロダクション内の彼の個室の捜索令状の発付を得た。

上山とプロダクションは驚愕《きょうがく》したが、殺人容疑に伴う捜索《ガサイレ》を拒否できない。

ガサイレ後、上山実に事情聴取が要請された。まだ任意の聴取であるので拒むことはできるが、正当な理由もなく拒否すれば、それを理由に逮捕される。

神明の知名度を考慮して、任意性を確保するために、都心のプロダクション所在地に近いホテルの小会議室に任意同行を求められた。

着席すると同時に、茶が出された。緊張で喉が渇いていた上山は、勧められるまま茶碗に手を伸ばして喉を潤した。

宮坂が主たる聴取にあたり、棟居がこれを補佐した。

まず形式的な人定質問の後、

「長野県山形村の篠宮ファームの経営者、篠宮明さん以下、ご家族をご存じですか」

と前置きを省いて、事情の核心を問うた。

「いいえ、知りません」

上山は首を横に振った。

「それでは念のためにうかがいますが、二〇××年、八月×日、あなたはどこにおられましたか」

「そんな大昔のことは憶えていません」

　上山はせせら笑った。

「ぜひ、おもいだしてください。その大昔の当日、あなたを篠宮家の住居の中で見た人がいます」

　宮坂は一挙に核心に切り込んだ。

　宮坂、棟居、二人の視線が上山の面に集中した。

「そ、それは、人ちがいでしょう。私は山形村や、篠宮という家に行ったことはありません。なんの関係もない」

　上山の口調が少しうろたえた。

「目撃者は被害家族の一人で、犯人が押し入ったとき、押入れに隠れて、一部始終を目撃していました。目撃者は犯人の顔を憶えていました」

「じょ、冗談じゃない。世の中には似ている人間がいくらでもいる。押入れに隠れていた子供の大昔の記憶など、当てにならない」

「おや……どうして子供とわかったのですか」

　すかさず切り込んだ宮坂に、

「そ、それは、大昔の事件に居合わせたとすれば、子供じゃないかとおもったんだ。当時、老人ならば、もう死んでいるか、認知症になっているかもしれない」

上山は苦しい弁明をした。

「犯人は篠宮家の両親と長女を縛り上げて殺害、長女は殺害前に凌辱されていました。被害一家には、もう一人当時十三歳の妹さんがいました。彼女は本能的に危険を察知して押入れに隠れ、難を免れたのです。あなたは最近、その妹さんに会っています。妹さんはあなたの顔を憶えていました」

「最近会った……そんな馬鹿な。私は俳優だ。私の顔は広く露出されていて、ほとんどの人が知っている。悪党の演技もしている。映画や舞台の私を勘ちがいしているんだろう」

上山の言葉遣いが崩れてきた。

「いいえ。映画や舞台ではありません。あなたは事実、目撃者本人と最近、顔を合わせていますよ」

「それが、なんだというんだ。仕事柄、毎日、多数の人と顔を合わせている。先方は私の顔を知っていても、私は知らない。常に一対多数の出会いだよ。そんなワン・オブ多数の言葉は全く信用できない」

「あなたは一対一で、最近、目撃者と顔を合わせています。目撃者と対面してみますか。そうすれば、どこで、だれと会ったか、おもいだすでしょう」

「その必要はない。そんないい加減なワン・オブ・ゼムと会っている閑はない。帰らしてもらおう。私は忙しい。そんなお相手をしているほど閑ではない」

「どうぞ。任意の取り調べですから、いつでもお引き取りください。ただし、犯人は大昔の事件現場に指紋や毛髪、被害者の体内に精液など、多数の証拠試料を残しています。証拠試料は時間の経過にかかわらず変わりません」

宮坂の言葉に、上山の顔色が変わった。

「そんな試料など、私には関係ない」

上山は土俵際で抵抗した。

「あなたに後ろ暗いところがなければ、指紋、毛髪等、協力ご提供いただけませんか」

宮坂が肉薄した。

「人権蹂躙だ。私にはそんなものを提供しなければならない義務はない。これでは全く犯人扱いではないか」

「決して強制はいたしません。あなたにご提供いただけなくても、当方は試料を保存しています」

宮坂の言葉と共に、棟居が件《くだん》の試料として保存されていた毛髪や指紋のプリントを差し出した。

「そんなもの、なんだというんだ。どこの馬の骨のものとも知れぬ古ぼけた試料を持ち出して、どうして私の試料だと言えるのだ」

「喉が少し嗄《か》れているようですね。お茶をもう一杯いかがですか」

棟居が口を開いた。

言われて、任同要請に応じて事情聴取の席に着いたときに出されたプラスチックの茶碗が、いつの間にか消えていることに気づいた。

しまったと唇を嚙んだが、後の祭りである。

「ご心配なく。指紋の顕出には時間がかかります。また、強要して得た指紋には証拠能力がありません。あなたがただいま触れた茶碗から顕出された指紋は、強要または詐術によって得たものではありません。参考試料として採取、保存した試料です。我々は捜索状に基づいて、あなたが所属するプロダクションのオフィスや、あなたの個室からあなたの試料を入手しています。これらの試料と、あなたがおっしゃる無関係の大昔の容疑者の事件試料と対照検査した結果、指紋、血液型、DNA型がすべて符合しました。あなたを十年前、篠宮家家族三名殺害、および真美さん殺害前、凌辱の容疑で逮捕します。逮捕状が発付されています」

宮坂が逮捕状を示した。

上山は蒼白になったまま言葉を失った。

上山実は犯行を自供した。

「暴走族を〝卒業〟して、松本市内の飲食店や夜の店を転々としていたが、いずれも居つかず、東京へ出て一旗揚げるための資金調達をすべく、市街地から離れた裕福そうな篠宮ファームに目をつけて、押し入った。

目を覚ました両親と娘の三人を縛り上げて、金銭を要求したが、おもったほどの金額はなく、腹立ちまぎれに娘を犯した。娘が『顔は憶えている。訴えてやる』と言ったので、かっとなって、娘と両親を殺してしまった。妹が押入れに隠れているとは知らなかった」

上山の自供によって、迷宮入りになった農園経営者一家殺害事件は十年の歳月を経て解決した。

事件解決と足並みを揃えたように、封切られた「酷く静かに殺せ《キレ’ム・ナイス・アンド・スロー》」は、主演俳優の一人、神明優介が十年前の一家殺害事件の犯人と公表されて、観客の好奇心を集め、記録を塗り替える大ヒットとなった。

封切りが犯人の自供より少し前であったので、映画は自粛されることなく、大ヒットのトップを独走した。

映画の中で神明優介がトニー・ヘスナーによって射殺される筋書きも、天罰とみなされて観客動員につながり、ヒットの勢いはさらに加速した。

帰国したトニー・ヘスナーは、マスメディアのインタビューに、

「『酷く静かに殺せ』が上昇気流に乗ったのは、私が東京で出会った女神の力による」

と答えた。

女神の素性を問われたが、トニー・ヘスナーは「私の心の祭壇に祀っている《エンシュラインド・イン・マイ・ハート》」と答えて、その素性を明かさなかった。

日本では、関係者すべてが、本人の希望もあり、「酷く静かに殺せ」の大ヒットに貢献した弘美の存在を秘匿した。

だが、「酷く静かに殺せ」は観客動員記録を塗り替えただけではなく、全世界を驚倒させた後日譚がある。

トニー・ヘスナーが同映画の出演を最後に、引退を表明したのである。

引退後、日本に行って悠々自適の生活を送るつもりであると、メディアのインタビューに答えた。

なぜ日本なのかと問われたが、トニー・ヘスナーは詳細については語らなかった。

最後の出演映画の主たるロケ地が日本であったので、ロケ中知り合った日本女性が忘れられず、余生〝亡命〟の地として選んだのではないかとうがった観測がされた。当たらずといえども遠からず、である。

ヘスナーの引退宣言後間もなく、早苗、本名・篠宮弘美は、ステンドグラスを辞めた。詳しい事情は不明であったが、早苗のその後の消息はだれも知らない。

それから一年後、小弓宛に一通の封書が配達された。

篠宮弘美と書かれた差出人の名前に、小弓は、はっとした。金沢という消印がかすかに読める。

封筒の中には、見おぼえのある早苗（弘美）の筆跡で、次のような文言がしたためられていた。

――ママと草場先生は、私の人生の恩人であられますのに、突然退店して長らくのご無沙汰、お許しくださいませ。

私は優しい夫と共に、置き忘れられたような小さな町で、ひっそりと幸せに暮らしております。

本来ならば、夫と共に御礼に伺うべきところを、書中でのご無礼、お許しくださいまし。夫はシャイで、この小さな町での穏やかな人々に囲まれた日々の暮らしを愉しんでおります。この町に来る以前の人生は、他人に操られた人形にすぎず、私と出会って、この町に落ち着いたこれからが、自分の本当の人生だと申しています。私も同感です。

筆舌に尽くし難いご恩を被り、勝手ですが、私たち二人は、この町で手を携え、本当の人生を生きていこうとおもっています。ご恩は終生忘れません。

いつの日か、またお会いする機会があろうかとおもいますが、いまはひっそりと世間から隠れて、新しい人生の土台を築いていこうとおもいます。せめて言葉には尽くせぬ謝意をお伝えいたしたく、筆を執りました。

ママとお店のますますのご繁栄とご多幸を祈ります。

夫も私の拙い文言に託して、感謝の意を伝えたいと申しております。

草場先生にはくれぐれもよろしくお伝えください。——

弘美からの手紙を草場に示すと、

「彼女の夫は、トニー・ヘスナーだな。どこへ潜んでも知らぬ者はいない世界のスターを、ささやかな幸せに満ちたマイホームにひっそりと安置している、この置き忘れられたような町も、日本が誇るべき隠れ里だね」

と羨ましげな顔をしてつぶやいた。

いまやステンドグラスの政・官・財界における隠然たる存在感は、確定的である。

小弓は内心、確定されては困るとおもっていたが、日本の支配者層における存在感の確定には異議を唱えられない。支配者層が必要と認めれば、違法も合法となる。

ステンドグラスは男たちの隠れ家であると同時に、国が隠密裡《おんみつり》に認めている〝国認店〟となっている。つまり、国が認めるセックスの迎賓館である。

支配階級の意に適う行為は違法ではない。だが、小弓にとっては一種の贔屓の引き倒しであり、ステンドグラスを迎賓館にされては困るのである。

ステンドグラスはあくまで民間の隠れ家である。ＳＦのリクエストがあっても、断る自由があった。

だが、国が認める迎賓館となると、座敷を断る自由がなくなってしまう。それは小弓のステンドグラス開店の本意と異なるものであった。

クライアントのリクエストによるお座敷と、お上の意思による強制とは、たとえすることは同じであっても、自由意思と強制のちがいがある。

これまで特攻隊のおかげで、何度も大きな特接に成功して、今日のステンドグラスがある。

小弓自身が、店が政・官・財界にこれほど大きな根を張るとは予想していなかった。予想を超える成功は、小弓にとって痛し痒《かゆ》しである。

政・官・財に深く食い込むということは、権力によって保証されると同時に、交代しやすい権力と運命を共にするということである。

また、権力にとって、特接店は一種の脅威ともなる。小弓にそんな意思はなくとも、ステンドグラスは政・官・財の秘密に深く関わっている。

とはいえ、ここまできてしまった以上、店速にブレーキをかけることはできない。つまり、特接依頼を断れない位置にきてしまった。

青春のナイトコール

福永由美子は、早苗が入店してから、彼女の声が気になっていた。以前、どこかで聞いたような気がしたのであるが、おもいだせない。

早苗に、それとなく、以前にどこかで言葉を交わしたことはないかと探りを入れたが、早苗は、心当たりはないと答えた。

早苗が記憶を喪失していることは薄々知っていた。彼女が失った記憶の中に、由美子と交わした言葉が埋もれているのかもしれない。

在店約一年して、早苗は店を辞め、どうやら記憶を取り戻したらしい。遠い町で結婚したようだと風の便りに聞いたが、本人はむしろ過去を忘れて、夫と共に新しい人生をスタートさせた模様である。

在店中、特に親しかったわけではないが、由美子と早苗はなんとなく馬が合った。由美子に黙って退店したのも、結婚前の過去はすべて忘れたかったからであろう。

すべての特攻隊員が、退店後は過去を秘匿している。

その後間もなく、予想もしない電話がかかってきた。なにげなく電話口に出た由美子に、聞きおぼえのある声が話しかけてきた。

「由美子さん、お世話になったのに、黙ってお店を辞めてしまってごめんなさい。早苗です。憶えていらっしゃるかしら……」

「早苗さん……本当に早苗さんなの」

「早苗です。いまは弘美という本名を名乗っていますけど。突然、電話してすみません」

「とんでもない。懐かしいわ。あなたがいなくなって、お店が寂しくなったわ」

「そんなことはありませんわ。ステンドグラスは東京一、いえ、日本でも最も活気のあるお店ですわ」

「活気があることは確かね。隠れた活気が……」

「確かに。その隠れた活気の底に、私、おもいだしたことがあって、矢も楯もたまらず、お電話してしまいましたの」

「なにをおもいだしたの……？」

「由美子さん、以前に、私とどこかで言葉を交わしたことはないかと尋ねましたわね」

「ええ。いつか、どこかで、あなたと言葉を交わしたような気がするのだけれど、おもいだせないのよ」

「私はおもいだしました。由美子さんと、いまのように電話で言葉を交わしたことがあります」

「電話で……！」

「由美子さんのご主人、轢き逃げに遭って、亡くなられましたわね」

「ええ。早苗さん、知ってたの」

「あのとき、由美子さんに電話で事故を知らせたのは、私です」

「早苗さんが……そうだったの。いま聞いている早苗さんの声は、あの夜の電話の声と同じだわ」

由美子は電話線を通して、早苗と対話しながら、彼女と初めて言葉を交わした時と場面をおもいだした。

「私はあの夜、由美子さんのご主人が轢き逃げされた場面を見ていました。加害者の車はいったん停まり、ドライバーが降りて来て、ご主人の様子を見てから逃走してしまいました。歩道の暗がりにいた私には気がつきませんでした。

車が逃げた後、ご主人のそばに近寄ると、まだ息があって、私にお宅の電話番号を告げたのです。当時、携帯を持ち合わせず、近くの公衆電話に走って一一九番とお宅に電話しました。そのとき由美子さんが電話に出たのです。私は動転していて、車の番号も車種も憶えていませんでした。関わり合いになるのが怖くて、電話をかけた後、現場から逃げてしまったことを後悔しています。ご主人は病院に運ばれている間に亡くなられたようです。

車種やナンバーは見過ごしてしまいましたが、犯人の顔を憶えていました。ご主人を轢き逃げしたのは、神明優介です。俳優になって売り出した顔に、記憶がよみがえりました。まちがいありません。車内にもう一人いましたが、顔は見えませんでした。

お店でご一緒になった後も、まさか由美子さんが、神明に轢き逃げされた被害者の奥さんとは気がつきませんでした。最近、神明が別件で逮捕されてから、由美子さんの声と電話の声が似ていたことに気がついたのです。でも、自信はありませんでした。由美子さんと電話で話せばおもいだすかもしれないと、おもいきって電話をかけました。

ご主人を轢いた犯人を知っていながら黙っているのが、苦しくなったのです。由美子さんも、私の電話の声を聞いて、私と初めて言葉を交わしたときをおもいだされたのですね。私たちは轢き逃げ犯人が神明であることを確認したことになります。

神明は別件で逮捕されていますが、私は改めて神明の余罪を、目撃者として告発します。遅くなってごめんなさい」

と早苗は電話口で謝った。

十年前の農園経営者一家殺害事件の容疑者として逮捕された神明優介こと上山実の余罪発覚は、社会にダブルショックをあたえた。

しかも、余罪の告発者が、殺害された農園一家の難を免れた家族であることが、天網《てんもう》のように感じられ、社会の関心を集めた。

農園経営者一家殺害事件の捜査を担当した宮坂や棟居らは、新たに告発された上山の余罪に、もう一人関与している容疑者がいることに注目した。

弘美の話した、加害車両の中にいたという人物である。だが、弘美は容疑者の顔や特徴を確認したわけではない。

改めて上山実の余罪が追及され、事件発生時、加害車両に同乗していた人物の素性が問いただされた。

当初、上山は黙秘していたが、

「あんたが事故発生時、加害車両を運転していたかどうか確認されていない。目撃者は事故発生時、加害車両の前部座席《フロントシート》の左側からあんたが降りてきたと証言している。ドライバーであれば、右手から降りるはずだ。そのとき運転していたのは、別の人間なんだろう。いまさら庇ってなんになる。先方はあんたに庇ってもらっても、少しも有り難がっていないようだ」

と詰め寄った棟居に、上山は重い口を開き始めた。

上山の口から驚くべき人物の名前が出た。

事故発生時、加害車両のハンドルを握っていた者は、神明ではなく、屋代敬一であった。棟居は、その名前に記憶があった。

「私は、被害者を速やかに病院へ運べば助かるチャンスがあると勧めたのですが、屋代は父親に迷惑をかけるから、逃げると言いました。事故現場には通行車も目撃者も見えなかったので、私もそれ以上押せませんでした」

「加害車両の所有者は屋代か」

「屋代が運転して来たので、彼の車だとおもいます」

「加害車両はその後、どうした」

「知りません。たぶん屋代が処分したとおもいます」

「改めて聞くが、事件に、屋代は関与していないか」

「関与していません。当時はまだ、たがいに知り合っていません」

「屋代と知り合ったのは、いつ、どこか」

「上京して、新宿や銀座の夜の店を転々としているとき、屋代が遊びに来て、知り合いました」

「その店の名前は」

「新宿のランプシェードというバーです。父親は当時、すでに政治家として頭角を現わしつつあったので、目立つ銀座には出て来なかったのだとおもいます」

「屋代敬一はなにをしていたのだ」

「父親の私設秘書をしていると言ってました。親の七光を受けて、派手に遊んでいましたよ」

「屋代は、おまえが上京前、なにをしたか、知っていたのか」

「とんでもない。自分のヤバイ過去を打ち明ける馬鹿がどこにありますか」

「なぜ、屋代を庇った」

「屋代がプロダクションに紹介してくれたのです。どうせ私はもうだめです。だめとわかっていたら、せめてもの恩返しに、彼の罪をひき被ろうとおもいました」

「そういう恩返しもあるんだな。だが、あんたが自供《ゲロ》したと知ったら、屋代は恩に着るだろうよ」

「逆じゃありませんか。私は口を割ってしまったのですから」

「あんたが逮捕されてから、屋代は生きた心地がしなかっただろうよ。脅威が消えて、屋代はほっとしているよ」

「屋代はどんな処罰を受けるのでしょうか」

「そんなことをあんたが心配する必要はない。屋代よりも父親が大変だ。これで彼の政治生命も致命傷を負うだろう」

いまや与党第三の派閥の領袖として政権を視野に入れている屋代敬造にとって、秘匿されていた息子の犯罪の暴露は、政治生命に関わる。彼の権勢をもってしても、もみ消せない悪質な犯行であった。

上山の供述に伴い、逮捕の前提として、屋代敬一に任意出頭が求められた。

屋代敬一が任意出頭に応じた後、意外な情報が根岸純から福永由美子に伝えられた。

「いま社会的関心を集めている神明優介と屋代敬一は、私の〝女時代〟、私をレイプした三人組のうちの二人です。これで私の生涯の仇敵《きゆうてき》三人が判明しました。岡野探偵の報告と添付された写真によると、あなたのご主人を轢き逃げした加害車両の持ち主《オーナー》は、三人組のリーダーであった長岡時彦です。轢き逃げ時、長岡の姿は確認していませんが、現在、消息不明です。他人《ひと》の恨みをゴマンと集めている長岡ですから、海の底に沈められたか、山奥に埋められているかもしれません。ざまあみろ、です。三人組を制裁してくださった弘美さんに、改めて感謝します」

と純は言った。

純は、三人組が社会的制裁を受け、あるいは時彦の蒸発が確定した時点から完全な男に変身した。弘美に謝意を表したのは、その宣言の一端である。

根岸純をレイプした三人組加害者の一人に、失踪中の長岡時彦がいた事実を伝えられた棟居は、多摩川河川敷に遺棄されていた日本仕様のベンツを想起した。

その所有名義人は時彦であり、人体との衝突による損傷を巧妙に修理した痕跡があった。

二人は、そのベンツと福永由美子の夫を轢き逃げした加害車両を結びつけた。

弘美は、事故発生時、加害車両にはもう一人乗っていたと証言したが、照明不十分な暗闇の中で目撃した突発の轢き逃げ事件であるから、車内の人数を確認したわけではない。

長岡時彦も加害車両に同乗していた可能性がある。

だが、屋代敬一は事故発生時、自分が運転していたと自供した。おのずから上山の車内での位置もわかる。失踪している時彦に罪を転嫁しようとおもえばできるにもかかわらず、加害者であることを自供したのは、時彦の失踪が公に発表されず、犯罪被害容疑濃厚な所在不明者と認定されて、捜査の対象になったことを知らなかったからかもしれない。

時彦の父親は、敬一の父親の重要な資金源であると同時に、両者はもちつもたれつの政・商癒着関係にある。

上山も、時彦は同乗していなかったと証言している。

轢き逃げ後、車両を巧妙に修理させ、犯行を隠蔽しようとした加害者は、極めて悪質とされる。実刑は、まず免れない。

これが弘美の告発だけであれば、警察上層部に対して屋代敬造の圧力がかかるところである。目撃者弘美と根岸純の証言、上山実の自供、および加害車両の修理を担当した業者の証言が集まり、屋代敬造は沈黙した。

ここに、父親の庇護の傘の下から引きずり出された敬一は、福永由美子の夫を轢き逃げした事実を認めた。

彼らの自供に伴い、屋代敬造は政界からの引退を表明し、あらゆる名誉職から退いた。

一連の事件は一応解決した形であるが、棟居は釈然としなかった。五十嵐、草刈の表情もすっきりしない。

ベンツの所有者・長岡時彦の所在は依然として不明である。

上山も屋代も犯した罪を自供し、実刑を免れないことを知っている。二人にとって時彦は支援者であり、殺害する動機がない。

時彦の行方を探しあぐねて霧ったような意識の奥に、次第にわだかまってくる痼《しこり》があった。

なにか重大なものを見落としている。いったん視野におさめていながら見過ごしてしまった。ページをめくりながら閉ざした後、気になる文言が網膜に残ったような感じであった。だが、どんな文言が、何ページに書いてあったか捜し出せないもどかしさである。

事件に関わる残像が瞼裏に刻まれ、時間の経過と共に濃くなってくるようであるが、凝視すると、靄のように消えてしまう。

だが、消えた靄の奥に、次第に凝縮してくるものがあった。

「ステンドグラス」

時彦のアルバムの中で、ステンドグラスの店先で長岡義男と和服の女性（ママの小弓）のツーショットが輪郭を濃くしている。

時彦はステンドグラスに来たことはないというが、なんらかの興味をもったので、その写真をアルバムに保存していたのであろう。

当初は、店ではなく、店の者か、あるいは叔父からもらった写真なので保存したのであろうとおもっていたが、ステンドグラスそのものに関心があったので、保存したのかもしれないとおもい直した。

棟居は、その写真から、時彦とステンドグラスの関連性を考えながらも、意識の片隅で埃《ほこり》を被るままにしていた。いま、靄の底から埃を払ってステンドグラスが立ち上がりかけている。

（もしかすると、写真の持ち主は、ママや叔父ではなく、ステンドグラスそのものに興味をもっていたのかもしれない。ステンドグラスには多数の魅力的な女性が揃っている）

棟居は、同店に捜査の足を一度延ばしただけであるが、粒選りの女性が揃っていたことをおもいだした。

時彦は、叔父、あるいは店の常連から、店の噂を聞いて興味を抱いたのかもしれない。そして、訪問前に失踪した。

だが、関心を抱いた女性と店外で会うことはできる。

そこまで進めた思案を、棟居は五十嵐と草刈に諮《はか》ってみた。

「さすがは棟居《ムネ》さん、いいところに目をつけましたね」

「ステンドグラスの女性陣に、山荘から採取、保存した毛髪や血液型の主がいれば〝命中〟ですよ」

棟居は二人に支持されて、意を強くした。

もっと早く気づくべきであった。時彦は店に来たことがないというママの言葉から、ステンドグラスを切り離してしまったのである。

棟居は捜査本部に報告すると同時に改めて津久井署に連絡して、ステンドグラスの女性陣から任意の事情聴取をすることになった。

同店に一応所属している女性は五十数名、そのうち遊休状態を除いて、常勤は二十余名。その他は自由《フリー》勤務である。かなりの大所帯であるが、毎日出勤しているわけではない。

その中でも、棟居がまず着目したのは、時彦が失踪した当時の女性陣の中に、なにか異変があった女性である。

女性は時彦の生前、彼と情交、あるいはレイプされている。情交後、時彦は現場にあった信楽の壺を凶器に用いられて、殺害されている。犯人にしてみれば、情交（レイプ）をされた後、殺人を犯しているので、心身共に正常ではなかったであろう。

彼女の異変は周囲の者に察知されたかもしれない。

そのとき、棟居は、純のレイプ三人組、神明優介（上山実）、および屋代敬一の取り調べの際、参考人として何度か会った草場善明をおもいだした。

草場はステンドグラスの〝店医〟であることも聞いていた。草場ならば、当時、躰に異常のあった女性を憶えているかもしれない。

犯人は時彦によってレイプされた確率が高い。女性は草場の診療を受けている可能性がある。

棟居は早速、草場に問い合わせた。患者の情報に関して、医師は守秘義務があるが、殺人事件の捜査に関わる協力要請と言われて、重大な情報を漏らしてくれた。

すなわち、時彦が消息を絶った翌日、ステンドグラスの二人の女性が来院して、診療を求められた。

二人の躰に、明らかに暴力を伴う情交の痕跡があったが、日常生活に支障を来すような障害は認められなかった。

「局部を洗浄して、しかるべく手当てを施した」

というものである。

二人の女性は市橋さやかと杉村直美である。

棟居は、ついにつながったと確信した。

棟居の報告を受けた捜査本部は、両名の任意同行を決定した。正当な理由もなく任同を拒否すれば、逮捕につながる要請である。

事情聴取に当たったのは棟居であり、五十嵐と草刈が補佐した。

二人は緊張した面持ちで同行して来た。

「お忙しいところをすみませんな。ご協力くだされば、いつでもお帰りいただけます」

棟居は、まずは低姿勢で任意性を配慮して二人同時に向かい合った。だが、彼女らの表情は強張ったままである。

「早速お尋ねしますが、×月××日の夜から翌日にかけて、あなた方はどこで、なにをしておられましたか」

と棟居は質問の火蓋を切った。

「そんな以前のことはよく憶えていませんけれど……」

さやかが答えた。

「確かにだいぶ前のことでありますが、杉村直美さんがステンドグラスに入店した日とその前夜のことです。憶えておられませんか。ちなみに、お二人は××日の朝、揃って草場医院で診療を受けています」

棟居に追いつめられた二人は、愕然として返す言葉を失った。

「草場医師の診断によると、お二人共に暴力を伴う性的交渉の痕跡があったとのことです。我々としては無視できません。差し支えなければ、お二人に乱暴を働いた男の名前をおしえていただきたい」

棟居に肉薄されて、

「乱暴はされましたが、行きずりの男で、名前も住所も知りません」

ようやくさやかが言葉を押し出すようにして答えた。

「乱暴された場所はどこですか」

すかさず棟居が追及した。

「そ、そ、それもよく憶えていません」

さやかの口調がうろたえた。

「相模湖の近くの山荘ではありませんか。あなた方は、その山荘に、ベンツに乗せられて連れ込まれたのでしょう」

「夜で暗かったので、どこだかよく憶えていません」

「その山荘は、長岡時男氏という実業家の所有です。そして、長岡氏の三男、時彦氏が当夜、本人所有のベンツを運転して消息不明になっております。ベンツは多摩川の河川敷に乗り棄てられていました。そして、山荘のベッドとベンツの運転席に、複数の女性の髪の毛が遺留されていました。お二人の頭毛を数本ずつ、捜査の協力者としてご提供いただけませんか」

棟居は一気に迫った。

「……そ、そんな、髪の毛を寄越せなんて、私たち、関係ありません」

さやかが土俵際で必死に抵抗した。直美は顔を伏せたままなにも言えなくなっている。

「関係ないとは言えません。同じ夜、時彦氏は失踪し、お二人は行きずりの男に乱暴されています。時彦氏のアルバムから、ステンドグラスの写真も発見されました。

東京がいかに広くとも、二人の女性が同じ夜、ほぼ同時に失踪した男に乱暴されるという偶然が発生するとはおもえません。お二人は被害者です。後ろ暗いところがなければ、捜査にご協力いただけませんか。ご協力いただけなければ、時彦氏の失踪になんらかの関わりがあると疑わざるを得ませんね」

棟居は止めを刺すように言った。

二人は犯行を自供した。

自供内容は、棟居が推測した通りであった。

二人の立ち会いのもと、相模湖畔の原生林中から、長岡時彦の遺体が発掘された。

遺体を車で運搬、山中に遺棄しなければ、正当防衛か緊急避難という情状酌量が認められたかもしれない。

二人の女性を毒牙にかけ、意外な反撃を受けて殺された被害者は自業自得というべきであろうが、二人の女性は殺人の罪を償わなければならない。

事件は解決したが、棟居の心は晴れなかった。

男が女性の人格を無視して凌辱し、返り討ちにされた。これを洗い流し（洗浄）すれば、身体的にはただ一度の汚染で事はすむ。だが、辱められた女性の人格は、洗浄によって浄化されなかった。

たとえ女性の天敵であっても、命は命である。辱められた女性の人格を浄めるために、人間の一命を奪った。

棟居が動かなければ、女性は生涯、殺人という重荷を背負って生きなければならない。

一件落着の打ち上げが、五十嵐や草刈らを呼んでささやかに行われたが、いまいち盛り上がらなかった。

さやかと直美の逮捕と自供は、小弓とステンドグラス、およびその常連やクライアントたちに強い衝撃をあたえた。

現在、さやかと直美は未決勾留中であるが、有罪確定は免れない。

小弓は閉店を考えた。

政・官・財界、その他各界に強い勢力（性力）を張っているステンドグラスであったが、殺人犯を二人も出しては、これまで築き上げた店の信用は一挙に崩壊する。

どんな事情があろうと、ステンドグラスの核《コア》であるSFに求められるのは、安全性である。その安全性が失われては、もはや特接は砂上の楼閣である。

小弓はそろそろ潮時だとおもった。閉店を惜しむ声も多かったが、もはや店は使命を果たした。

小弓はまず、社員たちの身の振り方を考えた。閉店の噂は驚くべき速やかさで業界に伝播《でんぱ》したらしく、玉転がし（風俗業界のスカウト）が動き始めている。

選《え》り抜きの女性軍団《アマゾネス》を揃えているステンドグラスは、玉転がしの熾烈《しれつ》なスカウト合戦の的となった。

レギュラー一人が他店の女性の十人の戦力をもっている。秘匿されているSFの戦力は計り知れない。

レギュラーの多くと黒服は、銀座の一流クラブに移った。SFメンバーの大半は一本となり（独立して）、得意先《クライアント》と直談（直接交渉）関係となった。

特接《SF》メンバーはその後、いずれもステンドグラスでの経験を踏まえて、新しい人生の花を開いている。

SFの一人、勝田道代は進学塾チェーン理事長の大木浩に評価されて、彼の事務所で働くことになった。

同じくSFの一人、福永由美子は政界の要路に立つ小宮山賢一の私設秘書になった。

池永春美は総合精密機器会社エクサスの社長に就任した磯部哲夫の秘書になった。

沙織は羽田利明と結婚後、ベストセラーを連打して、押しも押されもせぬ作家となった。

早苗改め篠宮弘美はトニー・ヘスナーと結婚して、金沢郊外に根を下ろし、二人の子供をもうけた。

野沢弘昌はホテルを退社して、八ヶ岳の山麓で妻と一緒に民宿を経営している。

ファン・マイン・ミイは崔裕石と共に母国へ帰り、母の跡を継いで、民主化運動の主導者となった。

黒服の西尾敏は、ワープ社長、森里貴和の信任を得て、新規開発部長に就任し、最先端の玩具ソフトを次々に発案して、業績を伸ばしている。

同じく黒服、宮原真哉は、メデューサたっての願いで、彼女のCEM（トップマネジャー）として招ばれ、世界を股にかけてメデューサのエスコートをしている。

小弓が閉店しても、必ず新たなステンドグラスが生まれる。

政・官・財界、その他、社会のあらゆる生存環境《サバイバル》において、ステンドグラスは必要欠くべからざる性的機関である。これを小弓が独占すべきではない。

この度の事件は、一種の独占禁止法に触れた懲罰であろう。

皮肉なもので、二人のSFが殺人容疑で逮捕、訴追されると、特接のお座敷が急に増えた。安全性にこだわるはずのクライアントたちが、ステンドグラス閉店の噂を聞きつけて、お座敷の発注をしてきたのである。

「飛行機事故のようなもんだよ。飛行機が落ちた後は、当分落ちない。ステンドグラスがいま最も安全な営業期間だ」

と、あるクライアントはうそぶいた。

小弓は名言だとおもった。だが、小弓自身が店をつづける意思を失っていた。

どんなに優れた女でも、時の経過と共に商品価値は落ちていく。夫婦や、相思相愛の男女であれば、年齢と共に同時に劣化していく。

だが、性市場《セックスマーケット》では、売り手が常に劣化し、買い手は劣化しない。むしろ、リクエストの水準が高くなる一方である。

いまはお座敷の需要が殺到しているが、一時的にすぎない。

性市場《セックスマーケット》で群を抜き、政・官・財各界を制覇した小弓は、みすぼらしい姿となってから土俵《マーケット》を下りたくない。下りるならば、全盛期のうちに、惜しまれながら下りたい。

そして、ステンドグラスを支えてくれた美しい花群も、その満開の時期にそれぞれの方途に散らすべきである。自分自身が百花を先導する花として……。

（さようなら、ステンドグラス。レギュラーの花、ＳＦの花、私たちを育んでくれたクライアントや、お座敷の主や、タニマチ支援者たち。そして、私の青春……）

小弓は看板後の深夜、常連の客や、女性陣、黒服たちが帰ってから、ただ一人、店に残って、さまざまな想い出や、エピソードが込められている深海のような隠れ家に、声にならぬ声をかけていた。

客去りて夜長の店にただ独り
想い出ばかりナイトコールよ

あとがき

八十の大台に乗ってから、日刊紙（日刊ゲンダイ）より官能小説の依頼があろうとは、おもってもみなかった。当初驚き、次に感動した。

つまり、自分はまだ枯れていない。枯れていないどころか、男の脂が充分に残っていると認められたからであろう。

官能小説は男の脂が充分にみなぎっている作家にお座敷がかかってくるとおもっていたが、八十代のロートルが、まだ充分に〝男〟を残していると認められたことは嬉《うれ》しい。

官能小説は、どのような書き方をしても、ある程度の面白みを維持できる。

だが、面白みにも種類がある。これまでにかなりの官能小説に目を通しているつもりであるが、男と女の組み合わせが、官能小説の原型である。

世の中のあらゆる約束の中で、男と女の約束ほど当てにならないものはないといわれる。

同時に、男女の約束が歴史や社会を組み立て、構成するのである。

もし世界の人間がモノセックスであったなら、社会は殺伐たるものになり、女性は化粧をせず、男は血腥《ちなまぐさ》くなり、いずれ人類は絶滅してしまう。

男女が出会い、愛し合い、子供を産み、家庭をつくり、文化が発達し、歴史が織りなされる。

男女の出会いにしても、人間の数だけあり、通婚圏の拡大により、集落の村人から民族、国民、コスモポリタンとなっていく。

日本の戦前・戦中は、男女の恋愛を拒む三つの障害《ネック》があった。

一は身分差別、二は連絡、三が戦争である。今日では身分差別は多少残っても、決定的な障害ではない。連絡は携帯電話によって、いとも簡単に出会える。今日の出会いや恋愛に、すれ違いはほとんどない。

だが、戦争は怖い。戦場で燃える恋はあっても、永続は保証されない。

身分差別が廃され、いとも簡単に男女に連絡が取れ、平和な社会では恋愛の面白みがなくなる。「堰《せ》かれて募る恋の情」の諺《ことわざ》のように、恋愛は障害があるほど燃え上がる。

今日の恋愛は障害が少ないので、病気、集団恋愛、遠距離恋愛、経済力、失業などがネックとされる。克服しようとおもえばできるネックが多い。

官能小説は、プラトニックな純愛小説にアップグレイド、あるいは昇華したといえよう。

こうして男女の愛のさまざまな形を模索している間に、官能小説には、わかりやすいセックス用語が直接的に多様に使用されていることに気づいた。

セックス行為の描写が中心となって、擬声語《オノマトペア》が直接話法で使用されている。直接的でわかりやすく、男女の結ばれ方が早い。

私はエネルギッシュな官能小説の多数派のマーケットリサーチをしているうちに、魅力的な男女が舞台にいれば、ストーリーはあまり必要ではないようにおもえた。

男女二人がそこにいるだけで、官能小説は成り立つ。

だが、恋愛小説となると、ストーリー性を求められる。つまり、ストーリー性の有無によって、官能小説と恋愛小説が分岐するような気がした。

本来、男女の交わりは生殖のためである。官能小説のセックスは生殖のためではない。恋愛小説によってセックス文化が生まれ、発展する。

恋愛は、成否はべつにして人生の一大要素である。恋愛のない人生は動物的である。切ない片思いも人間の証《しるし》の一つである。

女性が強くなったといわれるが、それはセックス文化の発展によるものである。発展の原動力は、女性が握るようになったセックスの主導権からである。

それではなぜ、女性が主導権を握れたか。それはピルのせいだと思う。ピルの出現によって女性が生殖の鍵を握るようになり、男女の交わりをレクリエーションにしてしまった。

娯楽化したセックスは、行為そのものを描くだけで、それなりに面白い。つまり行為が主で、ストーリーが従になっている。

例えば、江戸後期の幕府老中、寛政の改革を断行した松平定信が、「江戸市中に茶臼《ちゃうす》なる淫技が流行している由、風紀を乱す邪淫である。速やかに取り締まれ」と命じた。

側近は驚き、

「お言葉なれども、茶臼は家の奥での房事。ならば、これを取り締まるためには奥内に入らねば、現行（犯）を押さえられませぬ。また屋内にて監視すれば、茶臼など行いませぬ」

と反論した。さすがの堅物定信もあきらめたという。

このあたり、官能小説の恰好《かっこう》なストーリーになりそうである。

定信が側近の反論にめげず、忍者を動員して密《ひそ》かに監視させれば、茶臼の現行犯を押さえられぬでもない。動員された忍者こそいい迷惑、あるいは眼福になるかもしれない。

お上《かみ》の公認による出歯亀（のぞき）を現代に持ち込めば、ストーリーが拡大する。

だれにも、自分のために生まれてきた、ただ一人の異性がいるという。

それは必ずしも配偶者に限らず、すぐ近く、あるいは遠方、あるいは年齢差、身分差があっても気がつかない、ただ一人の異性である。

ただ一人の異性を求めて、時空を漂流しても、出会う保証はない。

出会うセックスよりも、出会うドラマを主体とした官能小説を書こうとおもい立った。

多数派の官能小説は直接話法が多いが、私は間接話法で表現することにした。

そしてクライマックスに至る劇的なストーリー、あるいは抑制、ただ一度限りの出会いでありながら、果たせぬと知りつつ再会を約して永遠の別離。読んでいてじれったくなるような間接話法に凝縮した恋の狩人たちの織りなす官能的出会いを書こうとおもい立った。

二人は共有した時間を凝縮して、それぞれ別の人生の方位へ別れる。

「決して振り返らないと約束してください。振り返ったら離れられなくなる」

そして、それぞれの日常へと別れ行く一期一会のカップル。会うは別れの始め。そんな出会いを私もしてみたいとおもうような官能小説を書くつもりである。

「グッバイ、イフ・フォーエバー」

さようなら。もしもこれが永遠の別れとなるならば。

解説

池上冬樹

まず、最初に「あとがき」を読んで驚いた。森村誠一が、次のように書き始めているからだ。「八十の大台に乗ってから、日刊紙（日刊ゲンダイ）より官能小説の依頼があろうとは、おもってもみなかった。当初驚き、次に感動した」といって、流通している官能小説と自ら書いた小説の話の差異を語っているのだが、てっきり本書『深海の人魚』は官能小説かと思ったのである。しかしそうではなかった。官能と推理が融合した、森村誠一らしい異色作なのである。では、どう異色なのか。まずは物語を紹介しよう。

物語の舞台となるのは、渋谷のクラブ「ステンドグラス」である。各界の大物が集うクラブで、いちおう会員制であるものの、来る客は拒まない。ただし普通のクラブではない。オーナーママの小弓《さゆみ》は選《え》り抜きのホステスを駆使して、各方面の要望に応える形で多彩な〝特殊接待〟を行っているのだ。難航する外交問題や政官財の極秘案件、国際ビジネスの交渉などで、女性の特殊接待が威力を発揮して、大きな収穫をあげていた。

そんなある日、ステンドグラス期待の新戦力のさやかが拉致され、ある殺人事件に関わることになる。さらに記憶喪失の女性も店に加わり、いまわしい過去の闇が次第に明らかになり、やがて別の事件と交錯することになる。

主人公はクラブママの小弓で、彼女のところにもちこまれる接待の案件と、そのミッションをいかに遂行するのかという話が書かれていく。それと並行してホステスたちが抱える事件の進展が捉《とら》えられていくのだが、そこで活躍するのが森村誠一の代表的なシリーズ・ヒーローの棟居《むねすえ》刑事で（出番はすくないが、私立探偵岡野《おかの》種男《たねお》も登場して）、もつれた謎を少しずつ解いていく。

一言でいうならエロスとミステリの融合であるけれど、もちろん多くの頁《ページ》がさかれるのはセックスの場面である。ただ、従来の官能小説とは趣が違う。セックスの多様さを題材にしているけれど、読者の欲情を刺戟《しげき》するのを目的としていないからである。

作者は「あとがき」で次のように語っている。「官能小説には、わかりやすいセックス用語が直接的に多様に使用されていることに気づいた。／セックス行為の描写が中心となって、擬声語《オノマトペア》が直接話法で使用されている。直接的でわかりやすく、男女の結ばれ方が早い。／私はエネルギッシュな官能小説の多数派のマーケットリサーチをしているうちに、魅力的な男女が舞台にいれば、ストーリーはあまり必要ではないようにおもえた。／男女二人がそこにいるだけで、官能小説は成り立つ。／だが、恋愛小説となると、ストーリー性を求められる」と。

だが、官能小説にストーリーの拡大を求める森村誠一は、江戸時代の挿話を引き出したあとに、次のように続ける。「だれにも、自分のために生まれてきた、ただ一人の異性がいるという。／それは必ずしも配偶者に限らず、すぐ近く、あるいは遠方、あるいは年齢差、身分差があっても気がつかない、ただ一人の異性である。／ただ一人の異性を求めて、時空を漂流しても、出会う保証はない。／出会うセックスよりも、出会うドラマを主体とした官能小説を書こうとおもい立った」と。

いかにもロマンティシズムあふれる小説を書いている森村誠一ならではの発想であり、実際、官能小説にしてはずいぶんと（変な言い方になるが）健やかである。健康的ないやらしさなのである。「多数派の官能小説は直接話法が多いが、私は間接話法で表現すること」を選択したことも大きいだろう。擬声語を多用して性行為を直接描くだけの器械体操的なものではない。作者が心がけているのは、出会う男女のドラマを主体とした性行為、体よりも心が濡れていくプロセスに重点をおいていることだ。それがいい。

この小説は、連作短篇としても読める構造になっているが、とりわけ独立した短篇としても優れているのが「可惜夜《あたらよ》の唇」だろう（これなどは体よりも心が濡れていく過程がよくわかる）。俳人でもある森村誠一は、得意の俳句をちりばめて官能恋愛小説&俳句小説を作り上げている。性的不能に陥った検事を蘇生させるために句会を催すという話で、一見すると馬鹿馬鹿しく聞こえてしまうものの、思いを俳句に凝縮して、ほとばしる感情を美しく掬《すく》いあげて、雅《みや》びな雰囲気を醸しだす。〝時間を忘れて見つめ合い、語り合い、句想が走ったとき、相聞句を交換して、心身共に距離を縮めている〟過程が読者にも感得でき、魅せられていくからである。文中の言葉を借りるなら、〝慎ましやかな蠱惑《こわく》〟がまるで〝潮が静かに満ちてくる〟ように〝しとやかに迫ってくる〟のである。セックスをこれほど上品に捉えられるのも珍しいだろう。

叙情的な短篇もあれば、ピカレスクな魅力に富むストーリーもある。虐げられたサラリーマンが復讐に出る「穢れの除染」は、長篇『社奴《しゃど》』（集英社文庫）を思わせる内容で、なかなか痛快だ。結末もひねりがきいて面白い。

ひねりというか、男女の不思議な出会いのドラマは、そのほかにも結婚式間際に新婦が駆け落ちした穴埋めを描く「特接シンデレラ」、妻を失った男の再生を目指す「死者のスタートライン」でも顕著である。

そういう男女の出会いのドラマもさることながら、この小説が異色なのは、おりにふれて現代社会の分析が入ることである。もともと森村誠一は、ある一つの事柄をいくつにも分類して特徴を摑《つか》むのに長《た》けているが、本書でも開巻すぐに「天下りするお褥《しとね》」でクラブに集まる女性のタイプを十三種にわけ、さらにそこから市場的に情婦型、謎型、アルバイト型、プロ型と次々にわけていく。面白いのはそのネーミングの妙で、たとえば〝未来志向（男探し）型〟〝社会探訪型〟〝敗者復活戦型〟〝新興宗教型〟などわかりやすい名称に整理・分類して、現代の性的価値について詳しく見ていくのである。しかもおりにふれて女性論が入るが、これもいい。たとえば〝男を無作為に渡り歩いた女体は荒廃するが、性的虐待を発条《バネ》にして選《よ》りすぐった男たちを栄養としてたくわえた女体は、性文化の結晶である。／どんな男にも対応できる体質となると同時に、男の永遠の郷愁となって、男たちに君臨する〟（18頁）と。そう、不思議と〝男の永遠の郷愁〟を醸しだすから不思議なものだ。または、〝女は労働力を売っていてはだめ。能力を売るのよ〟（66頁）というのも、性的な現場にとどまらず、あらゆるところで肝に銘じる言葉だろう。

もちろん分析はそれにとどまらず、森村誠一なので当然、日本と世界の今を見すえる。戦前の日本の軍国主義をそのまま中国が踏襲していることを指摘した上で、日中関係の険悪化について、〝両国は相性の悪い夫婦のようなもので〟、何度も〝夫婦喧嘩《げんか》〟を重ねているにもかかわらず〝決定的な離婚〟に至っていないと皮肉なユーモアで分析するし（「その場限りの宿命」）、改憲が取り沙汰されているいま、憲法九条と自衛隊の相性がいいという指摘も説得力がある（「九条の相性」）。そのほかにも性別違和、性的陰萎《いんい》、処女性、ハリウッドから見た日本文化など多岐にわたる。あらゆるものを見て、過去と現在を捉え、深層を射ぬくのである。それがセックスの接待の現場で語られるところに本書の異色の面白さがある。

それと重なる部分があるのだが、本書には、人生相談のような趣があることも忘れてはならない。性の接待を題材にしているけれど、そこには様々な問題（前述したように性別違和やインポテンツ、レイプ、性的虐待、配偶者の死など）があり、それをどう扱うのか、どのように対処すればいいかをめぐって、関係者たちが議論を戦わせるのである。いささか調子が良すぎるのでないかと思う展開もあるけれど、多くの人物と出会い、ミッションを達成してきた者にしか授からない智慧《ちえ》がここにある。幸せの伝道師が繰り出すような格言と箴言《しんげん》があり、それが悩める人たちを救い、あらたな人生へと踏み出すのである。

本書は、繰り返すけれど、性的接待を扱った小説である。ポリティカル・コレクトが求められる現代では、女性の性を商品とする話に忌避感を覚える人もいるかもしれないが、官能小説という分野ではそれが許されるし、前述したように、本書は決して性の商品化の話ではなく、男女が出会うドラマを前提にしている。主人公の小弓自身がいっていることだが、〝お座敷の主の満足度は、女体の提供よりも、女の真情と男の心との同調《シンクロナイズ》によるほうがはるかに大きい〟（126頁）のである。つまり、体よりも心が濡れていくことの大切さを見すえた小説である。

――文芸評論家

この作品は二〇一四年十一月小社より刊行されたものです。

深海《しんかい》の人魚《にんぎょ》

森村誠一《もりむらせいいち》

平成28年10月10日　初版発行

発行人――石原正康
編集人――袖山満一子
発行所――株式会社幻冬舎
〒151-0051東京都渋谷区千駄ヶ谷4-9-7
電話　03(5411)6222(営業)
　　　03(5411)6211(編集)
振替00120-8-767643
印刷・製本―図書印刷株式会社
装丁者――高橋雅之

幻冬舎文庫

ISBN978-4-344-42539-2　C0193　　も-2-16